黄波戸井ショウリ
illust チーコ
JN105209
DEMAND
3
技巧貸与のとりかえし
〈スキル・レンダー〉
"SKILL LENDER"
Get Back His Pride
トイチって最初に言ったよな?
Before I started lending, I told you
this loan charges 10% interest every 10 days, right

CONTENTS

"SKILL LENDER" Get Back His Pride

Before I start lending,
I told you this loan charges 10% interest every 10days, right?

DEMAND 3

「『天涙』」
狙いは外れない。
落下による圧力は高温を生み、
融けぬ氷の表面をもわずかに溶かしたのだろうか。
ひとつひとつが彗星の尾を引く
超音速の炎球となって『王』へと殺到した。

ネモ
Skill
Common
【森の涼気】
…呼吸機能を
強化する能力

マージ
Skill
Unique
スキル・レンダー
【技巧貸与】
…覚えたスキルを
他人に貸す能力
Common
【亜空断裂】
【空間跳躍】etc.

コエ
Skill
Unique
スキル・レンダー
【技巧貸与】の
アシスト機能

アルトラ
Skill
N/A
すべてのスキルを
マージの【技巧貸与】で
スキル・レンダー
回収されている

アンジェリ

【煌▢
…錬金術
エメスメス
千百年を
継承

【泥土
【跳

レモンド
Skill
Endemic
カユウフキュウ
【過憂不朽】
…?????

シズク
Skill
Endemic
ソウテンガロウ
【装纏牙狼】
…大地のマナで
肉体を武装する能力
Common
【持続時間強化】
【斥候の直感】etc.

技巧貸与《スキル・レンダー》のとりかえし 3

~トイチって最初に言ったよな?~

黄波戸井ショウリ

OVERLAP

イラスト／チーコ

序　章

"SKILL LENDER"

Get Back His Pride

Before I started lending,
I told you this loan charges 10%
interest every 10days,
right?

1. 目覚める深淵《しんえん》

狼《おおかみ》の隠れ里に隣接するS級ダンジョン『蒼《あお》のさいはて』。その中層第二十七層。

この階層は深い針葉樹の森に覆われ、常に冷たい霧雨が降りしきる。ただただ白と黒ばかりが目に入る世界。そのただ中を三人の人間と四人の狼人《ウエアウルフ》族たちが息を切らして走り続けている。

人間の一人が周囲を見回し、先頭をゆく鎧《よろい》の剣士に向かって声を張り上げた。

「ベルマン隊長！　第三経路、第四経路とも完全に塞がっています！　もう道が、前も後ろも！」

「狼狽《うろた》えるでない！　我らが動ずれば皆も動揺することを忘れるな！」

「ずっとダンジョンは安定していたのに……。どうして急に！」

「ッ、総員、揺れに備えよ！」

「ま、また揺れが来るぞォ――――！」

重低音の地鳴り。それを追うように階層全体が激しく揺れる。ベルマンの注意である者は地面に伏せ、ある者は木にしがみついた若き狼人《ウエアウルフ》族たちだったが、大地が動くなど生まれて以来経験したことはない。いかに勇猛な彼らとて心身の疲労は隠せずにいた。

揺れ動く森を見上げ、ベルマンは低く独りごちる。

「S級ダンジョンならば地震が起きるくらい驚きもせんが、これは違うぞ……！」

狼の隠れ里に隣接するS級ダンジョン『蒼のさいはて』。豊かな森と湖を擁し、全五十二層からなる広大な地下迷宮。【技巧貸与《スキル・レンダー》】ことマージ＝シウによって魔物が一掃されてからは、狼人族《ウエアウルフ》が水や燃料、神銀《ミスリル》をはじめとする希少鉱石を得るための場所としていた土地だ。

だがS級ダンジョン内の環境は多様性と非常識に満ちている。魔物さえいなければただの洞窟だ、などと思っていればたちまちに足元を掬《すく》われ、ダンジョンはそのまま墓穴に変わるだろう。

そんな『蒼のさいはて』で探索や採掘を主導しているのはかつては捕虜として、今は住民として狼人族《ウエアウルフ》の里に暮らすベルマン以下三名。アビーク公爵の精鋭私兵『ベルマン隊』と名乗っていた者たちだ。それに師事して攻略のいろはを学ぶ狼人族《ウエアウルフ》の若者たちを加えた七名で中層の探索をしていた最中、ダンジョンに猛烈な揺れと地形変化が生じた。

崩れる壁や地面からは辛くも生還したが状況は好転していない。隊員六名が欠けていないことを確かめ、ベルマンは思案するように幾度も唸《うな》る。

「道は閉ざされて進退窮まり、腹の底から揺るがすがごとき地響きで休むことすらままならぬ、か。うむ、うむ」

「隊長、何か打開策が？」

「そんなものはあるわけなかろう。ただ吾輩《わがはい》は感心しているのだ。これは、すごい！」

「確かにすごいですけども！」

絶体絶命の状況で、しかしベルマンは豪快に笑った。ついに気でも触れたかと言いたげな魔術師が訝《いぶか》しげにベルマンの肩を揺さぶる。

地面の揺れと肩の揺れで二重にゆらゆらとしながら、それでもベルマンの口角は上がったままだ。

「はっはっは、酔うからやめるのだ」

「隊長、何が笑えるんですか！　これがどういう状況か分かってるんですか!?」

「分かっているから笑っておる。なに、地上にはマージ殿にシズク殿、ジェリ殿もいる。吾輩たちの戻りが遅ければいずれ助けは来よう。我らはそれまで気を図太くして待てばよい。吾輩はな、その時に手土産を渡すのが今から楽しみで仕方ない！」

「手土産、ですか？　なんのことです？」

「皆、聞け！」

これは全員に聞かせるべき。地面がまだ小さく揺れ続ける中、ベルマンは演説するかのように仰々しく告げた。

「このダンジョン『蒼のさいはて』がマージ殿に攻略されてから、まもなく二年が経《た》つ。その間、『王』を失ったこのダンジョンが崩れもせず残り続けたのはなぜだ？」

狼人族《ウエアウルフ》の一人、黒髪の若者が泥にまみれた顔で答える。疲れ切っていたその目が、しかしベルマンの意図に気づいて小さく見開いた。

「まさか……！」

「お主も吾輩に師事して短くない。そろそろこれくらいは察してもらわねば困るぞ」

「このダンジョンが保たれているのは元いた『王』の代わりに新しい『王』の卵を最奥に置いたため。それが動き出したということは、卵に変化があったと考えるのが妥当！」

「うむ。マージ殿が『魔の来たる深淵《しんえん》』より持ち帰った不死龍ヴリトラの卵。それを『王』の代わりに設置したことで、魔物も湧かず、崩れも育ちもしない静寂のダンジョンが出来上がったのだったな。それが動き出したならばそういうことよ！」

小さな予兆が出てからが長かったと、ベルマンは大仰に両手を広げて笑う。

彼にとり、このダンジョンはもはや第二の故郷だ。騎士団の過激な思想にあてられて熱に浮かされるように戦っていた私兵時代とは違う。時間こそ二年と短くとも、尽くすべき民と導くべき若者を背負い、大自然へと挑み続けた濃密な日々がここには詰まっている。

そのダンジョンの慶事は彼にとっても大きな喜びだった。

「卵が孵《かえ》るぞ！　死なずの蛇龍、幼きヴリトラ！　新たな『王』の誕生だ！」

「さすればこの『蒼のさいはて』もさらなる成長を遂げる！」

ベルマンと狼人《ウェアウルフ》が手を取り合って喜ぶ中、周りの面々は複雑そうな顔をしている。そんな不安もベルマンは笑い飛ばす。

「し、しかし！　手放しに喜んでいいんでしょうか？　奴《やつ》はあくまで魔物、長じて我らに牙を剝《む》けばどうなるか……」

「成体を倒したマージ殿もいるのだ。先のことは心配無用、今は生き残ることだけ考えればよい。まずは寝床を探すぞ！　せっかく朗報があるというのに助けが来た時に土気色の顔をしていては格好もつかぬからな、ははは！」

危機的状況には変わらないのにやたら前向きな隊長。その空気にあてられてか、あとに続く狼人族《ウェアウルフ》たちもわずかに緊張の色が抜けていく。狙ってのことかそうでないのか判然としない結果に、魔術師はやれやれと肩をすくめる他なかった。

「槍《やり》が降っても自分だけは生き残りそうですよね、隊長って」

「いや、一度は死んでおろうに。吾輩もお主も」

「そうでした。……メロのやつ、生きてますかねぇ」

「生きておるとも。死ねと命じた覚えはないのでな！」

「そんな無茶な」

「それより今は己の命の心配をせねば。さあ皆の衆、手と足を動かすのだ！」

水にだけは困らない階層で立ち往生したことが不幸中の幸いと言えるだろう。

期日を過ぎても戻らない探索隊のためにマージを長とした救助隊が組織され、大きく様変わりしたダンジョンに翻弄されながらもベルマンたちを全員無事に救出したのは、これより二週間後のことであった。

◆◆◆

「こひゅー……こひゅー……。ふはは……生還……」

「マージ様、ベルマンさんが最後です！　これで全員揃《そろ》いました！」

「よし、公衆浴場へ運べ。そこが仮設の診療所になっているから」

「分かりました！」

　ダンジョンから救出された者たちが各々の家族や友人と無事を喜ぶ中、最後の一人、隊長は最後でなくてはならないと言って譲らなかったベルマンが担ぎだされる。全員の無事を確かめたことで里にようやく明るい空気が戻ってきた。

　診療所となった公衆浴場では多くの里人がせわしなく動き回っており戦場もかくやといった喧騒《けんそう》。鉱人《ドワーフ》族が作った蒸気機関の副産物である湯や蒸気は、こんな時に冷えた体を温めるにもうってつけだ。

「こひゅー……こひゅー……」

「しっかりせよベルマン！　なぜそんなに目ばかり見開いているのだベルマン！　アンジェリーナ殿、ベルマンは大丈夫なのか!?」

　はじめは意気軒昂《いきけんこう》に皆を励ましていたというベルマンだが……。頑強な狼人《ウエアウルフ》族のようにはいかないのが人間の悲哀である。飢えと寒さに体力を奪われ、かすれた音で弱々しく呼吸するのが精一杯であった。人一倍心配していたアサギが駆け寄って生気のない顔に必死に声をかけている。

「落ち着くですアサギさん。顔はこれでもかってくらい土気色ですが命に別状はないですね。お水たっぷりにして炊いたおコメを与えていればそのうち元気になるです」

「粥《かゆ》だな！　皆の衆、『蒼のさいはて』から帰還した者たちに三分の粥を！　特に弱っている者には重湯《おもゆ》を与えよ！」

救助の指揮をとり続けるアサギも少しばかり肩の力が抜けたように見える。帰ってこない者たちをよほど心配していたのだろう。シズクも父アサギを手伝って駆け回っている。

「シズク、スキルでの治療が必要な重症者は？」

「そこまでの者はいない。ベルマンがしっかりと雨をしのげる寝床を作らせたのがよかった。狼人族《ウエアウルフ》だけだったら、なまじ雨に強いせいで濡《ぬ》れるに任せてしまって熱を奪われていたかも」

「山野の専門家の面目躍如だな」

「当の本人は張り切りすぎてあの通りなんだけど」

呆《あき》れた視線の先では、世話の焼ける功労者に薬を飲ませようと狼人族《ウエアウルフ》たちが四苦八苦している。

「よし。ではシズク、ここはお前に全て任せる。快復した者から帰してやれ。俺とアサギはイネの方を見てくる」

「分かりました、王よ」

シズクと出会ってからまもなく二年。彼女もずいぶんと頼もしくなったように思う。

やや寿命の長い狼人族《ウェアウルフ》だけあってか見た目の変化は小さく、人間でいえば一年ぶん、十三歳が十四歳になったほどだろうか。それでも心なしか背丈が伸び、顔つきも大人びて為政者の貫禄《かんろく》が出てきた。あと数年もすれば美しくも力強い里の指導者になってくれるだろう。

一方、こちらは見た目の全く変わっていないアンジェリーナが首を傾《かし》げている。

「いいんです？【技巧貸与《スキル・レンダー》】さんの回復スキルなら一発なのに」

「里の皆が心配して自分にできることを探していたんだ。それを王が奪うのは酷だろう？」

「理屈は理解しました」

「なら十分だ」

「お粥、美味《おい》しいですしね。卵入れるやつ」

「なんであんなに美味《うま》いんだろうな」

「謎です」

水がいいのか、里のコメには滋養がある。S級ダンジョンたる『蒼のさいはて』から引いた水で育てたことでマナの影響を受けているのだろうとはアンジェリーナの弁。俺のスキルで治すより時間はかかるだろうが、自分たちの手で作ったものを食って治るならそれが一番だ。キヌイとの交易で薬も手に入るようになったから万一ということもないだろう。

ようやく一安心。そう思いかけたところで、しかしシズクの声が飛ぶ。

「待て!!」

キヌイから様々な薬が手に入って救われた者も多い。だがシズクの切迫した声に振り返って、何事にも良い面と悪い面があるとも理解した。

「何を飲ませている!?」

狼人族《ウエアウルフ》の女がベルマンに薬を飲ませようとしたのを、シズクがこわばった表情で制止している。濃緑色の丸薬だ。その色合いには俺も見覚えがあった。

「……その薬をどこで手に入れた?」

「き、キヌイで買い入れた痛み止めですが……? ごく普通に薬屋で売っていました」

俺とシズク以外にも数名が気づいたようだ。皆、キヌイを騎士団が襲った際に迎え撃った者たちだった。シズクは丸薬を取り上げると匂いを嗅いで目を鋭くする。

「白鳳《ハクホウ》騎士団が使っていた亜人殺しの薬だ。剣に塗って亜人を斬れば、体内の力の流れが乱れて身動きがとれなくなる。ボクの【装纏牙狼《ソウテンガロウ》】も一度潰された」

それがこの薬のひとつの効能。そしてもうひとつ。シズクの言葉を俺が継ぐ。

「毒性のある鎮痛剤だ。アルトラがこれに頼んで【剣聖】を乱用した挙げ句、ユニークスキルが何倍も強化、暴走するほどの影響を受けていた」

理性のない目で突進を繰り返すアルトラを思い出し、胸に苦いものがこみ上げる。あれが俺でなく里やキヌイに向かっていれば何が起きていたかなど想像したくない。

問題なのはこの薬が当たり前のように出回っていることだ。

国の中央と繋《つな》がっている騎士団や、各所に強い影響力を持つS級パーティの冒険者がどこからか入手してくる、そういう薬だったはず。市井に出回るようなものではなく、まして田舎町の薬屋で当たり前に売っていていいものじゃない。

「どうしてこんなものが……」

「というわけで、ほい拝見」

「アンジェリーナ、何か分かるか」

「ご先祖様に聞いてみます」

アンジェリーナは過去千百年に亘《わた》るエメスメス家の錬金術師たちの記憶を継承している。直接この薬を知らずとも、そこから生まれる洞察力は大抵のことを見透かす。

「……なるほど」

「どうだ？」

「分かりません。分からないということが分かりました」

「エメスメス家の知識にもない、か」

作り方が門外不出な薬は多い。それでも効能確かな名薬ならば一流の錬金術師たるエメスメスの目には留まるはず。

そうならなかったからには相応の理由があるはずだ。例えば、とシズクが小さく呟《つぶや》く。

「人間の技術じゃない、とか？」

「です。亜人の技だと思います」

「まさか、森人族《エルフ》の……？」

心当たりの亜人族はいるが、断定は目を曇らせる。まずは確かな情報が必要だ。

こんな薬が何の理由もなく急に出回るとは思えない。おそらく誰かの意図が働いている。

なるべく早く黒幕を突き止めねば危険だ。

「アンジェリーナ。もし三日以内に解析して出処《でどころ》を探れと言ったら、できるか？」

「まっとうな学術的手段じゃ無理です」

「つまりできるんだな。任せられるか」

【技巧貸与《スキル・レンダー》】さん、エメスメス家がまっとうじゃない方法に手を出すと思ってます？」

「出すんだろう？」

「出しますね」

世間一般として何がまっとうで何がまっとうでないか、考えてくれるようになっただけでも成長したというものだ。分かった上で従うかが別問題なだけである。

「具体的にどうする。里に危険が及ぶ手段か？」

「まずキヌイの薬屋に売ってるみたいなんで、それを買い占めます」

「それで？」

「すると『これは儲《もう》かる！』と思ったお店は薬を仕入れようとします。仕入れ元にとっても美味しい話なので喜んで来るでしょう。そうやっておびき出して捕まえます」

「ふむ」

「拷問して出処を吐かせます」

「なるほど、まっとうな学術的手段ではないな」

「学者が学術的手段を使うものと誰が決めたです？」

「もっともだ」

『まっとうな学術的手段では無理』と言うから、まっとうでない学術的手段を使うのかと思ったが。正解はまっとうでも学術的でもない手段だった。学者の家系でありながらダンジョン攻略を目指して研鑽《けんさん》を積んだエメスメス家らしいといえばらしい。

「だが有効だし手っ取り早い。それでいこう」

「お望みとあらばまっとうでない学術的手段でもいけるです」

「嫌な予感がするからやめておこう。アサギ、聞いていたな。薬を買い占めて反応する者を突き止めてくれ」

「御意に。よほど金にがめつく良識のない人物でありましょうな」

「それと、アビーク公爵にも伝えておきたい。窓口のベルマンがあの状態だからすぐには無理だろうが……」

この一帯を治めるアビーク公爵。狼《おおかみ》の隠れ里とは表向き敵対しつつ、内々では共存を目指している関係だ。こんな薬が出回っていることに気づけば対策を打つはず。いつもはアビーク公爵の私兵だったベルマンを通じて連絡をとっていたから回復を待つしかない。

そう考えた俺の前に一人の狼人《ウエアウルフ》がずいと進み出た。ベルマンと共にダンジョンに潜っていた黒髪の狼人《ウエアウルフ》で、以前から若い衆のリーダー的存在の男だ。狼人《ウエアウルフ》たちがベルマンからダンジョン探索術を教わるようになったのも彼の主導だったと記憶している。

「アビーク公爵との連絡、私にお任せください」

「お前も戻ってきたばかりじゃないか」

「狼人《ウエアウルフ》は頑丈ですので。それにベルマンから一通りの引き継ぎは受けております」

「引き継ぎ？」

「いずれはお前たち狼人《ウエアウルフ》族だけで人間の貴族と渡り合わねばならぬのだぞ、と」

「ベルマンがそんなことを……」

「あとそろそろ山道の移動に疲れたから交代要員が欲しいと」

「その本音は伏せておいてやってくれ」

「必ずやベルマンに代わって役目を果たします。どうか、私にご命令を」

俺の弟子……というのも違うかもしれないが、知識や考え方を授けているのはシズクだ。ベルマンにとってのそれは彼なのだろう。

俺の王座は借り物。いつかは狼人《ウエアウルフ》たちに返し、自分たちだけで生きていく時代がやってくる。ベルマンなりにそれを理解して備えていたということらしい。

「では、命ずる。アビーク公爵に全てを連絡し、そちらでも調査と対策を求むと伝えよ」

「王よ」

「御意」

「誰がなんのつもりでやっているのか知らないが早急にやめさせるんだ」

おおかた、金に目の眩《くら》んだ者の仕業だろう、捕まえて灸《きゅう》を据えねば町のためにならない。

そのくらいの認識で始めた調査だったが。

思わぬ形で大きな問題へと発展していくことを、この時点では誰も予想していなかった。

「それはそれとして。ダンジョンの方は俺が見なくては」

◆◆◆

──『蒼《あお》のさいはて』下層部。

中層くらいまでは美しい湖や沼が広がり、地形や天候の変化こそあったものの今まで通りの風景が続いていた。だが三十五層を越えたところで急に様子が変わり、最下層が迫るにつれてダンジョンの内部は以前に潜った時とは全く別物になりつつある。三十五層を境に別のダンジョンになっていると言った方がいいかもしれない。

「ベルマンの予想だと『王』の卵が孵《かえ》りそうだという話だったが、いよいよ本当らしい」

現在地、第三十九層。辺り一面に碧玉色《エメラルドグリーン》の池が広がり、ところどころには鮮やかな黄色の柱が花のように彩りを添えている。

だがその美しさは死の色だ。池から湧き上がる気体は重く、一息吸えば命を失う毒の空気。S級ダンジョンでは死は意思を持つかのように自らこちらへと迫りくる。

「【森羅万掌】、起動。俺の耐毒スキル一式をコエさんにも対象拡大」

迫ってきた気体の毒気を無効化して進む。ゴボゴボと沸き立った池が後ろのコエさんにかかりそうになったのを【阿修羅《あしゅら》の六腕】で払い落とすと周りは少しばかり静かになった。

「コエさん」

「はい。以前にマスターが攻略された際とは階層の構成が異なっております。以前の三十九層は獣を捕えて食らう大森林の階層でした」

俺がこのダンジョンを攻略した時は里に危機が迫っており、一刻を争う事態とみた俺は蝸牛《かたつむり》型の『将』を使って階層境界を貫いた。

そうして対峙《たいじ》した『王』は巨大なカエルだった。ダンジョン全体を見渡しても生命に溢《あふ》れる湖や沼などが多く、『王』の影響を色濃く受けていたことが分かる。

その頃の三十九層は巨大な植物が支配する森の階層だったはず。

鬱蒼《うっそう》と茂った木や草花はそれだけでも十分に行く手を阻んだが、それだけではない。木々の根がまるで動物のようにうねり、ねじれながら侵入者に襲いかかる。一度捕まればもう逃げることは不可能。樹木の幹に体が埋まり込み、数日もしないうちに全てを吸いつくされて人形《ひとがた》の樹皮が残るだけという恐怖の森だった。

それが今や見る影もないほどに変貌している。

「よく見ると、酸の池の底に枯れた樹木が沈んでいるな……」

「『王』が孵化《ふか》してダンジョンの活動が本格化すれば魔物も発生するでしょう。おそらくは毒に関する魔物が多いはず」

「ああ、あそこと同じだ。『魔の来たる深淵《しんえん》』と」

俺が冒険者として、『神銀の剣』として最後に攻略したダンジョン『魔の来たる深淵』。あれはまさしく劇毒の迷宮だった。その『王』、死なずの龍ヴリトラの卵を最奥に据えた『蒼のさいはて』は確実にあのダンジョンに近づいている。

最奥五十二層に近いこの階層はすでにこの有様というわけだ。

「変化の境目は三十五層のようだから、農業用水に使っている第一層はひとまず大丈夫かな。あそこまでこうなったら大変なことになるところだ」

「ええ、マスター。アンジェリーナさんが水路に泳がせている魚が全て酢漬けになってしまうでしょう。そればかりかコメまで酢が回れば、以前に書物で見た『コメを酢と混ぜ、こちらも酢で締めた魚と合わせて握る食べ物』が完成してしまいます」

「うん、そうはならないかな」

「なんと」

「コエさん、無理に空気を和ませようとしなくていいからね」

「承知しました」

俺の表情が険しいと見て気を遣ってくれたのだろうが、コエさんが言うとどこまで本気かたまに分からない。

「影響が出るにしてもまだまだ先の話だろうしね」

ちなみにアンジェリーナが水路で育てている魚も次第に種類が増え、最近だとコイとかいう一抱えはありそうな巨大な魚も泳いでいる。これも遠国に棲《す》む魚でアンジェリーナ曰《いわ》く『なんでも食べるから外に流出したら大変なことになる』という。ただ味はいいらしい。

そんな恐ろしい魚がいるものかとも思ったりしたが、心配も賞味も全ては水が健全であってこそだ。

「とはいえ卵を設置していなければとうの昔にこのダンジョンは崩落していたでしょう。それでは里の復興もなかったと考えれば、マスターは正しい判断を下されたと考えます」

「……ありがとう」

さらに歩を進め、五十二層に足を踏み入れる。ここが『蒼のさいはて』の最下層だ。

もっとも、いつまでここが最下層かは分からないが。

「ダンジョンが脈動している……」

どくんどくんと、まさしく脈打つように。黒い岩肌が大きく振動している。その根源は間違いない、最奥に設置された一抱えはあるヴリトラの卵だ。

それに俺が近寄った途端、力強くも安定した鼓動を発していた卵に異変が起きた。同時にダンジョンも激しい地鳴りを上げて蠢《うごめ》き悶《もだ》える。

「マスター、卵の様子が」

「まさか、俺のことが分かるのか」

この卵にとって俺は親の仇《かたき》だ。俺はこの卵の前で親を二千年は帰れない星の海へと追いやった。そのことを感じ取ったのかは定かでないが卵がより一層大きく脈動し、そして。

「割れた……！」

殻にヒビが入る。そのわずかな隙間から覗《のぞ》いたのは小さな黒い瞳。

コエさんを後ろに下がらせてその場で待つ。やがて殻から姿を現した純白の『王』は体こそ人間よりも小さかったが、確かに不死龍の威厳を放っていた。赤い舌をチロチロと出し入れしながら俺のことを見つめる白蛇。その内にあるのは親愛か、敵意か、恐怖か。

やがて小さな蛇はしゅるしゅると体を這《は》わせて最奥の暗闇へと消えていった。そこが自分の座すべき場所だと知っているかのように。

「マスター、あのままでよろしいのですか？」

「不死の龍だからね。放っておいても死ぬことはないし、下手に人間が触る方がよくないだろう。それにしても生まれたてであの知性は末恐ろしい」

「知性、ですか？」

「本能に任せるなら俺に襲いかかるか、あるいは慌てて逃げるかだったろう。けれど奴《やつ》はじっと俺を観察して敵意のないことを見抜き、悠々と立ち去った。大物だよ」

奴の親は強大な龍だった。高すぎる生命力もさることながら、その恐ろしさはダンジョンを毒で満たして身を潜め、敵が人間一人であろうとも暗闇から襲いかかる、そんな高い知能と慎重さだ。

獰猛《どうもう》さと賢《さか》しさ、凶暴さと慎重さ。一見すると矛盾する性質を両立する『強《したた》かさ』こそがヴリトラという龍種の長所だ。

「あの子蛇もきっと強く育つ。俺たちの味方としてか敵としてかは分からない。ただ……」

「はい、マスター。私も同じことを感じました」

小さな確信があった。間近で目を合わせて得た直感といってもいい。

あの龍は、俺が自分の親を殺した相手であると理解している。だが敵意や害意はない。あったのは強者に向ける純粋な、敬意とも畏怖ともつかない純白の感情だった。

人と龍が共に生きるなど前例はないだろうが、それが分かっただけで十分だ」

「決して分かり合えない怪物じゃない。それが分かっただけで十分だ」

「はい、マスター。時間をかけて関係を築いていけば、きっと道も開けるでしょう」

気づけばダンジョンの脈動は静かなものに変わっていた。孵化に伴う大きな波が収まり、ゆっくりと穏やかな変化へと切り替わったのだろう。これなら上層部まで影響が及ぶのはまだまだ先とみてよさそうだ。

踵《きびす》を返して地上への帰路につく。あるいは人間の勝手な思い込みかもしれないが、今はそれでいい。断じて不可能だと感じることに挑める人間は少ない。挑むに足ると、そう考えられるだけの何かを得られたことそのものが収穫だ。

「ところでマスター。分かり合うのは絶対に不可能だと言えば、それはそれでアンジェリーナさんがなんとかしてしまうのではありませんか？」

「それは……。そうかもしれない。錬金術師は不可能を探しては可能にしてしまうから。いいじゃないか、心強くて」

ダンジョンの脈動は、今なおゆっくりと続いている。

第1章

“SKILL LENDER”
Get Back His Pride

Before I started lending,
I told you this loan charges 10%
interest every 10days,
right?

1.【アルトラ側】人でなしと人でないもの

遡ること、しばし。

アルトラたち三人が雪と氷に覆われたレオン・エナゴリス山脈を越え、命からがら辿《たど》り着いたファティエの街。そこで奇《く》しくもかつての仲間である聖女ティーナの生家『おふくろ酒場』に居着いて一週間が経《た》とうかという頃のこと。

「お店の新名物として花火を立てたケーキとか出してみようと思うんですけど！　こう、クリームをモリモリに盛りまくったやつから火花がバーッて！」

ティーナ＝レイリの妹、ミーナ＝レイリ。閑古鳥の鳴く酒場でミーナが持ち出したケーキの上では、棒に火薬を塗った簡素な花火がバチバチと安っぽい火花を散らしていた。

自信満々にそれを見せられたアルトラ＝カーマンシーはといえば、金髪を掻《か》きながら左目で呆《あき》れと苛立《いらだ》ちの混ざった視線を向けるのみだったが。失った右目は街で調達したばかりの黒い眼帯で覆われている。

「却下。酒のアテになるかそんなもん」

「えー、新しくていいと思うのに……。きっといつか流行《はや》りますよ、遠い未来かもだけど」

「ケーキから火花散らして喜ぶ時代なんざ来たら世も末だな。それより、店自体の改装と店名の変更の方はどうなってる？」

「あー、それが……」

ティーナの実家にあたるこのボロ酒場の復活を依頼され、その準備に奔走する旧『神銀の剣』。そんな彼らにさっそく大きな壁が立ちはだかっていた。

「改装どころか店名も変えられない？　なんだそりゃ」

手始めに『おふくろ酒場』なる牧歌的な店名を変えるところから着手したアルトラたちだったが、まずそこで躓《つまず》いた。

すでに残り少なくなってきた濃緑色の丸薬をかじりながら不機嫌そうに顔をしかめるアルトラに、この酒場の店主の娘、ミーナ・レイリは肩をすくめて事情を語る。

「銀行のこととか組合のこととか色々……。ヴェールファミリーの連中に目をつけられてる店なんか早く潰れてしまえクソゴミがって思われてるんですよね。手続きのいるようなことは閉店と破産以外はまともに通らないんじゃないかなって」

こりゃ参ったな、とアルトラは思案を巡らす。

ヴェールファミリーはこの街を裏で仕切る組織の名だ。構成員が髪を緑に染めているのが特徴の、有り体に言ってたちの悪い集団である。

厄介なことにアルトラたちは街に到着してすぐにミーナとヴェールファミリーとのいざこざに巻き込まれ、成り行きで敵に回してしまった。下っ端とはいえ構成員を叩《たた》きのめしてしまったのだからごまかしも効かない。

「今はアルトラさんたちを警戒してるのか静かですけど、いつ報復に来られるかも分かりませんし」

「ま、ああいう連中はメンツが命だからな。適当に頭数が揃《そろ》ったら来るだろうな」

「そうなったら終わりですよね……。やっぱり私、借金のカタに見世物小屋で魔物に純潔を捧《ささ》げることになるんですかね」

「毎回それ言うよな。意外と興味あんのか」

「カチ割りますよ。けどお店が壊されたりしたらどうすればいいんだろ……」

「……その手があったか」

「はい？」

「おい、そのケーキに差した花火はどこで売ってる？　ありったけ買ってこい。大至急だ」

「わ、分かりました！」

舐《な》められたら負けの世界、ヴェールファミリーの動きはそこそこ早く。

翌日の夕刻には、酒場前に十人を超える男たちが棍棒《こんぼう》やらナイフやらを手に集まっていた。リーダー格とみえる男が一歩前に出て酒場に呼びかける。

「ヴェールファミリーの者だ。貸した金、耳を揃えて返してもらおうか」

酒場からは返事がない。薄暗いが灯《あか》りはついており、無視を決め込んでいるのは明らかだった。交渉決裂とみた男は店に背を向けて部下たちへ指示を飛ばす。

「いいか、金目のもんは全部かっさらえ。ミーナとかいう娘もだ」

「ところで兄さん、腕の立つ用心棒がいるって聞いてるがどうなんだ」

「男が二人に小娘が一人だ。この人数相手じゃ何もできねえよ」

「ところで兄さん」

「しつけえな。なんだよ」

「燃えてます、酒場が」

「は？」

　言われてみれば焦げ臭いなとリーダー格の男が後ろを見れば、『おふくろ酒場』から火の手が上がっていた。中からはバチバチと何かが弾《はじ》ける音が聞こえ、ほのかに硝煙の香りが漂う。

「火事だ!?」

「ど、どうする兄さん！」

「こんな入り組んだ場所で燃え広がったら大変なことになるだろうが！　消せ！　すぐ消せ!!」

　井戸も限られた裏町で水などそう大量には手に入らない。砂やら土やら使えそうなものをかき集めようとするヴェールファミリーの前に現れたのは恵体の金髪男。

「おいおいおいおい、なんてことしてくれるんだいヴェールの兄さん方よ」

「お前は用心棒の！」

「いくら借金を返せねえからって、なんぼなんでも店に火をかけるこたァねえんじゃねえの。ましてこんなに建物の密な場所でよ」

「俺たちが知るか！　まさかお前らの仕業か!?」

「オレらが？　命より大事な自分の店に火を？　なーんでェ??」

「ぐ……！」

そうこうするうちに近所の住人も集まってくる。こうした裏町では自分たちの身は自分たちで守るのが当たり前だ。それぞれ水や砂の入ったバケツを手にして酒場に駆け込んでいき、火は消し止められてゆく。

「住民の皆さんのおかげで大事には至らなそうだ。よかったな、ヴェールファミリーさん」

「だから火はお前が！」

「だーかーらー、理由がねェって言ってんだろ理由がよ」

アルトラの言う通り、常識的に考えれば自分の店に火を放つなどありえない。まして武器を手にして店を取り囲んでいた男たちが「自分たちは何もしていません」などと言ったところで信じる者などいるわけがない。

言葉に詰まった兄貴分にアルトラは詰め寄る。

「あんたらみてェな稼業は大変だよな。舐められたら終わりだが、行き過ぎて周りの反感を買っても生きていけねえ。肩で風切って生きてるようでも他人の顔色ばっか窺《うかが》う毎日だろうな」

「お前、そのために火を……!?」

「あんたら、この酒場の親父《おやじ》を騙《だま》くらかして借用書にサインさせたろ。騙して借金背負わせて、返せなければ街の危険も顧みず火をかける。そんな連中がこれからも街を仕切れるもんかね？　こいつは経験談だが……」

追い詰められた借金持ちは怖いぜ？

そう締めくくったアルトラに緑髪の男はたじろぐことしかできない。脅迫しに来たはずなのに逆に脅迫されている状況に理解が追いつかない。

「なーに、オレらも鬼じゃねェ。借金はいずれきっちり返してやるよ。ただ……」

「た、ただ？」

「銀行やらなんやらに圧力かけんのやめろ。鬱陶しくて仕方ねェ」

「くっ……！」

「あとあんたらが焼いた店の修繕費、出してくれねェかなァ？」

「馬鹿言うな！　なんで債務者に金やらなきゃならないんだ！　そもそも火をかけたのは俺たちじゃ……」

「出してもらえねェのかー。じゃあ今度はアレだな。うちの看板娘が全裸に剝《む》かれて店の軒先に吊《つ》るされるんだろうなァ。こわーいヴェールファミリーさんのことだ、そのまま娘の爪を剝いで皮を剝いで、さらには火炙《ひあぶ》りに……。街の連中は怒り狂うだろうなァ」

「悪魔か貴様!!」

緑髪の兄貴分もさすがに一歩退《ひ》いた。

言うことを聞かなければそれを実行してヴェールファミリーのせいに仕立て上げると

言っているのだ。いくら恐怖と暴力で支配するにしても限度がある。市民にそんなことをしたと知れ渡ればヴェールファミリーとて居場所はない。

と、少し離れた物陰で話を聞いていたらしいミーナが慌てて駆け寄ってきた。

「あ、あのーアルトラさん？ 私について不穏な言葉が聞こえた気がするんですが？」

その後ろに家財道具を背負ったエリア――焼け出されたように見えるだろうとアルトラが用意した仕込みだ――が続く。

「苦情。重い」

「それより、え、え、え？ 裸吊り？ 火炙り？ エリアさん、あれ本気じゃないですよね？」

「前提の一。もし実行すれば鬼畜の所業」

「ですよね！」

「前提の二。アルトラは鬼畜」

「え？」

「つまりアルトラならやりかねない。証明終了。大丈夫、爪ならまた生える」

「生えるまでがクソ辛《つら》いんですけど」

エリアの隙のない論理展開にアルトラはやれやれとため息をつきつつも、ヴェールファミリーへはいい牽制《けんせい》になったなと心の中でほくそ笑む。

「雑な三段論法だなオイ。否定はしねェが」

「否定はしないんですね……」

「当たり前だ。やる、っつってやらないのが一番舐められる。もし要求が通らなければ服剝いで爪剝いで皮剝いで火炙りだ。店も焼かれたんだから お前も耐えろ」

「たしかにお店が耐えたんだから私もそのくらい我慢しないとですね……」

「心配するこたねェ、焼き鉄くらいならオレもやられたことあるが死にゃしねェよ」

「さらっとクソしんどい過去を明かしますね」

亜人族の反乱だと思って告発したら、巡り巡って自分が獄吏に引き渡されてしまったのもしばらく前のこと。痛めつけられ、薬の乱用と獄中の病で右目まで失った苦い記憶を蘇《よみがえ》らせながらアルトラは面白くもなさそうに笑う。

そんなやりとりを目にしたヴェールファミリーたちの感想はひとつだった。

「こいつら、頭おかしい」

すでに火は消し止められ、消火を終えた住民たちの視線がヴェールファミリーに注がれている。その暴力を恐れてか誰も何も言わない。それでも、これ以上この場にいてもアルトラたちが有利になる一方なのは誰の目にも明らかだった。アルトラの話で青くなったミーナの顔色も傍目《はため》には店を焼かれた哀れな少女のそれに見えていることだろう。

「くそっ、引き上げを……いや……」

「兄さん、そんなことしたら」

「分かってんだよ！」

そんな煮えきらない様子に、アルトラは不審なものを感じ始めていた。

「こいつら、おかしいな」

どう考えても引き上げるべき状況。だがそれを強く躊躇《ためら》う緑髪の男たち。

ここにいるのは不正な工作で借金を負わせたヴェールファミリーと、不正な工作で放火をでっちあげたアルトラ。お互い腹を探られれば困る身だ。膠着《こうちゃく》状態が続くのはどちらにとっても好ましくないが、それでもどちらも動かずに時間が過ぎる。

「おい、お前ら……あん?」

強引にでも状況を変えねばとアルトラが口を開くと同時、場の空気が変わったことがはっきりと分かった。失った右目がぴりぴりと痛むような感覚を覚えて右方に振り返ると、一人の女が遠目に見えた。

「エンデミックスキル【過憂不朽《カユウフキュウ》】、起動」

女にしてはやや低め、鶴のようによく通る声だった。それが聞こえると同時にヴェールファミリーの半数ほどが地面に倒れ伏す。まるで何かの毒にでもあてられたように口から泡を吐き、苦しげに地面をひっかきながら悶《もだ》え、呻《うめ》く。

アルトラと話していた兄貴分もまた顔を苦痛に歪《ゆが》めながらビクビクと痙攣《けいれん》している。突然の事態にさしものアルトラも動揺を隠せない。

「なんだ、こりゃ……」

声の主が近づいてくると、住民たちが誰からともなく道を開けた。割れた人だかりの間を悠々と歩いてきたのは長身の美女。長い金髪は光に透かすと緑に色づき、女の動きに合わせて艶やかに流れる様はどこかティーナを思い出させる。若々しさと老獪《ろうかい》さを兼ね備えた顔は二十歳にも四十歳にも見えて年齢は判然としない。

「あの緑髪……。地毛か？」

アルトラはじっと見つめて呟《つぶや》く。店を襲った男たちの緑髪はひと目で染めたと分かる不自然で安っぽい色味だった。が、女のそれは違う。金のせせらぎに豊かな森の新緑を映したような、夕闇の中でも輝くばかりの髪色をしていた。

「ずいぶん予定と違うね。やっと国を作ろうって時に手間をかけるじゃないか」

「ま、ママ！　これはその、なんといいますか」

「ママ？　母親？」

口にはそう出しつつも違うことはアルトラにも分かっている。ヴェール家族《ファミリー》という組織名にのっとって頭領が男なら父、女なら母と呼ばれるのは想像に難くない。

それが何故本当の母親でないと分かったかといえば、その風貌。

人間離れした美貌、切れ長の目。そして尖《とが》った耳。

「あっちじゃ狼人《ウエアウルフ》、こっちじゃ黒幕は森人族《エルフ》ってか……！」

訝《いぶか》しむアルトラをよそに、森人族《エルフ》の女は部下からなにやら耳打ちされると「へえ」と興味深げに笑う。

「金髪の美男で目つきの歪んだ隻眼、傷だらけの恵体。あんたがアルトラだね」

「はっ、森人族《エルフ》の世界でも有名人かよ。天下のＳ級冒険者は辛いねェ」

「元、でしょ？」

「余計なお世話だ。回りくどいのはガラじゃねえ。なんの用だ草食動物」

「なに、そんなに身構えなくていい。火が出たと聞いたから慰問に来ただけのことさ。うちの若いのが世話になったたね」

悪態をつきつつもアルトラの背に汗がにじむ。およそ全てを舐《な》めてかかってきた彼だが、生物として持つべき未知を恐れる心は残っている。

その本能が言っている。怯《おび》えを見せたら食われると。

「私はレモンド＝ヴェール。ようこそ、我がファティエの街へ」

「ご存知アルトラ＝カーマンシーだ。はっきり言っとくがオレは『借金取り』って奴《やつ》がこの世で一番嫌いでな。てめぇとだけは仲良くやれる気がしねェ」

「奇遇だね、私も生意気な餓鬼は嫌いだ。けど今回だけはその度胸に免じて望み通りにしてやろうじゃないか。見舞金は明日にでも現金で持ってこさせるから待っているといい。銀行や組合ももう何も言ってこないだろうさ」

ただ、とレモンドはアルトラと額がぶつかりそうなほどに近づいて威圧した。

「二度とヴェールを謀ろうとは思わないことだ。次はないよ」

そう言い残し、部下を連れて引き上げてゆくレモンドをアルトラとミーナは黙って見送る。もしも戦闘になっていれば勝ち目などあろうはずもないのは肌で分かった。見逃されたという事実に、屈辱よりも安心感が先に湧いたことにアルトラ自身が一番驚いていた。

「ダンジョンが服着て歩いてるみてえな女だ……」

人間にならば見逃されても屈辱しかない。だが相手が天災やそれに類するものならどうか。嵐や地震が過ぎ去った時に屈辱を感じる者はいないし、それを耐え抜いた安心感と達成感があるだけだろう。レモンドと会話したアルトラに残ったのはまさにそれだった。

手にべったりとかいた汗に気づいて拭き取るアルトラに、そういえば、とミーナが声をかけた。肝の太さという面ではアルトラ以上のものを持っているのがこの少女である。

「ところでアルトラさん」

「あ、あァ。なんだ」

「ゴードンさんって……」

その名前が出て、アルトラは完全に頭から抜け落ちていた大男のことを思い出した。

「あ、忘れてたな。まあいいや」

「万一の時に火を消し止める役として酒場に隠れてもらってましたけど、この感じだと出てくる頃合いを見失って中で水かぶってますよね」

「推測。明日は風邪」

「クソッ、水樽《みずだる》作戦は名案だったが無駄な手間だったな」

酒場で金目のものといえば酒そのものだ。アルトラたちは予《あらかじ》め酒樽を他所《よそ》に隠し、代わりに水を詰めた古樽を店に並べておいた。もしヴェールファミリーに奪われても懐が痛まないし、放った火が強くなりすぎたら消火に使える。一石二鳥の策である。

ただし誰か一人は酒場に隠れていなくてはいざという時に樽の栓が抜けない。腕力も考慮してゴードンが選ばれたが、幸いと言うべきか周辺住民の消火が迅速であったために出番はなく、不幸にも水や砂を浴びせられながら隠れ続けることとなった。

かくしてゴードンの風邪という代償を払ったものの。翌日にはレモンドの言葉通りに緑髪の人間が金を持って酒場にやってきた。てっきり店を襲った男かその弟分が来ると思っていたアルトラがそう尋ねると、使いの若者は「まだ立ててないんです」と身を強張《こわば》らせて帰っていった。

「ったく、森人族《エルフ》様は愛想もなければ容赦もねえってか……。まあいい。これで邪魔は入らなくなった、金も手に入った。あとは店を立て直すだけだ」

「まずは改装ですね。ちょっと焦げちゃいましたしドロドロです」

「男どもが押し寄せる最強の酒場だ。それに相応《ふさわ》しい店構えにするからな」

そこからは試行錯誤の日々だった。

客層に合わせて外観やメニューを思索し……。

「父さんと私が近所の競合店に負けた理由って、一番は客層がかぶってたからなんですよね。お客さん根こそぎ奪われちゃって。別の層を狙いますか？」

「いいや、それだと結局また奪い合いになる。奪い返すぞ。今度はこっちが潰す番だ」

「うちはまだ潰れてないんですけど！」

収益性を考え……。

「客単価ァ？　一人十万インも落とさせりゃいいだろ」

「アルトラさん、金銭感覚のズレた金持ちの真似事《まねごと》を続けても虚《むな》しいだけですよ」

「その細い首ねじ切るぞ」

差別化点や売りを作り……。

「お酒やご飯で差をつけるとなると値が張っちゃうのは避けられないですね」

「なんかねえのか。初期投資の一発で一生差が付くようなもんは」

「んー……。給仕の服とか？」

「制服か。アリだな」

並行して宣伝や、念のためにヴェールファミリーへの警戒もこなさなくてはならない。

レイリ父娘にアルトラら三人の五人で進めるのは多忙を極めたが、数週間をかけた末に新装開店の準備はようやく完了した。

その間にヴェールファミリーからの妨害はなく、せいぜいたまに石が投げ込まれる程度。それも都度ゴードンがその巨軀《きょく》といかつい顔を見せていたら減っていった。

「ついにきたな」

そして今日、かつての寂れた酒場は新装開店を迎えるに至った。幾日幾夜も考え、考え、考えに考え抜いた結晶がそこにある。

そしてより多くの客を集めるために様々なアイデアが出される中で、最も有効性を認められ採用されたのは意外にもこの男の案であった。

「おれが、店長……！」

元王宮門番ゴードン、冒険者を経て酒場の店主となる。

「形だけだ。しょぼくれたマイモの親父《おやじ》じゃ緑頭《ヴェール》共に睨《にら》みが利かねえ。つまりはカカシだカカシ」

「おれは元々門番だからな。立って睨んでいるのは得意だ」

「前向きかよ。とにかく、経営はオレがやるからお前は突っ立ってろ。暴れる客や食い逃げに容赦はいらねえ。すり潰せ」

「わ、分かった」

アルトラは給仕長という立場に収まった。給仕などできるかと大いに渋ったが「顔のいい男はホールに立つべき」というエリアの言葉に乗せられた形である。調理は元店長であるミーナの父、マイモ＝レイリが担当。給仕はミーナとエリアの二人が務める。

給仕服は特徴を出すために貴族などの屋敷に仕える侍女、すなわちメイドを模した衣装とした。冒険者時代にゴードンが通い詰めた酒場からアイデアを借用した形だ。このファティエの街はもちろんのこと、調べた限りではナルシェ全国見渡してもこのような店はまだない。先行者として利益を独占できるだろう。

「疑念。フリルの多さに誰かしらの趣味を感じる。あとスカートが短い」

「もっと短いスカートでダンジョン潜ってた女が今さら何言ってんだ。あと売りもんのスフレを食ってんじゃねェ！」

「やー、にしたって思ったよりフリフリに短くなりましたね……」

「計算上はそれがベストだ」

スカート丈を気にするミーナだが、開店の時間はすでに目前。

アルトラはネクタイを締め直して檄《げき》を飛ばす。

「さあ、メイド酒場『ファンシーミーナ』、開店の時間だ野郎共!!」

そこまで口にして、アルトラの頭にふと疑問が浮かぶ。

自分はどんな酒場を作ろうとしていたのだったか。徹夜を繰り返しながら集客力や収益性、話題性などあらゆることを考慮する中でそれがどう変わっていったか。

考えすぎて発想が斜め上の方向へと向かいはしなかったか。

「……益荒男《ますらお》ひしめく最強の酒場を作るはずが、どうしてメイド酒場になってんだ？」

彼の疑問に答える者はいなかった。

そんな多少の予定外はありつつも計算に裏打ちされた戦略は当たり、『おふくろ酒場』改め『ファンシーミーナ』の経営は軌道に乗っていった。

「……あん？」

多忙な日々は流れるように過ぎ去り、しばらくが経《た》った頃。

アルトラはふと店の表に妙な気配を感じて目を向けた。

やや人目を忍ぶように入ってきた一人客——初見の一人客はだいたい気まずそうに入っ

てくる——の、その後ろ。テコテコと不格好に走る小さな影だ。

「なんだ？　今の人形みてェなの」

「苦情。ホールが多忙。サボるな給仕長」

「いや、今しがた入った客の後ろで小さいのがチョロチョロ歩いてたような……あァ!?」

その正体に目を凝らしたアルトラの口から荒い声が出た。

大きさは人間の膝ほどと小さいが、つるりとした白磁の体を見紛《みまが》うはずもない。

「ゴーレム!?　おいおいおいおいおい、胸クソ悪いもんがいるじゃねえか！」

アルトラがゴーレムで思い出すものといえば赤髪の錬金術士。そして錬金術士が組んだ憎き借金取りだ。どちらも苦い敗北を喫した相手であっていい思い出はない。

「まさかアンジェリーナがこの近くに？　いや、流石《さすが》にないだろ。あってたまるかそんな偶然。たしかゴーレム作りってのは珍しいだけでコモンスキルだし別人だろ……」

「おいアルトラ、さっきから何してるんだ？」

「黙ってろゴードン。商売の邪魔になりそうな人形をどかそうとしてるだけだ」

現実的にあり得ない可能性を排除してアルトラが蹴飛ばすと、小さなゴーレムは白磁の見た目にふさわしく粉々に砕け散った。

◆◆◆

「ふうん、人形にキレ散らかして蹴飛ばしてた、と。何をやってるのやら」

そんなアルトラの様子を報告されたレモンドは、やれやれとため息をつきつつ奥にいる人影に声をかけた。

「……これでいいんだね？」

小さな灯《あか》りがひとつ灯《とも》るきりの薄暗い部屋。甘ったるい香りの煙が漂う中、森人族《エルフ》の長レモンドが語りかけるのは白髪頭の、こちらは普通の耳をしたヒトの老人だった。

煙管《きせる》を吸った後に返ってくるのはゆっくりと、だが確信のあるしわがれた声。

「そうだ」

「今のアルトラに本当にそこまでの価値があるのかい？　そりゃ私もアルトラが街に来た時は切り札になるかと期待したがね。今の奴はまるで牙を抜かれた獣。国上層部との折衝まで取り持ってるあんたを信用はしちゃいるが、とても役に立つ力があるとは思えないね」

「だからこそ、よい」

老人はようやくレモンドに目を向ける。低くくぼんだ眼窩《がんか》の奥から、この一帯では珍しい黒く濁った瞳がレモンドをじっと見つめている。

「マージはなまじ賢いが故に他人を過大に評価する。しすぎると言ってもよい。自分が考えつくことは敵も気づいているかもしれないと常に考える。それが却《かえ》って無能のミスを見落とす原因にもなりうるがな」

「それとこれと何の関係が？」

「そんな奴《やつ》が侮る唯一の相手。もっともよく知っているが故に力量を正しく見積もって『しまう』敵。それがアルトラとその仲間だ」

一拍置いて、老人は口角をわずかばかり吊《つ》り上げた。

「彼奴《きやっ》らは必ずやマージを殺す切り札となるよ」

「そう。あんたが言うならそうなんだろうね」

「ああ。奴は儂《わし》が育てた。奴のことで知らんことはない。奴に分かることで儂に分からんこともない」

心底愉快に、そして陰湿に。老人の影はくつくつと小さく笑った。

「儂に全て任せよ。貴様らの国はすぐそこだ」

2．計画

俺たちがヴリトラの孵化《ふか》を見届けた五日後。

例の薬についてキヌイで調査していた狼人《ウエアウルフ》から連絡が入った。俺は詳しい話を聞くためにコエさんを連れてキヌイまで跳び、案内の狼人《ウエアウルフ》に連れられて目立たない家屋へとやってきて今に至る。

「王よ、こちらで待たせております」

アンジェリーナの方策は見事に功を奏して疑わしい人物が見つかり、話を聞くために同行願ったという。

シズクがその男を拘束しているという家に入ると、他にも数名の狼人《ウエアウルフ》がものものしい雰囲気で待ち構えていた。

「シズクはいるか」

「は、奥の間に」

果たして、欲にかられて危険な薬を売った下手人の正体とは。

部屋にはシズクに見張られて滝のような冷や汗を流す男が一人。目隠しをされて縛られているのは、まあ予想通りといえば予想通りの人物だった。

「わ、ワタシをどうする気だ！　儲《もう》け話《ばなし》があるなどと言いおって!!」

「ゲラン、お前か……」

「む、その声はマージさんか!?　いいところに来た！　ワタシの潔白を証明してくれ！」

「……とりあえず、目隠しを外して縄もほどいてやれ」

この町で金に関してはもっとも信用でき、それ以外は信用できない男。穀物商ゲランである。俺に助けを求めたゲランにシズクがじろりと疑いの目を向けている。

「本当に潔白ならな」

「な、なんのことだ!?　取引で悪貨を選んで支払っていたことか……？　いやいやいや、それは誰でもやっていることだろう!?」

「意外にまめなことをしているじゃないか」

悪貨と良貨という概念がある。

貨幣は額面こそ全て同じだが、その品質は作られた時期や場所によって微妙に異なる。となれば金銀の純度の高い良貨は手元に置き、混ぜものの多い悪貨を支払いに使いたいのが人情だろう。禁じられている行為だが「偶然悪いものに偏りました」と言えてしまうため取締りは難しい。

よもやゲランの商売規模でちまちまと選《よ》り分けているとは思わなかったが。そういえば初めて会った時にも貨幣を数えていたが、あれも選り分け作業だったのかもしれない。

「仕方なかろう！　特に近頃は金相場の乱れと贋金《にせがね》の流通でこちらも冷や汗が止まらんのだ！」

「贋金か。お前が言うのなら結構な量が出回っているのだろうな」

「相当よ……。おのれ贋作師《がんさくし》め、半端に質のいいものを作りおって……」

一般論として、金貨、銀貨といっても純金や純銀でできているものの方が少ない。貴金属は総じて柔らかくすぐ潰れてしまうため、錫《すず》や銅などの混ぜものをして合金にすることで損耗を抑えているのだ。

……というのは建前で、そうして製造にかかる費用を抑えているのが実情だが。そうしないと十分な枚数を作れないし、また金銀の海外流出に繋《つな》がることもある。かといって混ぜものを増やしすぎても貨幣としての信用度、ひいては価値が下がるのだから貨幣の純度というのは実に繊細な問題なのだ。

さらにややこしいことに贋金という問題もそこに絡んでくる。粗悪な貨幣を大量にばらまき、敵国や敵領の貨幣の信用度を下げて経済的に攻撃したりするのは常套手段《じょうとうしゅだん》。人間が金属貨幣を使い出したと同時に生まれたと言っていいくらいの古い手である。

「贋作の質が上がったというのは、やっぱりヴィタ・タマのか？」

「そうだとも。庶民や無知な貴族どもは金が出た金が出たと無邪気にはしゃいどったようだが、あんな無秩序に飛び散ったのでは始末に負えん」

「マージ、それだと何がダメなの？」

「色々と問題はある。ゲランの様子を見て分かる通りだ」

ゲランは毛のない頭をかきむしりながら贋作師やそれを雇った何者かへの呪詛《じゅそ》を吐き続

けている。よほど苦労させられているようだ。

先般のヴィタ・タマにおけるS級ダンジョン『紅奢《ぐしゃ》の黄金郷』の魔海嘯《マカイショウ》。あの時に噴き出した黄金はその大半をアビーク公爵が回収したのだが、掬《すく》えば漏れるのが世の常というもの。一部は流出し、中には贋金作りに使われてしまったものもあるという。

「そもそもな、贋金というのはほとんど金銀を使わん。いかに金を使わずに見た目や重さの違いをごまかすか、こちらはそれを見抜けるか。そういう勝負だったはずなのだ」

「今回は違うと？」

「大量の金が出たという報に、値下がりを恐れた貴族どもが手持ちの金を売って銀から何から他の金属を買い漁《あさ》ったのだ……!!」

「……それは相場が荒れるな」

「ほんの一時だが金が銅より安いなどという狂った事態になってな……。アビーク公爵が相場に介入しなければどうなっていたことか」

こうして一時的にだが市場に金が溢《あふ》れ、銀や銅、錫、鉛などが品薄になった。結果、贋金作りに使う卑金属が足りなくなり、かえって本物より金の純度が高い贋金が作られてしまった。

本末転倒な気もするが贋作師にも贋作師の都合があるのだろう。主に納期とか、納期とか、あと納期とか。

今となっては相場の方はだいぶ落ち着いているが、出回った贋金が消えるわけではない。

その現状にゲランは深いため息をついている。

「つまりだ。厄介なことに、今は本物の金貨、本物より質の悪いニセ金貨、本物より質のいいニセ金貨が流通しているのだ。本物より質がよくてもニセはニセ。いつ使えなくなるとも分からんのでは信用できん」

「たしかに難解だが、そんなにまで流通するものか？　国が作るのとは枚数の規模から違うだろう」

「このところで急激に増えていてな……。特にここ最近はひどい。選り分けねば商売にならん。まあ質のいいもの悪いものが交ざってくれたおかげで、むしろ全体としては安定したともいえるが」

「いい贋金で経済が再生することもあるんだな。ところで、一応聞くが」

「む？」

「シズクを雇っていた頃、給金を粗悪な贋金で払ったりはしていなかったろうな？」

「…………いや、そんなことは決して」

　そう言いつつもゲランは目をスッと逸《そ》らした。シズクの疑いの目がさらに鋭くなる。

「マージ、やっぱりこいつが犯人でいいんじゃないか」

「落ち着けシズク。これはこれ、それはそれだ」

「だから犯人とはなんのことだ！」

　心当たりは多いようだが、問題はその中に今回の本題があるかどうかだ。シズクが頃合いと見て尋ねる。

「ボクらが聞きたいのは薬の件だ。中毒性のある鎮痛剤を卸したか？」

「鎮痛剤……？　いや、知らん。少なくともここ五年、薬の類《たぐい》は扱っていない」

「嘘《うそ》をついても無駄だ。ボクらがその薬を買い占めるや否や、すぐに反応したことは分かってる」

「キヌイで大きな買い物があれば反応するに決まっているだろう！　上手《うま》く乗れば儲かるかもしれんのだぞ！」

「全く関係ないけど情報網で察知したってこと？　疑わしいな。いくらなんでも反応が早すぎる。それこそ寝食を忘れて金のことにだけ目と耳を傾けていなければ……」

シズクの言うことはもっともだが、その場にいる全員が――ゲラン自身も含めて――同じ考えに至った。

「ゲランならやるんじゃないか」

「ゲランさんならやると思われます」

「ゲランならやりかねないか……」

「やらない方がどうかしている！」

心外だとばかりに憤るゲランは、豊かな頬肉をぶるんぶるん揺らしながらシズクに向けて講釈とも不平ともつかないものを垂れている。

「ワタシとて粉ならなんでも売るわけではない！　第一な、薬物中毒者を作る商売は定住者が多い場所でやってこそ儲かるのだ。キヌイは宿場町ぞ？　住人は少なく、行きずりの旅人に薬を売ったところで中毒になる前に出ていって稼ぎにならん！　衛兵や役人に目こぼしをもらうための賄賂だって馬鹿にならんし、背負う危険と見込める稼ぎの釣り合いがまるでとれておらん。あと仕入れの問題も……」

「ずいぶんと詳しいじゃないか」

「あ。……いや、むかーしに考えただけだから。やってはいないから。本当に。信じて」

「嘘はついていなそうだな」

いざとなればキルミージから奪ったスキルで吐かせるつもりでいたが、どうやらその必要もなさそうだ。ゲランは例の薬を広めた下手人ではないと見ていいだろう。

それ見たことかと、ゲランは勝ち誇った顔をしている。

「濡《ぬ》れ衣《ぎぬ》はそこまでかね？　さて、この落とし前はどうつけてもらおうか。慰謝料は少なくとも五百万、いや一千万……」

「その前に、他にやましいことがいくつかあったように見えたが？」

「知らんな！　証拠があるなら出してみればいい！」

きっとこまめに隠滅してるのだろう。妙なところで几帳面《きちようめん》な男だから。

もっとも、そんなことは俺には関係ないが。

「ゲランには話してなかったか？　ヴィタ・タマと漆黒のもふもふ町の件で面白いスキルを差し押さえたんだ。相手に暗示をかけてなんでも正直に自白させられるスキルだ」

「え」

「【偽薬師の金匙《きんさじ》】、きど……」

「わ、ワタシに何か協力できることはありますでございましょうか！　マージさんにはお世話になってますからね、ええ、なんでもお申し付けください！」

「まだスキル起動してないんだが？」

「スキルなんか使わずとも、ワタシはマージさんに隠し事なんか致しません！　いつだって絶対服従でございますとも！」

「記録が残らない場の発言だけあってなんでも言うじゃないか」

とはいえ、蛇の道は蛇、パンはパン屋だ。

誰かが販路を開拓して薬を売ったところまでは間違いない。それを調べさせるならゲランは適任だろう。俺の考えを察したシズクがどっと疲れたという顔をしている。

「これなら、最初からゲランにやらせればよかったかな」

「そんなことをしたら報酬を何万イン要求されたか分からないぞ」

「……それもそうだね。遠回りでもこれが正解かな」

「そ、それでワタシは何を？」

「この里に怪しい薬を持ち込んで売っている奴《やつ》がいる。そいつとそいつの背後関係、あるなら目的を調べてくれ」

「全力をもってあたらせていただきます！」

口ではそう言うゲランだが、この男との付き合いも短くない。

「【偽薬師の金匙】、起動」

「はっ!?」

「暗示完了。ゲラン、考えていることを素直に喋《しゃべ》れ」

「……ふん、けちなニセ医者探しとはなんともつまらん。とはいえ得意先のマージを無下にもできんしな。いや待てよ、そのニセ医者を脅してはどうか。

『あの【技巧貸与《スキル・レンダー》】のマージがお前を追っているぞ。捕まったらただでは済まんぞ』

『稼ぎを渡すなら逃げる手引きをしてやろう。許してもらえるようとりなしてやってもよいが、どうする？　命が惜しくないのカナ??』

となる。薬で稼いでいるだろうしこの方が儲《もう》けに……」

「解除」

「……はっ、ワタシは何を」

「お前は本当に変わらないな」

シズクの呆《あき》れた顔で全てを悟ったのか、ゲランの顔が赤くなったり青くなったり白くなったりしている。もっとも、だからといってどうこうする気は俺にはない。結果が出ればそれでいいのだから。

「いいかゲラン、五日以内に何か成果を持ってくるんだ」

「い、五日!?　そんな急に言われても！」

「もしできたら『漆黒のもふもふ町』のアズラに依頼して目利きの鉱人《ドワーフ》を寄越《よこ》してもらおう。【命使奉鉱《メイシホウコウ》】の使い手を紹介させてもいい」

「……ほう、目利きの鉱人《ドワーフ》を?」

「そう、金属の扱いにかけては人間など遠く及ばない亜人族だ。普通なら呼ぶのも困難な上に安くない報酬を取られるだろうが、今は俺の傘下だから話は通る」

「贋金《にせがね》の判別はもちろん、金の含有量までピタリと当てられる……。もうリノノに金を払って際どい判定を頼むこともなくなる!」

「贋金判定をリノノに外注してたんだね。色々考えるなぁ……」

「やります! ゲラン商会の全力をもってあたらせていただきます!!」

暗示のスキルを使うまでもなく本音なのは誰の目にも明らかだった。これなら任せて大丈夫だろう。

そうしてその場は解散になり、狼人族《ウエアウルフ》たちはどこか釈然としない顔で里へと帰っていった。帰り際、狼人《ウエアウルフ》たちが――おそらくゲランに聞こえるように――小声で「お嬢の仇《かたき》め」「今度こそ肉片にできると思ったのに」と呟《つぶや》いたのが効いたのかは定かでないが。

ゲランから報告があったのは期限まで二日も残した三日後のことだった。

もっともその内容は喜ばしいものとは言えなかったが……。

「キヌイだけじゃない?」

ゲランと、ゲランの贋金探しの手伝いにも飽きたからと調査に加わったリノノは深刻そうな顔をしている。どうやら事態はあまりよくないらしい。

「うむ、薬はどうやら国全体、中央の王都にまで広がっているようだ」

「貴族や富裕層の間には中毒者も出ているらしいよ。あたしの宝石店のお得意さんにも連絡つかないのがちらほら……。穏やかじゃないね」

　集まった場所はゲランの事務所。

　春先のうららかな日だったが、その内容は剣呑《けんのん》としたものだった。俺にコエさん、アサギにシズク、事情通として呼んだベルマン——卵粥《たまごがゆ》を食って寝たら二日足らずで回復した——の揃《そろ》う場でゲランは汗を拭き拭き話を続けている。

「キヌイも入口のひとつではあったようだが、国外のあらゆる方面から入ってきている。組織的で大規模なもののようだ。まったく勘弁してくれ」

「ということは、出処《でどころ》はこの国じゃないわけだ」

　質問に答えたのはリノノ。長い黒髪から覗《のぞ》く目には少し疲れが見える。

「西の隣国、ナルシェだよ。山脈を越えたところにあるファティエって街から大量の薬が持ち出されているらしい。四人の交易商に裏を取ったから間違いない。関税を優遇するとか言って行商人にまで薬を運び出させているって話さ」

　ゲランとリノノの言うことが本当なら、それはもう田舎町の事件と呼べるような話ではない。国と国との国際問題だ。

「隣国からの侵攻、なのか？」

「相場師たちがすでに動いておるから、世間はそう見ているのだろう」

相場師、つまり貨幣や小麦の相場を利用して儲ける者たちの情報はいつも早い。それが反応しているとなれば信憑性《しんぴょうせい》はあるとみていいだろう。

「侵攻といってもいきなり武力行使するでなく、まずは薬と経済で弱体化させにきているわけだ」

「レオン・エナゴリス山脈を越えての軍事侵攻など費用も手間も洒落《しゃれ》にならんからな」

ここ、アビーク領は国全体から見れば西の辺境だ。当然に隣国から見れば侵攻の起点となる。

故に、ここに封じられているアビーク公爵は国境守護の大任を与えられていると言えなくもない。が、隣国との間には高く険しいレオン・エナゴリス山脈が聳《そび》え立つため現実的には侵攻など考えづらく、その存在意義はさほど大きくないという微妙な立場でもある。

ましてアビーク公爵は中央を追われた王子の家系だ。

「国境警備なのだからしっかりやれ」「どうせ攻めてこないのだから予算などいらないだろう」「軍備増強？　中央への叛意《はんい》はあるまいな」

などと言われて板挟みもいいところに違いない。

隣国がこちらの領土を狙っているとすれば、この中央とアビーク公の不和こそ最大の攻めどころだったろうが……と、ベルマンはなぜか誇らしげな顔で言う。

「もっとも、かのアビーク公爵がやすやすと懐柔されるはずもないのですがな！　何を約束されようが相手は山向こう。切り捨てられれば詰むことを忘れる殿下ではない！」

アビーク家、そして領民のことを考えれば敵に与《くみ》することは必ずしも悪ではない。それが自分の領地を治めるということなのだから。

それでも、目先の利益に目が眩《くら》むほどあの男は愚かではない。

「隣国にとっては不都合この上ないだろうな」

侵攻は山に阻まれてできない。

領主に買収や懐柔も通じない。

ならばと粗悪な贋金をばらまいたが、金が大量に出回ったせいで効果が薄れてしまった。

「だから薬で内部から腐らせよう、ということか。薬を買った金は隣国に流れるし、下手に取り締まれば中毒者や利権を握った者が反感を持つから国内が割れる。まさに一石二鳥、三鳥の方法だ」

「……森人族《エルフ》だ」

シズクがそう呟いた。アサギがすぐに嗜《たしな》める。

「シズク、迂闊《うかつ》な発言は慎みなさい。ここは政の場ぞ」

「しかし……。いえ、軽率でした。申し訳ありません」

「いや、アサギの意見も聞きたい。これを森人族《エルフ》の仕業と思うか？」

しばし考えて、アサギは重々しく答えた。

「半々、といったところでしょうな」

「その根拠は？」

「まず森人族《エルフ》の仕業と言える理由ですが。仮想敵に毒を盛り、戦うことなく中から殺す。これはまさしく彼奴《きやつ》らのやり口でしょう。なにせ争いを好みませぬゆえな」

「争いたくないから、争いになりそうな相手はその前に殺す、か。その発想はなかったな」

「亜人の力やスキルを乱すなどという面妖な薬を作れるのも森人族《エルフ》くらいであろう、という点でも彼奴らの仕業と言えます」

しかし、とアサギは唸《うな》る。

それでも森人族《エルフ》の仕業と断定できない理由は、その規模にあるという。

「やり口は確かに森人族《エルフ》のそれ。しかし、彼奴らは小さな集団で小さな土地に籠もって生きることを好む亜人族。戦乱を嫌って山向こうに逃れた後にどう生きてきたかは知りませぬが、かような国家規模の陰謀を巡らせるとも、それだけの力があるとも思えませぬ」

「そもそも、山向こうに逃げた森人族《エルフ》がまだ生き残っているかも分からない。そうだったな」

「左様でございます。手口は森人族《エルフ》、道具も森人族《エルフ》。しかし森人族《エルフ》がやるともできるとも思えず、まず生き残っているかも分からない。故に『半々』が私の所見にございます」

森人族《エルフ》はかつて、狼人《ウエアウルフ》や鉱人《ドワーフ》、その他の亜人族とともにこの土地で暮らしていた。ここも当時は豊かな森であったからそれだけの種族を養うことができた。

そこに人間が攻め入って森やあらゆる資源を奪い取り、今の乾いた草原だけが残った。

亜人たちは人間の軍と戦ったが敗れ、滅ぼされるか散り散りになるかしたとシズクたちから聞いている。その際に戦いを避けて早々に山へと逃げたのが森人族《エルフ》だった、とも。

ともに暮らしていた時代の様子を伝え聞くアサギ以上に森人族《エルフ》に詳しい者もいまい。彼が半々と言うのなら、答えは全て山向こうだ。

「直接行って確かめるしかないか……」

「お、王よ！　お話し中失礼いたします！」

思案していたところに慌てた様子の狼人《ウェアウルフ》が駆け込んできた。

「今度はどうした」

「実は来客が」

ここはゲランの事務所。知らずに来る客くらいいてもおかしくはないだろう。シズクは何のこともないように指示を返す。

「ゲランの客か？　待たせておけ」

「おいシズク……さん！　大事な儲け話だったらどうする気だ!?　おい、客の名は？　分からなければ金回りがよさそうかだけでも教えろ！」

「そ、それが」

「金には幸い困っておらぬ。貴殿らのおかげだ」

入ってきたのはフードをかぶった男。ドアの向こうには護衛と見える武装した男女が油断なく周囲に目を光らせている。それだけの身分ということだ。

男はそれなりの老齢に見えるが背筋はしゃんと伸び、足取りも力強い。顔は隠れて見えずわずかに白い髪が覗くのみだが、その背格好と声には覚えがあった。

まっさきに正体に気づいたのはやはりと言うべきかこの男、ベルマン。

「あ、アビーク公爵!?」

「やむを得ぬ事情があってな。私自ら来るほかなかった」

「アビーク公爵閣下御本人!? おいエルドロ、茶だ! 一番いい茶を持ってこい!」

来客はこの土地の領主、アビーク公爵その人だった。当然だが公爵などという大貴族が顔を隠して出歩くなど尋常ではない。

ゲランが慌てて用意した茶を一口飲み、アビーク公爵は小さく息をつく。

「美味《うま》い……。不安なく飲める茶などいつぶりか」

それだけ言うと口を真一文字に結び、唸る。ほんのわずかばかりそうした公爵はやがて重々しく口を開いた。

「騎士団がやられた」

「騎士団が? どういうことだ」

「マージ＝シウ。貴殿が白鳳《ハクホウ》騎士団と紅麟《コウリン》騎士団に大打撃を与えたことで我がアビーク領への監視はいっそうに強まり、残り五つの騎士団との情報戦が続いていた」

「俺のせいで……」

「いいや、亜人族を狩る彼奴らとの戦いは我が家としても望むところ。静かな戦場を用意してくれたことに感謝すらしている。……だが、少し前から騎士団側の動きが急に途絶えたのだ。妙だと思ってはいたのだが、そこに貴殿からの連絡だ」

「騎士団の使っていた薬が市井に出回っているという報告だな」

アビーク公爵ごしにベルマンが「我が弟子が見事伝えましたぞ！」と言いたげな自慢顔を向けてくるが、ひとまず無視する。

「もしやと思い調べてみれば、騎士団内部に大量の薬が供給されて中毒者が続出していた。それればかりか中央貴族や富裕層の間にも蔓延《まんえん》しはじめ、このわずか数ヶ月で中央政府の機能は大幅に失われつつある」

思った以上の事態だ。シズクも思わず息を呑《の》む。

「中央がそんなことに……！」

「薬が最初に拡散したのは騎士団からだ。密《ひそ》かに常用している騎士は以前からいたのだが、少し前からそれが急増したことまでは分かっている。供給量が増えて管理が行き届かなくなったのか、敵が唆したのか……」

おそらくは両方だろう、と挟んで公爵は茶で喉を湿らせた。

「騎士団は国家直属。中央との繋《つな》がりは強く、その活動内容や人脈には部外秘も多い。その穴から国の上層部へと広がっていったのであろうな。まだ市井の人々が混乱に陥るまでには至っていないが、それも時間の問題であろう」

「この土地は!?　この一帯も実はかなりやられてたりしない!?」

「この土地は監視こそ厳しいが騎士団の勝手は許していなかったゆえ、さほど影響はない」

「そっか……。い、いえ、失礼。左様でしたか」

「よい。狼人族《ウエアウルフ》の君は名実ともに私の民ではないのでな、臣下の礼など求めぬよ」

「……お心遣いに感謝致します。為政者としての姿勢、学ばせていただきます」

シズクがひとまず胸をなでおろす一方で、俺とアサギは顔を見合わせる。

これは一刻も早く対処せねば危ない事態だが、同時に。

「好機、ですな」

「ああ。公爵の目的もそれだ」

ここでやっと、俺はアビーク公爵自らが来た理由を理解した。公爵は重い口を開く。

「この動乱を我らの手で収め、それを手土産に中央へと上る。半ば機能停止した国軍への支援とでもすれば私兵を連れてゆく名目は立つ」

「そのまま中央政府を掌握し、実質的な権限を手中に収める。必要となる膨大な資金もヴィタ・タマで得た黄金で賄える。そういうわけだ」

アビーク公爵はゆっくりと頷《うなず》く。

クーデター。

これは薬漬けになった脳髄をまるごとすげかえるクーデターだ。

資金となる黄金の相場が安定し、隣国が暗躍し、中央政府が機能不全を起こし、騎士団もまた鳴りを潜めている、今。今この時だからこそ可能な逆転の一手。

「さすればこの国は漸《ようや》く変わる。亜人族が安寧のうちに暮らせる国に」

亜人族との共存を訴えて政争に敗れ、この辺境へと追いやられたアビーク公爵家。

中央に返り咲くことは彼らにとっての悲願であり、俺たち亜人族とともに生きる者にとっての希望だ。

「私は挙兵の準備を進めつつ、中央貴族がひた隠すであろう薬の流れを断つ」

「俺は隣国ナルシェへと赴き、薬の発生源を叩《たた》きつつ陰謀の証拠を摑《つか》む」

そうして現政権の腐敗と隣国の陰謀を白日の下に晒《さら》し、その功績で以《もっ》て中央へと上る。

方針が決まった。

「細かい段取りについては……ッ、シズク!!」

「公爵を守れ!!」

シズクが声を上げると同時、ベルマンと狼人《ウェアウルフ》族の幾人かが即座に公爵の周りを固めた。

何かいる。確実にいる。何かが扉のすぐそこに。

感知のスキル群には何もかかっていないが勘が言っている。扉の向こうでもシズクの声で警戒を強めたようだが、次の瞬間には生命の気配が次々と消えだした。

「こ、公！　ぐあっ」

「新緑の、金髪……！」

続いて上がる苦悶《くもん》の声。それがやんだと思えば、ほんの薄く開いたドアから黒影が音も気配もなく入り込んだ。それに最も早く反応したのは、シズク。

「【装纏牙狼《ソウテンガロウ》】、起動!!」

【マナ活性度：4064】

土地の実りが戻ってきた今、活性度の初期値も上がっている。高速度で振り抜かれたマナの爪がアビーク公の喉元に迫る刃を紙一重で弾《はじ》き飛ばした。鋭い刃先はゲランの右腕を切り落として尚《なお》も勢いを保って壁に突き刺さる。

「……止めるか」

ドアの向こうではアビーク公爵の護衛たちが血の海に沈んでいた。突然の痛みと惨劇にゲランが腰を抜かす中、攻めに転じようとシズクが動く。

「ひいいい!?　な、何事!?」

黄金色の爪と牙を纏《まと》ったシズクは天井を貫いて屋根の上へ。辺りを見回し一声叫ぶや、その小さな体がかき消えるばかりの速さで跳び去った。

「西だ、マージ!!」

速さにおいてシズクは俺を上回るものを持つ。

そのシズクですら敵を捕らえることはできなかったのだと、戻ってきた彼女の顔を見て分かった。

「ごめん、マージ……!!」

「俺の感知にもかからず、公爵家の護衛兵を一息に殺す刺客だ。仕方ない」

アビーク公爵家の家臣は優秀だ。キヌイでの戦にやってきた将兵たちも皆勇敢で統率のとれた者たちだった。それがシズクの警告を受けて警戒態勢に入った上で瞬殺されたのだから尋常な相手ではない。スキルで治療中のゲランの右腕の切断面からもその剣速の大きさが窺《うかが》える。

今は里に住むベルマンたちも元はアビーク公爵の私兵。『蒼《あお》のさいはて』攻略時の行動は決して褒められたものではなかったが、それでもたった四人で狼《おおかみ》の隠れ里を見つけ出し、さらにはS級ダンジョンの『将』まで辿《たど》り着くなど能力は抜きん出ている。

中でも斥候《スカウト》のメロ＝ブランデのスキル【隠密《おんみつ》行動】はS級ダンジョンの魔物たちの目すら悠々と欺いた。それも俺の感知は捉えることができたが……今の敵はメロのそれを凌駕《りょうが》していたということになる。

「今死んだ者たちも、敵《かな》わないとみるや声を上げて警告し、僅かでも敵の特徴を伝えることに命を懸けた。それだけの覚悟と力量があったんだ」

「貴殿にそう評価されれば浮かばれよう。長く仕えてくれた者たちだった……」

「とにかく野ざらしじゃ可哀想《かわいそう》だ。ゲラン、空いてる部屋があったら貸しな。ご遺体を運び入れるよ」

「う、うむ。今回限りは無料で寝かせてやるとしよう。祟《たた》ってくれるなよ……」

リノノと治療の済んだゲランが遺体を運ぶのを狼人《ウエアウルフ》族たちも手伝う。その様子をを悔しげに見つめるアビーク公爵。その姿に、彼がそれだけ信頼した精鋭すらも敗れたという事実を改め実感させられる。

「マージ、そんな人間たちをこうも容易《たやす》く殺したのって一体……」

「シズク、刺客の姿は見たんだな？　何か気づいたことはあったか」

「マントをしていて顔は見えなかった。体格と身のこなしはおそらく細身の女。あと、たぶんヒトじゃない」

「亜人族か？」

「ちらっと目が合ったんだ。どろりと濁った、とてもヒトにはできない目だった……」

女、緑の混ざる金髪。異様に強力な隠密スキル。

そして人らしからぬ濁った目。

「アビーク公爵を狙ったのか、あるいは俺を狙ったのか」

「それとも、両方でしょうか」

「どちらにせよ、向かうべきは西だ」

敵はこちらの動向を追い、摑んでいる。もう悠長にしてはいられない。敵は亜人種で逃げた先は西方だから、中央でなく隣国の手の者だろう。薬の件といい今回の襲撃といい、敵は急速にこちらへの攻め手を強めている。

「ことは急いだ方がよさそうだ。アビーク公」

「無論だマージ＝シウ。彼らの死を断じて無駄にはせぬ」

第2章

"SKILL LENDER"
Get Back His Pride

Before I started lending,
I told you this loan charges 10%
interest every 10days,
right?

1. レオン・エナゴリス山脈にて

壮麗なるレオン・エナゴリス山脈にいくつの山があるかは識者の間でも意見が分かれている。ある者は五十峰だと言い、ある者は百峰だと言い、またある者は大小合わせて千峰だと主張する。中には山脈まるごとでひとつの山だから一峰とする大胆な意見もある。

最終結論は未《いま》だ出てはいないものの、渓谷に巣を作って暮らす少数亜人族、鳥人族《ハルピュイア》はこう歌う。

『峰々は神々の御顔。谷々は妖々の御胎《みはら》。雷纏《まと》うは祭礼の御姿。聳《そび》えし神は七十六柱』

鳥人族《ハルピュイア》は大きな翼と小柄で軽い体を持つ亜人族。山脈を空から見下ろす彼女ら――男の鳥人《ハルピュイア》は踊り担当で歌わないらしい――がそう歌うのならそうなのだろうと、これを以て七十六峰とするのが一般的な見方だ。

かつて人間が亜人を攻め立てた折にも空を舞う鳥人族《ハルピュイア》を捕えることはできなかった。険しい崖と濁流を越えた先に棲《す》む彼女らには会うだけで命がけであり、それを乗り越えた人間の持ち帰った情報は亜人への偏見を超えて信じられている。

そもそも山の数に正解など存在しないだろうし、存在したところで大した意味はない。正確さよりも希少性と物語性が優先されることも道理と言えよう。

そうシズクに説明しつつ、俺は眼前の山脈へと目を向けた。

「ただ問題もあってだな」

「問題？」

「鳥人族《ハルピュイア》はとにかく鳥頭な上にだみ声でな。歌の詞《ことば》が今ひとつ聞き取りづらいしよく抜け落ちるらしい。たまに人間が聞いてくるたびに神の数も減っていて、昔は九十柱くらい列挙していたのが七十六まで減ったんだそうだ」

「それ、いつか一柱まで減って本当に山脈がひとつの山扱いになっちゃうんじゃ……」

「そこは鳥人《ハルピュイア》たちも自分たちの鳥頭を分かっているようでな。時々程よく数を足すから神の数が減りすぎることはないんだそうだ」

「対策として間違ってる気がするのはボクだけなのかなぁ」

俺たちがいるのはキヌイよりさらに西。レオン・エナゴリス山脈の入口にあたる登山口だ。目を上げれば青い空の向こうに銀嶺《ぎんれい》が連なる様が見て取れる。そこは美しくも険しい死の世界だ。

「にしてもマージは山にも詳しいんだね」

「俺に色々教えてくれた人の受け売りだけどな。前に少しだが話したことがなかったか？」

「スキルはシナジーで選べ、を人から教わったのは聞いてるけど同じ人？」

「ああ、俺の師と呼べる人だ。俺がユニークスキルに目覚めたばかりの頃、縁あって指導してもらった時期がある。短い間ではあったがな」

病で幾許《いくばく》もなかった老人だった。肺の病で苦しむ彼に呼吸能力を強化するスキル【森の涼気】――通常は空気の薄い場所などで使うスキルだ――を貸した縁で交流が始まり、彼は礼だと言って俺に様々なことを教えてくれた。

今にしてみても、並外れた見識の持ち主だった。彼よりも知に溢《あふ》れた人物を俺はまだ知らない。

「マージはその人から知識を授かったんだ」

「知識を授かった、というのは少し違うかもしれない。考え方、学び方、知識との向き合い方を教わったというのが正しいかもな」

「シナジーで選べ、なんてまさにそれだもんね。その人の名は？」

「分からない。スキル貸与のために教えてはくれたが、おそらく偽名だろう」

俺の【技巧貸与《スキル・レンダー》】は貸与先を指定するために名前を聞く必要があるが、名など所詮は人が後からつけるもの。特定さえできるなら偽名でもよいと気づいたのはあの時だったと記憶している。

そうしてしばらく俺に教えを授けた後、その男はふっと消えてしまった。

【技巧貸与《スキル・レンダー》】で貸与したスキルは俺から距離を取りすぎると力が弱まる。彼もそれを知っていたから相応の期間を使って【森の涼気】を育て、俺から離れられるようになるまでスキルポイントを高めていたのだろう。

「何しろスキルを使わないと呼吸ができないから、生きているだけでかなりのポイントになっていたはずだ。かなり距離をとっても無効になるということはないと思うが……。コエさん、俺があの時に貸した【森の涼気】はどうなってる？」

「少なくとも返ってきてはおりません」

「そうか……」

俺の【技巧貸与《スキル・レンダー》】は債務者が死ねば取り立てができない。貸したスキルが返ってくれば生きていることだけは分かるが、彼の場合は生命維持のためのスキル貸与だったからもし返ってきたらいずれにしても死を意味する。

「返ってきていないならまだ生きているに違いない。そう前向きに捉えておこう」

見送りにきたシズクに山脈にまつわる話を聞かせていたら脱線して話し込んでしまった。

そろそろ発《た》たねばと頭を切り替え、俺は改めて足を山へと向けた。

「そろそろ行くとしよう。シズク、留守は任せたぞ」

「ああ。マージにコエさんも気をつけて。アンジェリーナにベルマン、何かあったら二人をよろしくね」

「【技巧貸与《スキル・レンダー》】さんに何かあるような事態ならジェリも早々にくたばってる説が濃厚ですが、善処はします」

「今や四九もの一流錬金術士をゴーレムとして使役できるアンジェリーナ殿がそれを言ったら吾輩《わがはい》たちなどどうなりますかな」

「骨が残ってれば連れて帰ってあげます」

「はっはっは。いや、笑えませんが」

ヴィタ・タマの一件では鉱人《ドワーフ》との交渉のためにシズクを連れて行ったが、今回の旅で脅威となるのは人間か森人《エルフ》族だろう。

人間との交渉なら亜人族を連れていれば悪目立ちするのは言わずもがな。森人《エルフ》族が相手なら、アサギの話を聞く限りだと狼人《ウェアウルフ》族だからといってにこやかに接してくれる種族とも考えづらい。

何より隣国ナルシェが侵攻を狙っている以上、里とキヌイの守護者を残すことは絶対だ。

それらを考慮して、今回の道中は俺にコエさん、調薬に明るいアンジェリーナ、山歩きの専門家としてベルマン隊の三名の計六人となった。

留守を任されたシズクは胸を張る。

「元より土地を守るためのエンデミックスキルだ。この役目、必ず果たしてみせる」

「騎士団にも予期しない動きがあるかもしれない。くれぐれも注意してくれ」

そうしてシズクたちと別れて山中に入ってみて実感する。

自然というもののなんと強大なことか。低標高のうちは色とりどりの花も咲くのどかな地だが、見上げる山嶺《さんれい》は冬でもないのに吹雪に覆われて姿が見えない。鳥人《ハルピュイア》族が神と呼ぶのも頷《うなず》ける。

先導していたベルマンもその光景に息を呑《の》む。

「時にマージ殿は【空間跳躍】などお持ちのはずだが、この山脈を一足に越えたりはできぬのですかな？」

「現実的じゃないな。【空間跳躍】は跳んだ先を走査してからでないと危険で飛べない。巨大な山、吹き荒れる猛吹雪。そんな情報量の塊みたいな空間を全て把握して跳ぶのは無理がある」

「それでも無理やり跳んだなら？」

「うっかり万年雪の中に出て身動きがとれなくなり、そのまま氷河の下敷きになって五千年後くらいにミイラとして発見される……かもしれない」

「ありうるのですか、そんなことが」

「可能性はな。だから歩いて越えているというわけだ。なに、山脈をまるごと越えるのが難しいというだけで崖越えや峠越えには役立つさ。細かい跳躍を繰り返せば普通の何倍も早く抜けられる」

「それでしたら、まさしくここがそうなりますな」

ベルマンが指し示した先は、地獄まで続くのではないかと思えるほどの渓谷だった。

人呼んで『ノエルノ大峡谷』。

岩肌が剝《む》き出しの山道は場所によっては人一人分の幅しかない。風はあまりにも強く、眼下の崖はどこまでも深く、人間より大きな巨石が落ちても底にぶつかる音は全く聞こえない。こんな場所を大軍を連れて踏破するのは困難を極めるだろう。アビーク領が長らく隣国からの軍事侵攻を受けずに来られた理由がよく分かる。

「【空間跳躍】、起動！」

本来は崖沿いの山道をじりじりと進み、崖幅の狭い場所にかけられた細い吊り橋《つばし》を渡る他ない難所。こういう場所でこそスキルは生きる。

飛び越えた底の見えない崖を振り返ってみて、改めて頭をよぎることがあった。

「コエさん、アルトラたちは西へ向かったんだったね」

「はい。アルトラ以下三名は西の国境、つまりこの山脈へと向かった後は消息不明です」

「ここをスキルもろくな装備もなしで、か」

現実的に考えて、山脈を越えるのは限りなく難しいだろう。

「万年雪に埋もれて五千年後に発見されるのを待っている可能性が高いと考えます」

「コエさん、その話気に入った？」

「少なくとも、山越えが実質的に不可能であったことは確かでしょう」

それに頷きを返して視線を上げる。これから越える山はさらに高い。稜線《りょうせん》は雪に覆われ、純白の地吹雪が視界を奪う美しい死の世界だ。疲れからか口数の少ないアンジェリーナは銀嶺を一瞥《いちべつ》してすぐに視線を戻す。エリアと親交があったという彼女には、少なからず複雑な想《おも》いがあるのかもしれない。

「さあ、行こう。さっさと山脈を越えてナルシェ入りだ」

「そこで変な気遣いをしないのが【技巧貸与《スキル・レンダー》】さんのいいとこです」

今はアルトラたちのことなど忘れて里のために動く時だ。

そう決めてしまえば足取りは速く、俺たちは三日ほどでレオン・エナゴリス山脈を踏破した。

到達した街の名はファティエ。

元はキヌイと同じく山脈越えを目指す者たちの宿場町だったらしい。だが近年急激に発展し、それを示すように街の目抜き通りは活気に溢れている。

「ヴィタ・タマの鉱人《ドワーフ》のように、来てみたら森人族《エルフ》が当たり前に歩いていた……ということもあるかと思ったが」

「さすがに二度は続かなかったですね」

「……シズクを連れてこなかったのは正解かもしれないな」

通りを歩くのはほとんどがヒトだ。稀《まれ》に亜人族も見かけるが、扱いは奴隷に近いらしい。

戦争を逃れてきた亜人族にはそれしか生き残る術《すべ》がなかったのだろう。ファティエの光と影がそこにあった。

その影のさらに暗がりで多くの薬が作られ、山向こうへと送られている。俺たちはそれを暴かねばならない。

さてここからどうするかと、ベルマンは通りを見つめつつ顎を撫《な》でる。

「まずは薬の出処《でどころ》を突き止めたいですが。余所者《よそもの》の吾輩たちが『あの薬はどこだ』などと聞いて回ったところで警戒されるだけでしょうな」

「商人を装ってはいかがでしょうか？　運び出す商人ならば歓迎されるはず」

行商人まで動員して薬を運ばせているというゲランの話を思い出し、俺も頷いた。

「そうだな。どんな危険があるかも分からないし、変装するなら俺だろう」

「マスターが商人ですか。お似合いになるでしょうか？」

「いや、コエ殿。部下が言っておいてなんですが……」

【技巧貸与《スキル・レンダー》】さんが商人というのは少々、いやあんまりにもですね……」

なぜか俺をじっと見つめるアンジェリーナとベルマン隊の三人。何かおかしいだろうか。

「愛想が足りなすぎるかと……」

「あ、でも計算は得意そうです」

「だからって商人かと言われると、ねぇ？」

「無表情すぎて客は寄り付かないだろうな」

異口同音だが、とにかく似合わないということらしい。

「やはり表情が固いのか、俺は」

「私はそうは思いませんが……」

代わりにベルマンが変装する案も出たが、それよりもベルマンにはやってもらわなくてはならないことがある。俺は地図を広げてファティエよりもっと西を指差した。

「さらに西へ？」

「仮に例の薬の出処を突き止めて潰せたとして、すでに中毒になってしまった人が治るわけじゃない。黒幕が治療方法を知っているとも限らないしな」

中毒性、依存性のある薬は数多い。密《ひそ》かに売り買いされるものも少なくないが、売っている者はもちろん作っている者すら治療法など持っていないなんてことは珍しくない。

標的を中毒にし、命か財産が尽きるまで薬を売る。それだけが目当てなのだから。

「嘆かわしいことですな」

「ここよりさらに西には学徒の街があると聞く。そこで優秀な薬師を見つけてほしい。例の薬を抜く方法が分かるかもしれない」

「承知しました！　では、吾輩たちはここにて別行動とさせていただきまする！」

あまり大人数で滞在すると目立つからという事情もある。さらに西へと発つベルマンたちを見送り、俺たちはファティエでの情報収集にかかった。

「酒場を探そう」

「酒場です？」

「冒険者時代からの知恵だ。酒場には人が集まり、人が集まれば情報も集まる。今回の場合は表通りよりも奥まった場所にある酒場の方がいいだろう」

後ろ暗いところのある客はそういう店を好むものだ。人目を忍ぶように通う客がいればなおよい。俺たちの目的と直接関係なくとも、そういう人間には何かと付け入る隙があるものだ。

「目立ちにくいところにあって、コソコソ通ってるお客さんがいる店がいいってことですね」

「そうだ」

「ほんじゃ、効率よく探しましょう。【泥土の嬰児《デイドミドリゴ》】、起動！　散ッ!!」

小さなゴーレムが生成されて路地へと散っていく。手頃な相手が見つかれば知らせてくれるだろう。

逗留《とうりゅう》するには宿も探さねばなるまい。ひとまず酒場探しはアンジェリーナとゴーレムに任せて宿を取りに行こうとしたその時、アンジェリーナが声を上げた。

「……え？」

「どうした」

「破壊されました。ゴーレムが一体。偵察用で脆《もろ》いといっても転んだくらいじゃ壊れないはずなのに」

「なら誰かの目についたかだな。そういうこともあるだろう。一体やそこらなら気にしても仕方ない」

「おかしいです」

「おかしい？」

知らない人間から見れば不審な土塊人形《ゴーレム》には違いない。警戒して壊す者もいれば興味本位で触る者もいるだろう。しかしアンジェリーナは何か腑《ふ》に落ちないようで唸《うな》っている。

「あんなに可愛《かわい》いゴーレムを壊すなんて……！　膝までしかないんですよ、膝までしか！　絶対におかしいです！　連れて帰って飼うとかならまだしも！」

「世の中にはいろいろな美意識があるんだ、アンジェリーナ。おかしいのはそれだけか？」

「あ、酒場近くでコソコソキョロキョロしてる人を見つけて近寄ったら酒場前で破壊されました。見られたら困るものでもあるのかも」

「よくやった」

いかにも怪しい。何かの裏稼業が行われている酒場かもしれない。

薬の件と関係あるかは分からないが、取っ掛かりとしては十分だ。

「こっちですー」

アンジェリーナに先導されて裏路地へ。薄暗く入り組んだ道を連れ立って進む。

時たま通行人とすれ違うが、誰も彼もが恍惚《こうこつ》とした表情を浮かべており、しかし俺たちに気づくときまりの悪そうな顔に変わる。

「やっぱ怪しさ満点ですね」

「……厄介だな」

「マスター、どうされました？」

「こうも入り組んだ場所だと感知を働かせにくい。無関係な住民たちの私生活まで覗《のぞ》き見るのは避けたいしね」

最低限の索敵をしつつ進んだ先、アンジェリーナが「あそこです」と指さした先には。

「……うん？」

「あれは……？」

ピンク色の看板で『メイド酒場　ファンシーミーナ』と書かれていた。薄汚れた裏路地でそこだけまるで別世界だ。

「とりあえず、入ってみようか」

「ジェリ、こういうお店初めてです」

　俺は入ったことだけはある。『神銀の剣』にいた折、ゴードンが入り浸っていたのを度々呼びに行ったからだ。

　こんな形で古巣のことを思い出すとは思わなかったが、ともかく酒場のドアを開いた。

　手作り感がありながらも可愛らしく飾られた店内には、白と黒のメイド服に身を包んだ少女たちが数名。そこまでは予想通り。

　ただひとつ想定外だったのは。

「歓迎。お帰りなさいませ、ご主人たまー」

「……エリアか？」

「おー、エリアちゃんじゃないですか！　また会えて嬉《うれ》しいです！」

　その先頭が、知り合いの魔法使いだったことだ。

　小柄な元魔法使い、エリア＝A＝アルルマは薄い表情のまま数回目をしばたたかせる。

　その胸中は驚きなのか羞恥なのか困惑なのか、あるいはその全てか分からないが、やがてすっと出入口を指さした。

「……お帰りくださいませ、ご主人たまー」

2. 表裏の街ファティエ

「……お帰りくださいませ、ご主人たまー」

山を越えた先でまさかの再会を果たした俺たちとエリア。

そのまま見つめ合いになり、次いで帰るよう促されていたら奥から男が出てきた。執事じみた服装からしてこちらも給仕役か。トラブルと聞いて対応に来たのだろう。

「困りますねぇお客さん、店員にイタズラされ……ちゃ……」

だが、それもまた見知った顔だった。

「マ、マ……」

「お、変態さんもいたですね」

「……アルトラ、ここで何をしている？　その格好はどうした」

「マージィ!?」

「また何かよからぬことでも考えているのか？」

「お前には関係ねェ！……と思いますが何か？」

以前、アルトラは俺への復讐《ふくしゅう》と自身の出世のためにアビーク公爵へ取り入ることを計画し、それが軍隊を動かすまでの事態に発展した。今度も何か企《たくら》みがあるのだろうか。

「……いや、メイド酒場の給仕でそれはないか」

前回の策謀もS級冒険者という立場あってこそのもの。場末の酒場で巡らせる陰謀などたかが知れている。

それに、だ。あのレオン・エナゴリス山脈を五体満足で越えたのは驚くべきことだが、越えられたのだとすれば職を得て生活しているのはむしろ当然。アルトラたちのスキルポイントはマイナス域の下限を叩《たた》いているから所持スキルはゼロだし今後も習得は不可。冒険者や専門的なスキルを要する技術者にはなれないし、腕っぷしが必要な裏稼業の類《たぐい》も不向きだろう。

その点、スキル習得の必要がない酒場は妥当な就職先と言える。もちろん接客にも色々と技術は存在するのだろうがスキルポイントが必要なものはそうあるまい。

もし酒場の接客に使うとしたら何のスキルだろうか。【神刃／三明《サンミヨウ》ノ剣《ツルギ》】なら空中に生成した刀身を盆として使って五百卓まで同時に料理を運べる。【神眼駆動】で客の唇の動きを読み取ればどんなに騒がしいホールでも注文を聞き逃すことはない。あるいは……。

「マスター、いかがされました？」

「冷静になろうとして考え込んでいた。もう大丈夫」

コエさんに声をかけられて我に返った。どのスキルが接客に役立つか真剣に考えてしまう時点で俺もだいぶ気が動転している。

もっとも、向こうはそれ以上のようだが。店の奥に目を向けるとゴードンもこちらに気づいたようで、あんぐりと口を開けっ放しにしながら俺とアルトラを交互に見やっており落ち着きがない。アルトラはといえば一目でそれと分かる作り笑顔をぴくぴくと震わせている。

「それよりお前こそ何をしに来やがった……いらっしゃりやがりましたかお客さま」

「これはアレですね【技巧貸与《スキル・レンダー》】さん。口汚く罵りたいけど他のお客さんの手前そうもいかない男の苦悩ですね」

アンジェリーナの言う通りのようで、エリアも小さい両手でぐいぐいと俺たちを外に押し出そうとしてくる。

「出禁。ご主人たまの顔など見たくもない」

「エリアちゃん、メイドさんはスマイルですよスマイル」

「こうか？　にー」

「あらかわいー」

「再度推奨。帰れ」

アンジェリーナと戯れるエリアからは凡《およ》そメイドとしてあり得ないセリフを吐かれたが、こちらもアルトラたちに用があるわけじゃない。本人たちはともかく店に迷惑をかける気もないし聞くことを聞いてさっさと帰るとしよう。

「歓迎されていないようだから帰るが、ひとつだけ聞かせろアルトラ」

「あん？　なんでお前の質問に答えなけりゃ……」

「森人族《エルフ》について何か知っているか？」

俺が森人族《エルフ》と口に出した途端、アルトラの顔色が変わった。いや、酒場全体の空気が凍りついた。客も店員も一斉にこちらを見て怯《おび》えた表情を浮かべている。

「エリア、ホールは任せる。客を落ち着かせろ」

「了解」

アルトラは俺の胸ぐらを引っ摑《つか》むと店の奥、バックヤードへと引っ張り込んでゆく。その顔からは笑顔など剝がれて怒りや焦りが滲《にじ》んでいる。

「マージお前、なんで森人族《エルフ》のことなんざ嗅ぎ回ってやがる」

「ただの野暮用だ。その様子だと何か知っているな？　森人族《エルフ》はどこにいる？」

「んなこたァ、この辺に住んでる奴《やつ》なら誰でも知ってる。だが誰に聞いても言わねえよ。どうせお前のことだ、亜人絡みでまたいらねえ騒動起こすんだろうが」

そうと決まっているわけじゃないが可能性は否定できない。

そう答えるとアルトラは舌打ちして俺から手を離し、手近な椅子に腰掛けた。

「冗談じゃねェよ。山越えても追ってきやがって疫病神が」

「追ってきたわけじゃないがな。その様子だと、こっちじゃ森人族《エルフ》が街を取り仕切る顔役みたいなものなのか。それも裏側の」

「さァな。オレから言えることはひとつだけだ。余計なことはするな、以上」

どうやら何かを喋《しゃべ》る気はないらしい。【偽薬師の金匙《きんさじ》】で強引に吐かせることもできるはできるが、無遠慮に動いて無関係の市民にまで累が及ぶのも好ましくない。何か別の方法を考えるべきだろう。

そこまで思考を巡らせたところで、これは独り言だが、とアルトラが明後日《あさって》の方向を見ながら話しだした。

「ちょうど明日、これまた野暮用で森人族《エルフ》んとこの緑髪が来るんだよなー。そいつも用が済んだら拠点に帰るんだろうなー」

「アルトラ？」

「……客もメイドも安心して店に通えねェんだよなー、奴らがいるとよー」

どうやらアルトラにとっても森人族《エルフ》はあまり好ましい存在ではないらしい。表立って敵対はできないが俺と潰し合ってくれれば万々歳、が本音といったところだろうか。

動機がどうあれ、俺にとっては値千金の情報だった。

「おい、アルトラ」

「さっさと帰れや。こっちゃ忙しいんだよ」

「この店で一番高い酒を三人分くれ。それを飲んだら帰る」

「クソが」

「お前に借りを作るのだけは御免被りたいからな」

遺恨はどうあれ対価は払う。それだけのことだ。

椅子から立ち上がりながらアルトラは俺を睨《にら》みつける。

「いいかマージ、これで最後だ。次にその面見せたら喉笛を掻《か》っ切ってやる」

「ずいぶんと強気だな、アルトラ。逆に聞くが、そんなことができると思うのか？」

「やるんだよ。オレはいつだってそうしてきた。何もかもオレの言った通りにな」

「ああ、そうだったな。そうしてお前は負けた」

「勘違いするなよお荷物マージ。オレはお前に負けた覚えも、まして許した覚えもねえ。今は無理でもその時が来たら必ずやる。今ここで殺すならそうしやがれ」

　今の俺に敵《かな》わないことくらいアルトラだって分かっているはずだ。それでも俺に命乞いするくらいならここで死ぬ。そういうつもりらしい。

　今の俺ならアルトラなど一息に殺せる。高名な冒険者ならいざ知らず、酒場の店員なら殺したところでどうとでも隠せる。

　それでも殺しはしない。

「……殺さないさ。狼人族《ウエアウルフ》たちに『復讐はゴールでなくスタートだ。そこから何を生み出すかが肝心だ』と言ってきた。お前を殺したところで何が生まれる？　何の価値がある？」

「そうか。だったら生かしたことを後悔しろ。生きてさえいれば逆転があるってことを教えてやる。全部奪われてから後悔しやがれ」

「そうして奪い奪われに囚《とら》われている限りは堂々巡りだ、アルトラ」

　それを最後に言葉を交わすことはなく、俺はコエさんとアンジェリーナと出された酒を飲んで店を後にした。

「まさか、アルトラが生きていたとはな……」

なお、『ファンシーミーナ』は酒だけでなく席料で利益を出す仕組みらしく。帰り際に想定よりも出費がかさんだことは追記しておく。

◆◆◆

「お、あれですね」

「アルトラの言った通りだな」

翌日の昼前、酒場近くを張っていたら目立つ緑髪の若者がやってきた。彼自身は亜人でなく俺と同じヒトのようだが、あれが森人族《エルフ》の手の者らしい。

「酒場のお客ってわけじゃないですよね。何してるですか」

「アルトラは野暮用と言っていたが……。集金か何かか?」

店から出てきたアルトラと二言三言交わすと、金と交換で何かの詰まった袋を置いていった。アルトラが袋を開けて取り出したのは濃緑色の丸薬。

鎮痛剤として使われるが中毒性のある、今まさに山脈の向こうで猛威を振るっている薬だった。

「あの薬は……！　そういえばアルトラも使用者か」

「あれ飲んでジェリを追っかけて、あれ飲んで【技巧貸与《スキル・レンダー》】さんとも戦ったんでしたっけ。そりゃ依存症になってますよね」

「マスター、あの薬が森人族《エルフ》のものだという確証が図らずも得られました。どうされますか？」

あの緑髪を捕まえて暗示スキルをかければ情報は聞き出せるが、見るからに下っ端だ。大した情報は知らないだろう。

「アンジェリーナ、奴を尾行して拠点を突き止めてくれ。犬型のゴーレムを使えば距離をとって尾《つ》けられるはずだ。コエさんもアンジェリーナについていて」

「承知しました」

「【技巧貸与《スキル・レンダー》】さんは？」

「俺は別にやることがある」

「合点承知」

こうして二手には分かれたが、俺の感知系スキルを総動員すれば二人の動向は手にとるように分かる。

アンジェリーナを先頭に男を尾行していく。『ファンシーミーナ』も含めて何箇所かをなれた足取りで回っていき、次第に郊外の方へと向かっていく。

やがてファティエのはずれにある、すでに打ち捨てられた区画の廃屋へと入っていった。

しばらく見張っていると緑髪の人間が人目を忍ぶように出入りしているのが分かった。

「あれが拠点なのでしょうか」

「公算大です」

「では、中へ参りますか？」

コエさんが背伸びして建物を覗《のぞ》き込むが、このまま乗り込むのは得策でない。

「ジェリたちの目的は薬の出所を突き止めることと、その目的をオープンすることです。乗り込めば何か分かるかもですが簡単じゃないですね」

「と言いますと？」

「下手に突っ込むと証拠隠滅されるかもってことです。戦って勝てても証拠が全部燃やされた後じゃ意味がないです」

「なるほど……」

「そこで、手っ取り早くこうします。ちょっと怒られるかもですが気にしたら負けです」

アンジェリーナは地面に手をついた。

「【泥土《デイド》の嬰児《ミドリゴ》】、起動！　参照、引用、規格化、工程完了」

アンジェリーナのユニークスキル、【煌輝千年樹《センネンジュ》】。錬金術の知恵を次代へ次代へと残すためにエメスメス家が受け継いできた継承のスキルだ。

第五十代当主たるアンジェリーナは過去四十九人の当主たちの知恵と力を持つゴーレムを生成することができる。そのうちもっとも破壊力に秀でた、有り体に言えば力業の当主。

「『破城のミリア』！」

　土から白磁の体が湧き上がり、女神像を思わせるたおやかな女性型ゴーレムが形を成す。その細い体からは想像できない力強さで目的の建物に歩み寄ると、右の拳を握りしめた。

「はい、どーん！」

　ドン、と。ゴーレムの拳が振り抜かれると同時、地鳴りのような音とともに建物が吹き飛んだ。

「うわあああああ!?」

　悲鳴とともに緑髪の男たちが飛び出す。それなりの人数はいるが森人族《エルフ》はいない。

「んー、森人族《エルフ》がいれば詳しい話も聞けそうでしたが。現場には来ないタイプですか」

「アンジェリーナさん、あれでは証拠があっても瓦礫《がれき》に埋まってしまうのでは？」

「そうやって燃やしたり食べたりできないようにして、あとで掘り出す方が確実です」

「なるほど」

「というわけで、ゴーレムさんたちに飛び出した緑髪さんたちを拘束してもらいます。んで、証拠も掘り出してもらいましょう」

　通常ゴーレムも作り出して緑髪たちを捕らえ、瓦礫を掘り起こしていく。打ち捨てられた区画なので周辺住民などは気にせずに済む。じっくり時間をかけて検分できる。

　実際に携わっていた人間と使っていた道具や資料があれば証拠としては十分だ。

「帳簿などあれば、我が国への密輸の証拠にもなるのですが」

「あるですか帳簿ー。返事してー」

ひとまずそれだけの証拠が揃《そろ》えばナルシェ国による侵攻を立証できる。アビーク公爵が中央に上ってナルシェを糾弾する武器としては十分だ。

「問題は、森人族《エルフ》の方々にとっても重要機密ということでしょうか」

「ですねー。きっと絶対渡しちゃいけないと思ってるです」

「阻止に動くはずということですね」

とはいえ、これだけの破壊力があるアンジェリーナをそう簡単には止められないこともまた事実。有象無象の人間を何人送り込んでも無駄だ。

ならば、何をしてくるか。

「ジェリなら、影打ちしますね」

次の瞬間、アンジェリーナの首筋のすぐ後ろでスキルが起動した。

「な、これは……!?」

起動したのは【空間跳躍】。スキルの持続時間を延ばす【星霜】と組み合わせることで、踏み込んだ者を瞬間移動させる効果を『置いておく』ことができる。

普段は野営時の魔物避《よ》けなどに使うスキルだ。近寄ってきた魔物を空中高くや地中に飛ばして身を守ることができる。だが今、アンジェリーナたちの上空遥《はる》か高くに飛ばされたのはフードと覆面の女。

「逆落とし、あるいは『制空陣《セイクー》』と呼んでいる。待っていたぞ護衛殺し」

「マージ＝シウ……！　貴様どこから！」

「こうなると踏んで遠目に追っていただけのことだ。気配を消してな」

隠密《おんみつ》スキル【潜影無為】で隠れてアンジェリーナの動向を追っていた俺もまたアンジェリーナの頭上へ飛び、刺客と対峙《たいじ》した。

緑髪に濁った瞳。キヌイでアビーク公爵の護衛を殺害した刺客と特徴は一致する。

「ゴーレムで大暴れすれば暗殺に来ると踏んだが、正解だったようだな」

この刺客の隠密能力は俺の感知もすり抜ける。いくら探したところで見つけられはしない。なら、誘い出すのが一番だ。

ゴーレムを操って大暴れさせるアンジェリーナの周りに【空間跳躍】を設置しておけば暗殺者は勝手に引っかかる。弓で狙撃されても安全だし、その時は射線から射手を割り出せばよい。これが俺たちの作戦だった。

作戦は的中し、敵は空中で身動きのとれないまま落下している。あとは下で受け止めればいくらでも情報は引き出せるだろう。

「舐《な》めるな」

ガリ、と何かを噛《か》み潰す音。瞬《まばた》きひとつもかからず刺客の体から蒸気が迸《ほとばし》る。

「【脚力強化】、起動」

「ッ、【阿修羅《あしゅら》の六腕】、起動！」

足の着かない空中で脚力を強化した敵。意表を突かれて反応が鈍る。意図を理解して剛腕を展開したその次の瞬間、俺の眼前に短剣の切っ先があった。

「空を蹴って俺に接近した⁉」

「そちらの国ではハンカチを持ち歩けと教わらないのか」

「布か……！」

瞬間的に脚力を強化して、空中に広げた布を蹴って俺の方へと飛んだ、いや跳んだ。信じがたいが実際にやったのだから受け入れるしかない。

空中で数度切り結ぶ。強烈な風音、短剣と剛腕がぶつかりあう金属音、互いの息遣い。懐に入った刺客はその好機を逃さず、次のスキルを使う隙を与えない速さで的確に急所を狙ってくる。こちらも不可視の剛腕六本を駆使してその攻撃を凌《しの》ぎ、互いに決め手のないまま自由落下してゆく。

「……時間は貴様の味方か」

このまま地面に激突すれば【阿修羅の六腕】で衝撃を和らげられる俺よりも生身の刺客の方がダメージは大きい。何より下で待ち構えるのは俺の仲間だ。アンジェリーナの球形ゴーレムで覆ってしまえば自慢の隠密能力も俊敏さも関係ない。

「殺しはしない。投降しろ」

「断る。さらばだ」

さらばだ、という言葉に何か逃げる手段があるのかと意識が取られた。だが聞こえてきたのはまたしても何かを噛み潰す音。刺客の体がビクリと痙攣《けいれん》して動かなくなる。

【阿修羅の六腕】で抱きかかえて地上に着地すると、すでに心臓が止まりかけていた。アンジェリーナもひと目見て顔色が変わる。

「服毒……。情報を漏らさないための自決です」

「【森羅万掌】、起動。俺の耐毒系スキルをこの刺客にも作用させる」

「……マスター、効いていないようです」

スキルの効果範囲を広げるスキルで毒の効果を打ち消そうとするが、十七ものスキルを以《もっ》てしても刺客の毒が消えた様子がない。

ならば、と俺は高位の治癒スキルを起動した。

「【熾天使《してんし》の恩恵】、起動。死なせはしない」

全力で使えば死者すら蘇《よみがえ》る治癒スキル。治せない傷病などほぼないはずのそれを、刺客の死はいとも容易《たやす》くすり抜けた。

「……心臓、呼吸ともに停止。瞳孔も開いています」

「アンジェリーナさん、それは」

「平たく言えば、死にました」

「馬鹿な」

進化したスキル群の力は絶大だ。それですら一切受け付けないほどの毒などあり得ない。

だが事実として目の前の刺客に俺のスキルは効かず、命の火は消え去った。

「ジェリたちエメスメス家のような錬金術士も調薬は行います。事実なので自分で言いますが、エメスメスの薬は人間界では最高峰の一端を担います」

アンジェリーナは刺客の口から薬の残り滓《かす》を取り出す。奥歯に仕込んであったのだろう、青く毒々しい薬だった。

「そんなジェリたちでも、調薬に限っては森人族《エルフ》の飲み薬には遠く及ばないですよ」

「毒を無効化できるスキルがあるのなら、それすら凌駕《りょうが》する毒を開発する。そういうことだな」

「進歩ってそういうもんです」

「間違いないが、その使い道がこれか……！」

奪い奪われは自然の摂理。人類の文明は自然を乗り越えるために発展したはずなのに、なぜそれは加速する一方なのだろう。

そんなことを考える俺をよそにアンジェリーナは刺客のフードを脱がした。

「見てください【技巧貸与《スキル・レンダー》】さん」

「……森人族《エルフ》だな」

フードを脱がして現れたのは尖《とが》った耳。森人族《エルフ》の特徴だ。よもや書物で憧れた森人族《エルフ》との初対面がこんな形になろうとは。

「キヌイにいたのと同じ人かまでは分かりませんね。こんなのが何人もいるとは思いたくないですけど」

「しかしマスター、森人族《エルフ》は争いを好まない亜人族では？　それがなぜこのような」

「ジェリ的には納得っちゃ納得です。だって争いって相手が生きてればこそですし。気配を消して後ろからサクッとすれば争いになる前に終わります」

アンジェリーナの解釈通りに考えているのか、あるいは。

「争いを好まない森人族《エルフ》でも剣を取らざるを得ない状況にあるか、だな。何が起きている……？」

「マスター、どうあれ刺客は倒しました。優位はこちらにあるのでは？」

「ところがそうとも限らないです。ですよね、【技巧貸与《スキル・レンダー》】さん」

「ああ」

この森人族《エルフ》はアンジェリーナに近づいたから俺にも気づくことができた。そうでなければ感知不能の相手だ。

もしも二人組かそれ以上で行動していて、残った一人が情報を持ち帰っていたら。

「俺たちが拠点を潰したことは知られている。その手口もな」

「なんと」

「いずれ敵に回す相手だ。それ自体は構わないけれど……」

なんとも不気味。それが偽らざる心境だった。

3.【アルトラ側】罪と罰

「おいアルトラ、マージは何をしに来たんだ？　やっぱりおれたちを消しに……？」

「それ昨夜から何回聞くんだ。いいかゴードン、奴《やつ》が来たのはただの偶然。それ以上は知らねェし知りたくもねェ」

つい先刻にヴェールファミリーの者が持ってきた濃緑色の薬を飲み下しながらアルトラは毒づく。神経質なゴードンはマージのことが気が気でないらしく、昨夜からそわそわと落ち着かない。

エリアはといえば掃除するフリをしながらぼーっと天井の隅に巣を作るクモを眺めている。レイリ父娘は食品の買い出し中だ。

「おいエリア、掃除サボんな」

「時に質問。マージと二人で何やら話していたが、あれは？」

「ごまかすんじゃねェよ。帰れっつってたに決まってんだろ」

「それにしては長かった」

「……奴はどうも森人族《エルフ》に用事があるらしい。それも多分穏やかじゃない方のな。とりあえず今日ヴェールの奴が来ることは教えといたが、それだけだ」

先ほどやってきた緑髪がそれだ。尾行するのか殺すのか知らないが、どちらにしても自分たちには関係ないとアルトラは言葉を吐き捨てる。

「んなこと考えてるヒマがあんなら店を掃除しろ。売上を増やす方法を考えろ」

「まあ、なんだ。上手《うま》いこと潰れあってくれれば万々歳だな」

「あん？」

「だってそうだろう？　森人族《エルフ》にしてもマージにしても、この世にいる限りおれたちにとって不安の種なんだから共倒れになるのが理想じゃないか。なんなら森人族《エルフ》を倒してくれるだけでも……」

「ゴードン、フザけたこと言いやがるとその無駄に太い首へし折るぞ」

「な、なんだ？　アルトラだってそれを期待してるから今日ヴェールが来ることを教えたんじゃないのか？」

図星を突かれて言葉に詰まる。

マージと森人族《エルフ》が潰し合えば得こそあれ損することは何もない。計算ずくでやったことであり、もし本当に共倒れになればアルトラの勝利と言ってもいいだろう。

「だがな、そういうんじゃねェだろうが、そういうんじゃ！」

「なんなんだ一体。マージに頼るのが嫌だって話か？　それともマージを倒すのは自分だとかそういうのか？」

「違う。オレにもよく分からねェけど、何か違う。なんなんだよクソが」

「わけが分からん……。せっかく店も軌道に乗ってきたんだ。運が巡ってきたと思って大事にしないと罰が当たるぞ」

運、という言葉がアルトラの頭に引っかかる。運命というのはいつも人間を振り回すし、皆に公平でもない。運に左右されないのはごく一握りの強者だけだ。

「運、か。……昔のオレたちならそんなもん気にもしなかった。運が悪いなら力で強運を引き寄せてた。そうだろ」

「そうかもしれないが今さら言ってもな。それに考えようによっては、おれたちのユニークスキル……【黒曜】や【剣聖】が発現したのだって運だろう」

「あ？『神銀の剣』が運だけのパーティだったとでも言いてェのか？」

「ば、馬鹿を言うな。おれだって人生かけてたんだぞ。ただユニークスキルありきのパーティだったのは事実じゃないか。ユニークスキルなしで同じことができたと思うか？」

その答えは考えるまでもなく〝無理〟だ。ならば、とアルトラは自問する。

自分のこれまでの人生はどうだったか。ユニークスキルがなかったらどんな生き方をしていたか。

「オレが冒険者になったのも、S級まで上り詰めたのも、貴族に片足突っ込んだのも、なんならその後にクソみてェな転落人生になったのも、全部【剣聖】があったから……。ああ、そうか」

「今度はどうした？　何か分かったのか」

「この店は、オレにとって初めての【剣聖】と関係のない……」

開店前のファンシーな店内をぐるりと見渡す。修繕して飾り付けたところで元は潰れかけのボロ酒場。お世辞にも豪華《ごうか》絢爛《けんらん》とは言えないホールには手作りと試行錯誤の跡が見え隠れしている。

そもそも当初は荒くれの集う最強の酒場を目指していたのだ。それが紆余《うよ》曲折《きょくせつ》を経てメイド酒場になったわけで、何から何までが思い通りになっていない。とても成功者の至る場所とは呼べないだろう。それでも、ミーナたちと力を合わせて悪戦苦闘しながら作り上げてきた紛れもない自分たちの城だ。

この街に来たこともミーナを手伝うことになったのも『神銀の剣』であったからこそではある。だがアルトラがこの店を立て直せたことと【剣聖】を発現したこととの間に直接の関係は一切ない。

「初めての戦果、か」

そこでふと、エリアが入口の方へ目を向けた。

「注意喚起。来客到来」

「ちっ、今かよ。酒屋の集金かなんかか？」

「おそらく違う。酒屋のハインツ氏でも樽《たる》修理のヴァルター氏でもない」

エリアの声にアルトラは舌打ちしつつネクタイを整える。

酒場が開くのは一日の終わりだ。今はまだ午後の浅い時間で酒を出すにはまだ早い。

「開店にゃまだ早いぜ。日が半分まで沈んでから来てくれ……あ？」

「ふむ、だとしても今すぐに開店することを勧めるわ」

「レモンド!?　なんの用だ」

入ってきたのは昼から飲んだくれた酔っ払いでも取引先でもなく。

ヴェールファミリーの女首領レモンドであった。

「なんの用だとはご挨拶だね。それより早く店を開けた方がいい」

「どうしてだ」

「今日で店仕舞《みせじまい》だから」

細い指を鳴らす。甲高い音に応えて緑髪の男たちが店へとなだれ込んだ。

「最後の開店をさせてやろうって言ってるんだよ」

「おい、どういうことだ。レイリの親父《おやじ》の借金なら話はついただろうが」

「その件じゃないさ。実はつい先刻、うちの拠点が潰されてね。あんたも愛飲してるその薬の製造所のひとつだよ」

「……それがなんだってんだ」

「犯人は【技巧貸与《スキル・レンダー》】のマージ＝シウ。山向こうから来た奴だ。何か知ってるかい？」

「ッ！」

見知った名が出て思わず顔に出そうになるのをこらえるアルトラ。元より表情の薄いエリア。問題はゴードンだった。

露骨に動揺した大男にレモンドは口角を吊《つ》り上げる。

「じゃ、しらばっくれてもらったところで本題に入ろうか。ふふ、あんたらとマージとの関係を私が知らないとでも思った？　昨日この酒場に来たことも調べはついてるんだよ」

「知ってて聞きやがったのかよ。陰湿な真似《まね》しやがる」

髪どころか性根にも青カビ生えてんのか？　というアルトラの呟《つぶや》きが聞こえたか聞こえなかったか、レモンドはフンと鼻を鳴らす。

「うちの拠点をマージに漏らしたのはアルトラ、あんたで間違いないね？」

「知らねェな。お前んとこのマヌケが後でも尾《つ》けられたんじゃね？　証拠でもあんのか？」

「あら、そんなものが必要？」

「要るわけねェな、ごもっともで」

証拠がないから無罪。疑わしきは罰せず。

そんなものは表の法だ。この場では一切意味を持たない。

かつてレモンドは言った。二度とヴェールを謀るな、次はない、と。

「アルトラ、落とし前はつけてもらうよ。……と言いたいところだが、チャンスをやろう」

「チャンス？」

「あんたとマージの間に何があったか詳しくは知らないし興味もない。だが店にやってきて言葉を交わす程度には親しいんだろう？」

「親しい？　反吐《へど》が出る。奴には恨みしかねェよ」

「そうかい。ますます丁度いい」

そう言って取り出したのは一本の酒瓶。一見すると何の変哲もない、アビーク領とは異なる地質が生む甘い葡萄酒《ぶどうしゅ》だった。

「これをマージに飲ませな。そうすりゃ今回のことは不問にしてやる。あんたがご執心のその薬も好きなだけ卸してやるよ」

「報復の手伝いをしろってことか?」

「ま、それだけじゃないがね。そう思っといてもらって構わないよ」

「目的はあるけど教える気はねェってか。言っとくがあいつに毒は効かねェぞ」

「分かってるよ」

ただの酒であるわけがない。耐毒スキルのことも分かった上で渡してきたということは、それすら貫通するような何かが入っているに違いないとアルトラは推察する。

薬の名手である森人族《エルフ》ならばそれも可能だろう。アルトラが常用せざるを得なくなっている鎮痛剤にも、過剰に飲めばスキルが歪《ゆが》む効果があるくらいだから。

「まさにそれさ。その薬、正式名を『新緑の腐敗《ヴェールズ・ロット》』と言うんだが、致死量を遥《はる》かに超える量を飲んでもあんたは生き延びた。そればかりかユニークスキルが変質して元を凌《しの》ぐ威力を発揮したそうじゃないか。制御できたかはともかくね」

「……そこまで知ってんのか」

「私らはそこに着目してね。スキルをより強化したり変化させたり、そういう効果を持つ薬をいくつか開発したんだ。例えば【隠密《おんみつ》行動】スキルを持つ者が飲めばどんな敵にも見つからなくなる薬、とかね」

「んなもん、部下に飲ませたら寝首を掻かれるだけじゃねェか」

「はっはっは、大丈夫さ。スキルが歪むような変化だよ？　それ自体が毒みたいなものだ。解毒しなけりゃすぐに死ぬ。自決を選ぶくらいの苦しみを伴って、ね」

毒、という言葉にアルトラの眉がピクリと動く。アルトラ自身、飲み続けた薬が『毒』となったことで敗れただけに苦しみの大きさは分かる。

あの苦しみを首輪として使われれば人間に抗《あらが》う術《すべ》はない。

「解毒できなきゃ地獄の苦悶《くもん》、その方法を知るのは首領のあんただけ。だから死んでも裏切るな、ってか。お優しすぎて涙が出るぜ」

「信賞必罰は基本さね」

「罰からスタートしてる時点で信賞必罰とは言わねェ」

まあそんなことは些末《さまつ》な問題さ、とレモンドは髪をかきあげつつ酒瓶をアルトラに手渡した。

「大事なのはこの酒に入れた薬はマージにも効くってことだけさ。無味無臭で錬金術士にも見抜けない。森人族《エルフ》にしかできない。森人族《エルフ》だからできる。そういうものが入ってる」

「ふーん。けどな、お前が先に飲んでみろ、って言われたら終わりじゃねェか」

「ある仕掛けがあってね。マージたちにしか効かないのさ」

「抜かりなし、ね。そうやって酒をマージに飲ませれば、奴は……」

「やり方は任せるよ。一口でいいから飲ませればそれでいい」

今後のためにもよーく考えな。

そう言い残して店を出てゆくレモンドと緑髪の男たちには目もくれず、アルトラは酒瓶をじっと見つめていた。そんなアルトラにエリアは首をかしげる。

「説明要求。話が長くてよく分からなかったが、つまりどういうことだ」

「簡単だ」

飲ませればマージは終わり。アルトラの失態は許され、今後は『新緑の腐敗《ヴェールズ・ロット》』も服《の》み放題。

飲ませなければヴェールファミリーを完全に敵に回す。今度こそは店も無事では済まず、もうファティエで生きていくことはできないだろう。

「理解。どう考えても一択」

「おいアルトラ、やるのか？」

「……当たり前だ。マージを殺せてレモンドも味方になる。いいことずくめだろうが」

降って湧いたチャンス。三人の間に期待と緊張の入り交じった重苦しい空気が漂い、まもなくしてミーナが買い出しから戻るまで黙りこくっていた。

第3章

“SKILL LENDER”
Get Back His Pride

Before I started lending,
I told you this loan charges 10%
interest every 10days,
right?

1. 陰謀

「……アルトラが？」

「はい、マスターに会わせろと」

森人族《エルフ》の製薬拠点をひとつ潰し、得た情報を精査するためにひとまず宿屋に逗留《とうりゅう》していた俺たち。森人族《エルフ》側から動きがあるかと思っていたところに意外な来客があった。

拠点で手に入れた資料を読んでいるのかも分からない早さで検分していくアンジェリーナも首を傾《かし》げている。

「なんでこの宿知ってるです？」

「あちこち聞き回って突き止めた、とのことです。酒場と宿屋は客層が近いので情報交換もしやすいのだとか」

「まあ、会おうとすればそうなるだろうが……」

アルトラから「次に会った時は喉笛を掻き切る」とまで言われたのが一昨日の夜だ。こちらから『ファンシーミーナ』に行くことはもうないだろうから話があるなら向こうから来るしかないだろうが、いくらなんでも早すぎる。

「まさか、本当に俺を殺す算段がついたのか……？」

「どうされますか？　お帰りいただきましょうか」

「いや、会おう。何か情報があるかもしれない」

「変態さんの持ってくる情報なんて役に立つですかね」

「分からないから一応聞くんだ」

「なるほど理解」

入ってきたのはアルトラにエリア、ゴードンの三人。よほど探し回ったのか随分と息を切らしているようだ。

「よ、よう、マージ。元気そうだな」

「次に会う時は俺を殺すんだったな。目処《めど》が立ったのか」

「そりゃ言葉のアヤってもんだ。昔ならともかく今は酒場のウェイターだぜ？　人殺しなんかやったら即刻お縄だっての」

「……そうか」

走り回って上気したアルトラたちの顔色は読み取りにくく、汗もただの汗なのか冷や汗なのか分からない。外見や所作から腹の中を探るのは難しそうだ。

ひとまず言っていることは筋が通っていると判断して先を促す。

「それで、何の用だ？」

「風の噂《うわさ》で聞いたんだが、ヴェールの拠点をひとつ潰したらしいじゃねェか」

「耳が早いな」

「田舎の情報網ってやつよ。で、だ。お前も知っての通り、ここらじゃ森人族《エルフ》が陰の権力者。皆仕方なく従っちゃいるが内心じゃ不満タラタラよ。そいつらの鼻を明かしたとなりゃあオレたちにとっちゃ英雄みたいなもんだ。ひとこと礼が言いたくてよ」

そう言ってアルトラは一本の酒瓶を取り出した。俺はそこまで酒には詳しくないが高級品なのがひと目で分かった。

「心ばかりの礼だ。飲んでくれ」

「お前が俺に礼？　何を考えている？」

「毒でも入れたです？」

「お、おいおい勘ぐるなよ。第一お前に毒なんか効かないじゃねェか。オレは痛いほど知ってんだぞ」

アルトラの言うことは正しい。

アルトラにとって森人族《エルフ》は目の上のたんこぶ。そこに一撃を加えた相手を称賛するのは理解できるし、俺に何か危害を加えようとしたところで今のアルトラにできることはない。

アンジェリーナも信用ならぬとばかりに酒瓶をぐるぐる回して観察しているが不審なところは見つけられないようだ。

「ちょいと拝見。……開栓した跡はないですね」

「酒を振るなよ澱《おり》が浮くだろ。なんならオレが先に飲んでみせようか？」

「そんなんでバレる仕込みはしないでしょうし、そうやって自分から言い出すのがまた怪しいです」

「ったく、信用ねェな」

「【技巧貸与《スキル・レンダー》】さんの信用度が一〇〇だとしたら、変態さんはダニの一夜干しですから」

「相変わらず数字の比較ですらない上に、ナメクジの一夜干しからまた降格したな……」

「指摘。ダニを干すなら夜でなく日中にすべき」

「エリアちゃんの言う通りでした。日光と繊維が反応してお布団がいい匂いになりますしね。あれがダニの死骸の匂いだって俗説を聞いた時は笑いました」

「何の話だよ……。とにかく開けるぜ」

持参した盃《さかずき》に注がれていく赤紫の酒を見ながら、このままでは判断がつかないと結論付けて俺は小さくため息をつく。

アルトラたちがやってきたのにはおそらく何か裏があるはずだ。ならばキルミージから奪った暗示のスキル【偽薬師の金匙《きんさじ》】が役立つ。あれを使えば全て吐かせることができるだろう。

「下衆《げす》の本音ほど聞きたくないものもないがな……」

好き嫌いを言っていても始まらない。【偽薬師の金匙】はお互いがお互いの姿を見ていないと暗示にかけられないから、まずは条件を満たす。

「アルトラ、俺を見ろ」

「なあマージ、ひとつ聞いていいか」

「なんだ」

なぜか目を合わせようとしないアルトラは、歯切れ悪く尋ねてきた。

「もしお前がなんかの理由で……そうだな。持ってる力を失ったとしてだ。当然、今の立場じゃいられないだろ。そうしたらお前はどうする」

「どうした急に」

「いや、気になっただけだがよ。どうする？」

言ってみればアルトラたちと同じになったら、という話だ。なぜ急にそんなことを。

質問の意図が分からず思案していたら、俺より先にコエさんが答えていた。一同の視線がコエさんに向いたので【偽薬師の金匙】は発動不可。ひとまず話に耳を傾ける。

「一番強い力を、ということでしたら実際に近いことはございました」

「マジか？」

「ヴィタ・タマという街でのことです。ある者の謀略により、マスターは『持っている中で最も強いスキル』を奪われました」

「最強のスキルね。そりゃやっぱり【剣聖】だな？」

「いいえ、【古《いにしえ》の叡智《えいち》】が進化した【神代《かみよ》の唄】ならびに魔術系の補助スキルです」

「なっ……！」

「勝利。至極当然。どやぁ」

「うるせェ黙ってろ。……それで、どうなった」

エリアがアルトラに勝ち誇った顔を向けるが、アルトラは見ないフリをして先を促す。

「マスターは残った手札を使い、逆に相手を策に嵌《は》めてスキルを取り返しました」

「やっぱり【剣聖】が役立ったわけだな」

「直接に役立ったのは【金剛結界】と【熾天使《してんし》の恩恵】です」

　思い出されるのは『紅奢《ぐしゃ》の黄金郷』前のキルミージとの攻防。肉体を【金剛結界】で硬化させ、それでも削られ続ける肉と骨を【熾天使の恩恵】で修復しながらキルミージが壊れるまで耐え抜いた戦いだ。

　それぞれゴードンとティーナのユニークスキルが進化したものだ、と補足が入ると今度はゴードンの顔が明るくなった。そのままアルトラの方を見ようとして顔を殴られ、鼻に当たったらしく涙目で唸《うな》っている。

　不満げなアルトラに、コエさんはごく当然のことを言うようにはっきり言い切った。

「マスターは『神銀の剣』にいた頃から、持てる手札でシナジーを生み出し最大限の力を発揮することを常に考えておりました。何を得ようと何を失おうとそれは変わらないでしょう」

「……マージは変わらない、ねェ」

　何を納得したのかは分からないが、アルトラは噛《か》みしめるようにそう呟《つぶや》いた。話の区切りと見て俺も切り出す。アルトラがこちらに目を向けるだろう話題といえば。

「ティーナといえば、お前たちはティーナを探して旅に出たんだろう。何か進展はあったのか？」

「ここだけの話だがな、実は予想外の新事実が判明したんだ。まあ一杯やりながら話そうや。仮にも王様が贈り物の酒に口もつけねえってこたないだろ」

アルトラは目を合わせないまま盃の酒を勧めてくる。奴《やつ》を信用するわけではないが、今のアルトラに何ができるわけでないのは事実。飲んでいればどこかで目も合うだろう。

「一杯だけだからな。済んだら終わりにして帰ってくれ」

「あァ、それで終わりだ」

俺が盃に口をつける一瞬、それを確かめるようにアルトラの目がこちらに向いた。お互いの姿が見えていることという条件が満たされているのを確かめて俺は暗示のスキルを起動する。

アルトラの目に何か迷いとも怒りとも後悔ともつかない感情が浮かんだ気がしたが、その正体も暗示にかければ全て分かるはずだ。

「【偽薬師の金匙】、きど……」

だがスキルは起動しなかった。

頭に強い衝撃が走り、ガシャンとガラスの割れる音が鳴る。鈍い痛みに続いて視界が赤に染まった。コエさんの焦った声と鼻をつく酒の匂いに、どうやら酒瓶で頭を殴られたらしいと理解する。

殴った犯人は明々白々。首だけになったビンを右手に握っているアルトラだ。俺の手にあった盃も床に叩《たた》き落とされて中身をぶちまけている。

「マスター!?　ご無事ですか!?」

「どうだ美味《うま》いか？　頭から飲む高級酒は格別だろ？」

アルトラはゲゲと笑っているがゴードンの方は聞かされていなかったのか慌てている。エリアは平然としているようにも見えたが、どうやらあれは予想外の事態に固まっているとみた方がよさそうだ。

「あ、アルトラ！　お前何をしているんだ!?」

「見ての通りだが？　マヌケに油断してたから酒ぶっかけてやった。ざまーみろってんだハッハッハ」

一方のこちらは心配するコエさんと、対照的に「マージは無事で当然」といった様子でアルトラに冷めた目を向けるアンジェリーナ。

「変態さん、こんなしょ――――もないことするためにわざわざジェリたちの宿屋まで来たですか。ヒマなんです？」

「チビの割に肺活量すげェな。はっ、オレが本当に礼を言いに来るとでも思うか？」

「返す言葉もないですね。呆《あき》れてですが。エリアちゃん、こんな男さっさと見切りつけないと花の十代を棒に振りますよ」

「訂正あり。すでに台無しにされている」

「エリアてめぇ」

「あと【技巧貸与《スキル・レンダー》】さん、一応聞きますが平気ですよね」

「ああ、大丈夫だ」

「【技巧貸与《スキル・レンダー》】さんは殺したぐらいじゃ死にませんしね」

世間を見渡せば酒瓶が凶器となった死者は少なくない。酒場の喧嘩《けんか》だと酒瓶が一番手近な武器なのだから当然といえば当然だが、ある医者の著書によると瓶で殴られたからといって頭蓋が割れて即死することは滅多にないという。殴った際にガラス片で負傷し、そこから多量に出血したり病にかかったり、あるいは衝撃で頭蓋の中に血が溜《た》まって死亡するケースがほとんどなのだとか。

俺も頭に少し裂傷ができただけだ。そのくらいなら治癒スキルですぐ治る。

「気は済んだか、アルトラ」

「なんだ、殴り返しもしねェのか」

「そんな気にもならない。満足したなら帰れ。お前が策でも巡らしているんじゃないかと深読みした俺が馬鹿だったよ」

「へっ、酒まみれで言っても格好つきゃしねェな。じゃあな」

手をひらひらさせて帰っていくアルトラ。去り際、背を向けたまま急に立ち止まった。まだ何かする気かとコエさんが身構える。

「コエとかいったか、そんなビクビクしなくても何もしねェよ」

「信用なりません」

「そうかい。……いいかマージ、オレだって変わらねェ。オレはお前には負けねェ。いつかこの手でぶった斬る。絶対にだ」

それだけ言い残し、三人は出ていった。

後に残ったのは割れた瓶の破片と酒の匂いだけだ。

「最後までわけが分からなかったな……」

「分かることーないです。人間、堕《お》ちるところまで堕ちると他人の足を引っ張るしか娯楽がないですからね」

「マスター、まずはお着替えを。床は私が掃除しますので」

「ジェリはお掃除苦手なので帳簿のチェックをすす、め……」

「アンジェリーナ?」

「あ……」

ぐらり、と。

アンジェリーナの体が崩れ落ちるように倒れた。慌てて駆け寄ろうとしたコエさんも同様にへたりこむ。気づけば俺の足も言うことを聞かない。

まるで麻痺《まひ》毒の症状。だが耐毒スキルのある俺にも効く毒などそうそうあるはずがない。

仮にあるとすれば、と考えて頭をよぎるのは先刻自害した森人族《エルフ》の刺客が服した毒。

「森人族《エルフ》、の、秘毒……!」

意識が薄れてゆく中、アンジェリーナがこちらに向けて口を動かしているのが見えた。

耐毒スキルを回してくれと、そう言っているのかと思ったが。天才の頭脳はこんな時にこその的確だった。

「そ、うか……！」

俺はスキルを二つ発動し、そのまま暗闇の中へと堕ちていった。

◆◆◆

「う……」

目を覚ますと、日がかなり傾いていることが窓から差し込む茜色《あかねいろ》の光で分かった。場所は宿屋から変わっていない。

もっとも、移動をできないようにしたのだが。

「意識が落ちる前に……【金剛結界】、あと【星霜】……発動しておいて正解だったな……」

「おい、もう目を覚ましたぞ。いくらなんでも早すぎないか」

「まだ動けはしないはずだ。俺が見ているからお前は下にいるマムを呼べ」

男たちの声がする。口ぶりからして俺を見張っていたらしい。

マム、というと母親のことだが実母ではあるまい。おそらくボスという意味合いだろう。

「もう起きたとは驚きだね。私らの秘薬もまだまだってことかい」

女の声。部屋に入ってきた気配。雰囲気はコエさんでもアンジェリーナでもない。声質ももっとハスキーで、強いていえばリノノに近い。

まだ痺《しび》れの残る首を回すと緑がかった長い金髪の女が椅子に腰掛けていた。月を肴《さかな》に一杯飲もうとでもいうのだろう。手には酒瓶とグラスが握られている。

「無理に動くと後に引くよ。おとなしく転がってな」

「二人、は」

「あんたの後ろにちゃんといる。本当はさっさと連れ出して我が家へご招待したかったんだがね」

どうにか首を回すとコエさんとアンジェリーナも元と同じ場所に眠っていた。床に散乱した瓶の欠片《かけら》もそのままだ。

二人は本来なら俺とは別の場所へ誘拐されて人質として使われただろう。そうならなかった理由はひとつ。

「スキルで『錨《いかり》』を下ろした。アンジェリーナの咄嗟《とっさ》の機転でな」

「それが異様な重さと硬さの正体かい。まったく厄介なスキルをお持ちなこって」

重く硬い膜状の結界で体を覆うスキル【金剛結界】。【星霜】で持続時間を延ばしたそれを俺たち三人にかけておいた。

こうすれば運び出されることがないし、針も刃物も通らないからそう簡単には殺せない。

意識が戻るまでの時間稼ぎにはもってこいだった。

「なるほどねぇ。こうなると飲み薬しかないのは考えものだね。次は嗅ぎ薬か、なんなら毒ガスでも作るかねぇ」

「飲み薬ということは、やはりあの酒に？」

「そうさ。あんたらがアルトラに振る舞われて飲んだ酒には私らが丹精込めて調薬した毒が入っていたのさ」

グラスに、おそらく薬など入っていない純の酒を注ぎ、藍色に染まりだした空に透かしつつ女は名乗った。

「森人《エルフ》族の長、このレモンド＝ヴェール謹製の毒がね」

「随分な自己紹介だな」

「本来ならあんたの耐毒スキルも用を為《な》さずに死んで、自己紹介なんか不要になるはずだったんだけどね。かなりこぼれていたところを見るに口に含んだだけでぶっ倒れたってとこかい。ちいとばかし即効すぎたか」

レモンドと名乗る女は床に散らばる瓶の破片に苦笑する。どうやら酒を飲んだ俺が倒れて割ったものと思っているようだ。

実際は頭から浴びたというのが正しい。毒気を嗅いでしまったこと、皮膚から吸収されたことで痺れが出たのだろう。コエさんたちも同様だ。

だが俺たち三人の口には一滴も入っていない。だからこうして生きている。

「ま、生きてたところで当分まともに動けないと思っておきな。少なくとも私らの計画が済むまではね」

「……薬物を足がかりにしたアビーク領への侵攻計画か」

「ふうん、気づいていたかい。けどそれだけじゃないよ」

レモンドは酒を一口含んでほう、と息をつく。

「マージ＝シウ。あんたはアビーク領から来たんだったね？　あそこの領主アビーク公爵は優秀でまともな貴族だ。惜しむらくは、優秀でまともすぎたことだ」

「まともすぎた？」

「敵国が寝返りを打診したら断る。国に薬物が蔓延《まんえん》しそうなら取り締まる。実にまともな対応で、おかげでアビーク領は今でも健全に回っている。国の隅っこだからというのもあるだろうがね」

だからこそ、とレモンドはどこか残念そうな表情を見せた。

「滅ぼさないといけなくなった。他の領主と同じようにほどほど腐っていればよかったんだ。そうすれば薬漬けになったところを侵攻され、占領されるだけで済んだのに」

「占領されるだけ、とは身勝手な言い分だな。公爵にとっては滅ぼされるのと変わらないだろうに」

「大違いさ。人間に捕まって人間として死ねる。人間の軍隊は人間を食べないからね」

「……何？」

人間を食べる何かを使うということだ。それはつまり魔物。マナの影響を受けて変質強化した生物たち。

「人間の軍隊が山脈を越えるのはそれだけで大事業だ。分かるだろ？」

「そうだろうな。あの山道は大軍には狭く険しすぎる」

ファティエ側からアビーク領へと攻め込むにはレオン・エナゴリス山脈を越えるか迂回《うかい》しなくてはならない。何千何万という軍を向かわせるのは難題だろう。だから魔物を使うという理屈は分かるが一体どうやって。

そこまで考えて、当然の結論が浮かんできた。

「……ダンジョンか」

「そういうこと。レオン・エナゴリス山脈内にも人間の知らないダンジョンがある。私ら森人族《エルフ》が追われて山越えをした時に見つけたものさ。人間の区分だとS級ダンジョンかそれ以上に相当する」

その名は。

「猛吹雪に包まれし樹氷の迷宮『看取《みと》りの樹廊』。キヌイは、アビーク領は魔物の海に沈む」

2．人工魔海嘯《マカイショウ》

「猛吹雪に包まれし樹氷の迷宮『看取りの樹廊』。キヌイは、アビーク領は魔物の海に沈む」

森人族《エルフ》の長レモンドは夕空を肴に酒を傾け、翠《みどり》の目を東へと向ける。夕陽《ゆうひ》を映したレオン・エナゴリス山脈の銀嶺《ぎんれい》はさぞ美しいことだろう。だが、そこにあるのは魔の迷宮だと彼女は語る。

「ダンジョンが切り札？　中に入らない限りは安全な迷宮をどう使うと？」

「はっ、あんたのことだ。察しはついてるんだろう？」

「……魔海嘯《マカイショウ》と言いたいのか。あんなものを思い通りに扱えると考えているなら勘違いも甚だしいぞ」

ダンジョンは成長する生きた迷宮だ。完全に成熟すれば大量の魔物を外へと吐き出し、辺り一帯を未来永劫《みらいえいごう》に人外魔境へと変えてしまう。

それが魔海嘯《マカイショウ》、あるいはダンジョンブレイクと呼ばれる激甚災害だ。だから各国はそれぞれに対策を打っており、俺たちの国の場合は冒険者ギルドを公認してダンジョン攻略を奨励している。その大きすぎる威力はヴィタ・タマで俺も実際に目にした。

「あれは人間の手に負えるようなものじゃない」

「じゃあ食い止めたあんたは人間じゃないんだろうね」

「ああ、そうかもな。それに魔海嘯《マカイショウ》は何百年もかけた成長の末に起きる。そう都合よく発生するものか」

「私らの調薬技術をもってすれば思い通りに魔物を外へおびき出すくらいは容易《たやす》い。嘘《うそ》だと思うかい？」

「……思わないさ」

嘘ではあるまい。

ベルマン隊の斥候《スカウト》、メロが『蒼《あお》のさいはて』で似たことをやっていた。人間の薬にできて森人族《エルフ》の秘薬にできない道理はない。より巧みに魔物を誘い出すことだろう。

「言うなれば人工魔海嘯《マカイショウ》。それが私らの切り札さ」

レモンドの不敵な笑みは自信の表れなのだろう。確かに、できるかできないかで言えばできるのかもしれない。だが誘い出した魔物を倒せなければ生存圏を奪われるだけだ。

「そんなことをして何の得がある？　ただ破壊するだけが目的なのか？」

「キヌイを魔物の餌にすれば公爵の意思も変わるだろうさ。それでダメならアビーク領がまるごと魔物に飲み込まれるかもしれないが、まあその程度は必要経費さね」

「そうまでして隣国を手に入れたいのか。取り込めるはずの領民を魔物に食わせ、広大な土地を死の土地に変えてまで」

「そうまでして手に入れたいのさ。だが最大の障害はあんただ、マージ。狼人族《ウエアウルフ》の王にして『紅耆の黄金郷』の魔海嘯《マカイショウ》を阻止した男。あんたを止めるためにどれだけ知恵を絞ったことか。国取りよりも大変だったと言ってもいいね」

「妙だな」

目的が見えない。何よりあまりにも森人族《エルフ》『らしくない』。

「何をしようとしたのか、どうやったのかは分かった。だが、何故やった？」

森人族《エルフ》とは少数で寄り集まり、小さな土地を守って生きる亜人族。レモンドらの一連の行動はアサギたちから聞いた特徴とあまりに食い違っている。

そんな彼女らが国を取りに行く動機はなんだ。

「森人族《エルフ》は争いを好まない種族だと聞いている。それが戦争に加担する理由はなんだ」

「ほう？　話したら領地を明け渡してくれるのかい？」

「そうは言わない。だが協力はできるかもしれない。殺すはずだった俺がこうして生き延び、話しているのも何かの縁だろう」

「縁、か。そういう考え方は嫌いじゃないよ。森人族《エルフ》は森の奥に住み、出会いを拒絶する亜人族。だからこそ結ばれた縁には意味を見出《みいだ》すのさ」

酒をまた一口含んで、レモンドは窓の外から目を離さずにゆっくりと語りだした。

「森が欲しい。小さくても穏やかな、『エルフの森』が」

「エルフの森……？」

「私らは新しい故郷が欲しいのさ。ところがだ。どこに行っても『ここは俺の土地だ』と

言ってくる奴《やつ》がいる。次に出てくる言葉は『出ていけ』か『クソ高い税金を納めろ』さ」

「……国境は勝手に引かれるからな。未踏の地でもどこかの国には属してることになる」

「そう。人間の踏み入れない山奥に住んでみたところで一体いつ見つかるか分かったもんじゃない。あんたも覚えがあるんじゃないか、狼人族《ウエアウルフ》の王さんよ」

「あるさ。嫌というほどな」

里に残してきたシズクたちの顔を思い出す。

狼人族《ウエアウルフ》が住む里も存在が公になる前から『アビーク領の土地』だった。だから狼人《ウエアウルフ》たちはひっそりと息をひそめながら生きてきた。見つかって追い出されることのないように。殺されることのないように。

「私ら森人族《エルフ》は戦を好まない。戦って土地を奪おうなんて言い出す民はいなかったし、最初は山脈のどこかに隠れ住もうとした。けどね、限界はくる。いつか必ず見つかる。だったらその前に自分の国を勝ち取るしかないだろう?」

「それにしては隣国まるごとは大物狙いすぎるだろう。アビーク領を切り捨てる判断にも迷いがなさすぎて不自然だ。……まさか、自分たちが住むつもりはないのか」

「察しがいいじゃないか。そう、私らの顧客はナルシェ政府さ」

レモンドの計画はこうだ。

こちらの国を薬で崩壊させ、ナルシェによる侵略を成功させる。その報酬としてどこかの山か森を拝領し、森人族《エルフ》の国を作って少数の仲間と静かに暮らす。

たとえアビーク領を焼き尽くしてでも。

「……本丸はナルシェ政府だったか」

「成功の暁にはファティエの外れから山脈までの土地をもらえる約束でね。そうなればもう陰の主だとか言わせはしない。往来で、木立の間で、せせらぎのほとりで、誰にはばかりもせず堂々とお天道様に向かって叫ぶのさ。ここはエルフの森だ！　私らの国だ！ってね」

「そのために国ひとつをナルシェに捧《ささ》げると？」

「それくらい持たせないと納得しないのが人間でね」

「結局いつだって得をするのは奪う側、か」

今回の件、俺はてっきり森人族《エルフ》による侵攻だと思っていた。動機は百年前に追放された報復か何かだろうと。だがその実態はナルシェによる領土簒奪《さんだつ》であり、安住の地を得るために矢面に立っている亜人族がいただけだった。

「人間ってのは欲深いねぇ。私らが一の土地が欲しいといえば、十の土地を持ってこいとくる。そんな約束でも私らはすがるしかなかったのさ」

「そのために同胞を使い捨てるような戦法まで使ったのか」

「ああ、大したもんだろう？　あんたにすら気取られず近づけるほどに【隠密《おんみつ》行動】スキルを強化した刺客なんざ、この世界のどこを探したって他にはいないだろうさ。まさかキヌイとファティエ、二度も防がれるとは思わなかったけどね。奴もリベンジに燃えていたようだけど相手が悪かったとみえる」

「……そうか。命までは取らずに済ませたかった」

「お優しいこって。あいにくと、こっちにゃそんな余裕はありゃしないもんで」

「それにしてもずいぶんと口が軽いな。なぜ俺にそこまで聞かせる？」

話が一区切りしたとみて疑問を口にする。

勝ちを確信したにしても、なぜこうもペラペラとなんでも話すのか。単なる自己顕示かとも思ったがこれまでの陰に潜んできた姿とどうにも重ならない。

「なんでこんなにベラベラ喋《しゃべ》るんだろう、って顔してるね」

「察しはつくがな」

「ほう、聞かせておくれよ」

「理由の一。俺がもうすぐ死ぬと思っているから」

「思っているんじゃなく実際に死ぬんだがね」

「そして何より、理由の二。すでにことが動き出しているから」

切り札であるダンジョンのことまで明かすのはあまりに大胆すぎる。それでも問題ないとすれば、考えられる理由は『すでにカードを切ったから』。

俺の回答にレモンドは満足げに酒を呷《あお》って笑ってみせた。

「さすが、正解だ！　すでに人工魔海嘯《マカイショウ》は起動した！　ダンジョン『看取りの樹廊』からおびき出された魔物の大群はキヌイに向かった後さ！」

「やはり……」

「今さら向かったところでキヌイはとっくのとうに焼け野原だよ。山中のどこかにあるっていう狼《おおかみ》の隠れ里も無事じゃ済まないだろうね。それともマージ様は時間を遡るスキルもお持ちかい？」

レモンドは酒を揺らしながらくつくつと笑ってみせるが、その目は決して笑ってはいない。自分の、同胞の住処《すみか》を得るための戦いだという意思が見て取れる。

「襲った魔物はだいたいが獣型さね。ただただ純粋に殺し、喰《く》らう。そういう魔物が町に押し寄せたんだと言えば結果は想像つくだろう」

曰《いわ》く、樹氷のダンジョン『看取《みと》りの樹廊』に棲《す》む魔物は狼や熊といった獣型が多い。身の丈が家屋を軽く超えるような魔物たちが群れをなしてキヌイとその周辺を蹂躪《じゅうりん》する。山間にひっそりと佇《たたず》む狼人族《ウエアウルフ》の里とて例外はなく、死の津波が如《ごと》く全てを殺すだろう、と。

「私らが西方面からアビーク領をおびやかし、同時に南から迂回《うかい》したナルシェ軍主力が東方面へ攻め込む。そうして一気に隣国を攻め滅ぼすって算段さ。ただでさえ薬で弱体化した連中に抗《あらが》う術《すべ》はないよ。アビーク公爵さえ寝返ってくれればこんなやり方しなくてもよかったが……。言っても詮ないことよね」

「アビーク公爵が真っ当すぎたがゆえの策、か」

「天下のマージ様がいれば民が逃げる時間くらいは稼げたかもしれないが、歴史に『もしも』はないのさ」

「ああ、そうだな。だが未来に『絶対』もない。違うか？」

「あるさ。死は絶対に訪れる。あんたら短命なヒト種にとってはなおさらにね」

「それは今じゃない」

たしかに俺は間に合わない。東へと向かった魔物を止めることはできない。

だがキヌイは、『狼の隠れ里』は丸裸じゃない。

俺がそう答える前にドタドタと慌てた足音が近づいてきた。

「マム！　山向こうから狼煙《のろし》の第一報が！」

「おや、早かったね。ちょうどいい、この場で聞かせてみな」

「そ、それが……」

歯切れの悪い部下の様子に、レモンドもよからぬものを感じたのか「早く言え」と急《せ》かす。部下は背筋を伸ばし冷や汗を流しながら声を張った。

「狼煙は白二本、赤一本！　その意味は『奇襲するも敵の抵抗あり。成果僅少』にて、失敗です!!」

「なんだと!?　魔物の誘導に失敗したのか！」

「い、いえ、そんな連絡はありません」

「なら何故だ！」

「狼煙ですのでこれ以上のことは……」

狼煙は単純だが優れた情報伝達手段だ。数箇所を中継していけば国の端から端までものの四鐘（四時間）で連絡ができる。直線距離の短い大山脈だと特に有効だろう。

難点としては事前に人員を配置する手間があることと、夜には使いづらいこと、そして複雑な情報を伝達するのはどうしても難しいこと。特に想定外の事態を伝えるのは非常に困難だ。

「クソ、情報伝達系のスキルを避けたのが裏目に出たか！　薬での出力強化は精度重視のスキルとは相性が悪いから、狼煙の方が確実と思ったのに……！」

「レモンド、ダンジョンからの魔物の誘導さえ成功すれば安心とみていたようだな。それがお前の失敗だ」

「貴様の仕業かマージ！　何をした!?」

「俺は何もしていない。今回ばかりは本当にな」

「お前以外に誰がいる！」

「シズクたちがいる」

「狼人族《ウエアウルフ》かい？　はっ、実り豊かだった時代の狼王《ろうおう》ならいざ知らず、今の奴らにそんな力があるわけがない。もう一度聞く。何をした！」

「何度でも言うさ。俺は何もしていない。実りを取り戻すために戦ってきた狼人族《ウエアウルフ》たちがいるだけだ」

襲撃第一波の失敗を俺の計略と信じて疑わないレモンドだが、俺はそれに否定を返しつつ立ち上がって服の埃《ほこり》を払った。

「お前の敗因は、里を任せられる後進が育っていると知らなかったことだ」

「バカな！　ま、まだ立てるはずが……」

「貴重な話に感謝する。コエさんにアンジェリーナも聞いていたか？」

「はい、マスター。お話は聞こえておりました」

「………」

「アンジェリーナ？」

「ぐー……」

「アンジェリーナさん、疲れていらっしゃいましたので……」

アンジェリーナは普通に寝ているようだ。横になっていれば眠くなるのは人間の本能だから仕方ない。三人が三人とも無事と分かってレモンドの困惑はますます深まる。そうなった者など脆《もろ》いものだ。

「女たちまで……!?　なぜだ！　あの毒は一口飲めば無事では済まないはず！」

「レモンド。お前はアルトラって男の歪《ゆが》んだ自尊心を甘くみすぎた」

「アルトラ、あの無能が！」

「話の続きは後だな。なあ、そこの緑髪」

「な、なんだ俺か？」

「マージの目を見るな！」

目線を報告に来たレモンドの部下へ。徹底して俺と目を合わせないようにしてきたレモンドと違い、緑髪の若者は反射的に俺の方を見る。互いの目がしっかりと合った。

「互いの姿を視認した。【偽薬師の金匙《きんさじ》】、起動」

「う、あ……？」

「レモンドは俺と極秘の話をする。全員で宿から出ていき、誰も部屋に近づくな。詮索無用。復唱しろ」

「……マムはマージと極秘の話をする。全員で宿から出ていき、誰も部屋に近づかせない。詮索無用」

「それを他の構成員にも伝えろ」

「これを他の構成員にも伝える」

「待て！　目を覚ませ！」

「もう遅い」

若者はそのまま踵《きびす》を返して出ていった。引き留めようと焦ったレモンドの手からグラスが落ちる。

暗示で情報を攪乱《かくらん》したら、後は頭を押さえるだけだ。

「『冥氷術《コキュートス》』」

「なっ、手足を！」

「酒は冷やして飲んでも美味《うま》い。甘い酒は特にな」

グラスが床に落ちる前にレモンドの手足ごと凍りつかせた。

もう身動きはとれず、声を上げようと誰にも届かない。

「さあ、極秘の話をしようか」

3．キヌイ、襲撃

「苗の様子はどうだ」

「ああ、シズク様。今のところ病もなく育っております」

『狼の隠れ里』の稲作は今年も多忙な時期を迎えている。

マージ一行がレオン・エナゴリス山脈へと旅立って二日後。里はダンジョンでの遭難や薬の一件に振り回されつつも、出穂期に入ったイネの世話に追われていた。

水田の様子を見に来たシズクが声をかけると中年の狼人《ウェアウルフ》が顔を上げる。汗と泥にまみれてはいるが確かな手応えを感じている顔だった。

「そうか。それと去年までは雑草の害が深刻だったな。今年はどうだ？」

「は、これまでに比べると目に見えて減少してきております！」

「ようやく成果が出てきたかな」

稲作に着手した一年目は膨大な雑草に悩まされた。耕され、肥えを撒《ま》かれた土はイネだけでなく他の草花にとっても住み心地がよいのは当たり前のこと。抜いても抜いても生えてくる雑草といたちごっこの日々だった。

「雑草がここまで厄介な存在だなんて想像もしなかったからな」

「肥料を奪われるならその分多く撒けばよい、などと考えていた時期もありましたな。今だから言えますが、手で抜いて耐えよとお命じになったアサギ様を恨んだことも……」

「それでも皆、よく従ってくれた。もしあそこで手を抜いていたらどうなっていたか」

「おそらくはイネとも草ともつかぬ何かが生い茂る虫の楽園になっていたでしょうな」

「想像したくもない」

雑草の害はイネから養分を奪うだけではない。種々の雑草は種々の虫、種々の病気を呼び寄せ、そのいくつかはイネにも害を及ぼす。病ひとつで水田一枚まるごとを焼かねばならなくなることもある稲作においては致命的だ。

さらに悪いことにイネの仲間というのは自然のあちこちにいる。

そういった雑草はイネと交配して得体の知れない交雑種になってしまうこともあるから始末に負えない。数年でイネと雑草が入り交じるどころか雑草しかない田になる可能性すらあるのだ。

そこで里では対策を打った。これらの脅威を退けるためには雑草が生えてからではなく生える前に絶やす方法である。

「年ごとに水田を掘り起こし続ければいい。マージが調べた通りだ」

「名をなんと言いましたかな」

「田起こし、それに代掻《しろか》きだな」

稲作の水田には大きく『湿田』と『乾田』の二種類がある。

『湿田』は一年中ずっと田に水が張られている水田だ。自然の沼や湿地を整えればよいので作るのが比較的簡単で、水路や貯水池を整備したりといった大掛かりな工事も必要ない利点がある。欠点としては農作業が常に泥相手になるために大変な重労働なこと、作れる土地が限られること、降雨量の影響を強く受けすぎることなどが挙げられる。

『乾田』は乾燥していた土地に水を引いてきて作った水田だ。水を張る、抜くを人為的に調整できる機能を有する。水路掘りなどの灌漑《かんがい》工事が求められるため作るのは一苦労だが利点も多い。里の水田は全てダンジョンから水路を引いた乾田である。

乾田ではイネの収穫前に田の水を抜いて乾かす。そうすることでコメをほどよく乾燥させられると同時に、田に新鮮な空気を吹き込んで翌年のイネが育つ備えもできるという寸法だ。

ただ問題もある。厳しい冬が過ぎて春を迎える頃には乾いた田は硬く締まっており、前年のイネ刈りの後に残った根もそのまま。そこにただ水を張っても新たなイネは根付かない。鋤《すき》や鍬《くわ》を使って田を掘り起こし、土を柔らかくしなくてはならない。これを『田起こし』と呼ぶ。この時に雑草の種も地中深くに閉じ込めてしまうことで春になっても発芽できないようにできるのだ。

さらに田植えの直前に土を平らに均《なら》す。これを『代掻き』と言い、この時にも雑草が地中に埋め込まれるため二重の雑草対策となる。

……と、言葉にするのは簡単だが。何事も言うとやるとは大違いである。

「シズク様、改めて考えまするに」

「なんだ」

「一年目にジェリ殿が来ていて、誠に誠によかったですな……」

「それはある。マージが【腕力強化】や【斬撃強化】を貸せるといっても一人ずつだし」

稲作の仕事はどれもこれもが重労働だが、力仕事として厳しいものは何かと聞かれれば田起こしと答える里人も多いに違いない。固い土に深々と鍬を突き立て、石や木の枝を手作業で取り除きながら一歩一歩耕していく地道な作業だ。

幸いにして一年目の夏前にアンジェリーナが押しかけてきたためにゴーレムが代行しているが、十分な牛馬もいない里では全て人力でやるしかなかったろう。肉体的にも心理的にも辛《つら》い辛い作業になったに違いない。効果があるか分からない重労働ほど人の心を折るものはないのだ。

「まあ最悪、マージが手伝ってくれたとは思うけど」

「いえ、私らが選んだ王にそのようなことをさせるわけには」

「【阿修羅《あしゅら》の六腕】で六本の鍬を操って耕すマージ、それはそれで見たくはあるかな」

「否定は致しませんが聞かなかったことにしておきます、シズク様」

「こう、すごいんだろうね。鍬がグルングルンのズバンズバンと宙を舞って」

「……壮観でしょうな」

冬の終わりに文字通り八面六臂《はちめんろっぴ》の活躍を見せるマージを想像しつつ、シズクと狼人《ウエアウルフ》は青空を仰いだ。見上げた方角には深緑の山々、そしてその先に雪を纏《まと》ったレオン・エナゴリス山脈の峰々がうっすらと見える。

風が一陣吹き去ったところでシズクは「さて」と踵を返した。

「作業の邪魔をして悪かった。田が育ってきたといってもまだまだ苦労は多いと思うが、皆がお前たちの仕事に支えられている。これまで通りに励んでくれ」

「承知いたしました。必ずや秋にはよいコメをお見せしましょう」

「ああ、楽しみにしてるよ」

立ち去るシズクの背を見送りながら狼人《ウエアウルフ》たちは口々に語る。人口の少ない里で赤子の頃から見守ってきたシズクは里人にとって為政者であると同時に孫のような存在。その成長を見守る目には温かさと厳しさがある。

「シズク様も変わられましたな」

「ああ。以前は気ばかり張っておられて頼りないやら痛々しいやら。だからこそ我々もお支えせねばと思っていたものだが」

「今では肩の力も抜けてだいぶ落ち着かれた。お父上、アサギ様の貫禄《かんろく》を受け継がれたようで頼もしいことだ」

「カスミ様の包容力も備わっていよう。将来が楽しみだな」

シズクの内面的な成長を見守る里人たちは、しかし惜しむらくは、と口を揃《そろ》えた。

「身体《からだ》の方はなぜ今ひとつ育たぬのか……」

「カスミ様が同じ年頃の頃は、こう、もう少し豊満だった気がせんか」

「うむ……。食事がよくないのか？　いや、あの頃のカスミ様よりも滋養のあるものを食べておられるはず」

皆が考え込む中、最も年長の男が声を大にしながら己の胸をドンと叩《たた》く。

「何を言うかお主ら！　なればこそ我らのコメで育っていただくのだろうが！」

「そ、そうか！　よいコメを作ればシズク様もそれだけ育つのか！」

「無駄口を叩いている場合ではない！　やるぞ皆の衆！」

こうしてはおられぬと、各々が鋤を取り上げる。

アビーク領内ばかりか国中が隣国からの薬で病んでいる中にあってもこの里は変わりない。薬の流入にいち早く気づいたことが見事に功を奏していた。

「……うん？　なんだ、匂わないか？」

そうしていつもと同じ日常を送っていたからこそ、ごく些細《ささい》な変化に気づけたと言えよう。

一人の狼人《ウエアウルフ》が鼻をクンクンと鳴らしながら指さした西の山。周囲の狼人《ウエアウルフ》たちもつられて目をやると、緑の山肌を吹き抜けてきた風にわずかばかり顔をしかめる。それは人間には決して感じ取れない、狼《おおかみ》の嗅覚と直感とが捉えたかすかな匂い。

「魔物の匂い……。『蒼《あお》のさいはて』が活動を始めているというからな。そのせいではないか」

「そうだろうか？　魔海嘯《マカイシヨウ》を起こしかけていた時期もこんな匂いはしなかったように思う

が」

「心なしか、山も細かに揺れているような」

「そんな分かりやすい予兆がないからこその激甚災害であろうに」

「しかし匂うものは匂うのよなぁ。この感じだと山脈からか？」

「なんとしたものかの」

口調は呑気《のんき》に内容は剣呑《けんのん》な話をしつつ、開いた目はじっと山を見つめて離さない。狼人《ウェアウルフ》は戦士の民。迫りくる危機に対する勘は数ある亜人の中でも五指に入る。

やがて誰からともなく足早に田から上がったかと思えば、すぐさま役割を決めてあぜ道を走り出した。

「マージ様はおられぬのだったな」

「儂《わし》はアサギ様に知らせる。お前は里の皆に触れて回れ」

「では俺はシズク様を追って知らせよう。まだすぐそこのはずだ」

「よし、急げ！」

各々別方向へ散ってゆく狼人《ウェアウルフ》たち。幾らも経《た》たないうちに情報は里に広まり、見張りやキヌイに出ている者を除いて全員が里の広場へと足を運んでいた。知らせを受けたアサギは若い衆を呼び寄せて山へと向かわせる。

「遠方より微《かす》かに魔が香り、山々も震えて見える。何が起きているか見て参れ。山を二つまでは越えてよいとする。そこから分かるだけの情報を持ち帰るのだ」

「山五つは行けます。ベルマンに教わって登山術も上達しましたから、危機が迫るより早くそこまで行けます」

「では四つだ。くれぐれも全滅することだけは避けよ」

「心得ております」

全滅すれば情報は持ち帰れず全員の死が無駄になる。同胞を守る戦いでの死を誉れとする狼人族《ウェアウルフ》にとり、犬死には斬首と並んで最も忌むべきものであった。

黒髪の若者を先頭に走り去っていく若い衆を見送りながら、アサギは残った者たちにも指示を飛ばしてゆく。

「戦いの備えをせよ。万一の時は我らのみで里を守る」

「シズク様は？」

「キヌイへ知らせに向かわせた。【装纏牙狼《ソウテンガロウ》】を使えばシズクが一番早い」

「恐れながら早計では？　大騒ぎしておいて思い過ごしだったらばキヌイの民がなんと言うか」

「何事もないならそれが最善ではないか。私が臆病者と笑われれば済むだけのことだ」

「……要らぬことを申しました」

そうして戦の備えをしながら待つこと数鐘（数時間）。息を切らして戻ってきた若者は、しかしたったひとりだった。

「も、申し上げます！」

「待て、お前一人か。他の者はどうした」

「そ、それが、大変な、そうものすごい数の、それで橋を落として時間稼ぎをと……」

「誰か、水を持て！」

水を飲ませて落ち着かせてみて、ようやく話が見えてきた。

「魔物の大群です!!」

「どういうことだ。魔物がいようとも山が揺れるなどあり得ないだろう」

「山は揺れているのではありません！　岩の山肌を埋め尽くすように魔物がいるために揺れて見えていたのです！」

蟻《あり》の大群は、一見すると地面が動いてるように見える。

それと同じことが魔物と山とで起きている。そう言われてもすぐに信じられる者ばかりではなかったが、それでも頭では理解した。一大事だ、と。

「それで、他の者たちは」

「山脈から里とキヌイに至る間にはいくつかの谷があります。橋が渡されている箇所もありますので、それらを落として少しでも時間を稼ぐと言っておりました。一番足の速い私だけが報告に戻った次第」

「命知らずの若造共が……！」

「これで戦えぬ者たちの避難も間に合うではありませんか。百年前の父祖たちもそうしたはずです」

　避難を訴える若者だが、その背後から少女の声がした。

「それは過去の話だ。今、ボクらはどこへ逃げると言うんだ」

「シズク様！　もうお戻りで？」

　若い、それでも自分より年上の彼が見出《みいだ》した希望を切って捨てたのはシズクだった。アサギは聞くまでもないと思いつつも念のため尋ねる。

「キヌイには報《しら》せたか」

「はい。ヴィントル町長にしかと」

「ヴィントル殿はなんと？　真剣に取り合ってくれたならよいのだが」

「言葉をそのまま伝えます。『狼人《ウエアウルフ》族の鼻が捉えたのなら確かでしょう。なに、もし何事もなければ私が粗忽者《そこつもの》と笑われて済むまでのこと』と」

「……左様か」

　人間の町の長が奇《く》しくも自分と同じことを口にしたと知り、アサギは複雑ながら悪い気はしなかった。だが事態は急を要するやもしれぬと気を取り直して話を魔物に戻す。

「ここからの動きだが、戦えぬ者を逃がすと言ったな」

「え、ええ。戦士たちが心置きなく戦うためにもそうすべきかと」

「そんなことはできない。仮に父上が許してもボクが止める」

　シズクの毅然《きぜん》とした態度に、アサギもただ無意味に反抗しているわけではないと考えて先を促す。

「ボクら狼人族《ウエアウルフ》が長らく隠れ住んできた理由を忘れたか」

「もちろんです。かつての戦士たちは戦場で死に、戦えぬ者たちが人目につかぬこの地に住み着いたのでしょう。ならば我々も同じように……」

「我らとアビーク公爵とは未《いま》だ対立関係にある。迂闊《うかつ》に出歩いて人目につけば即座に戦になるぞ」

「うっ……」

実際にはマージとアビーク公爵は協力関係にあるが、それはあくまで内々の話。そのことを知るのは互いの重臣のみだ。主だった者たちを除く狼人族《ウエアウルフ》は今もアビーク公爵を敵とみなしている。

アビーク公爵側もそれは同様。領民は今や狼人族《ウエアウルフ》を獣畜生と侮ってはおらず、対等な敵と捉えている。例外はかつて共闘したキヌイの民くらいのものだ。

『マージとアビーク公爵は敵同士であり、互いの力が拮抗《きっこう》しているために睨《にら》み合いの小康状態にあるにすぎない。それはあくまでアビーク領の問題であって外部が手を出せば内政干渉となる』

この名目があるからこそ亜人を撲滅せんとする国家、そして騎士団の目を欺いて平和を維持できている。その方が互いのためになるというマージたちの判断が背景にはある。

「もし今、狼人族《ウエアウルフ》がぞろぞろと連れ立ってアビーク領の内部へ向かってみろ。キヌイ以外の領民たちは容赦なく攻撃してくるに違いない。危急の時だと訴えて万に一つの情けを得たところで、今度は騎士団に介入の口実を与えてしまうだろう」

「アビーク公爵と領民に殺されるか、騎士団に殺されるかの違いでしかない……」

「そうだ。父祖は『山に籠もればしばらくは身を隠せる』という見通しがあったから女子供を逃した。今のボクらにそんなものはない」

騎士団が混乱の中にあるという情報もあるが、どの程度かは定かでない。そんな希望的観測に一族の命運をかけるわけにはいかない。

「だからボクらが取るべき選択肢は決まっている」

狼人族《ウェアウルフ》が取る手段はひとつ。

「戦ってこの里を守る。父上、それでよろしいですね」

「シズクの言葉通りだ。さあ、橋を落とした者たちの働きで時はある！　戦に備えよ！」

アサギの号令で狼人族《ウェアウルフ》たちが慌ただしく動き出す。

元より戦に長《た》けた亜人族だ。里の西側を固めて防備を整えるや否や、マージやベルマンの指導で戦いの術《すべ》を身につけてきた者たちは山へと駆け出した。

木々の間を跳ねるように進軍しながら互いを鼓舞するように声を上げる。

「狼人族《われら》の戦は攻めの戦！」

「森を駆け、山を跳び、木々と岩を味方に戦ってこそ本領よ！　そうだな!?」

「応!!」

隊列の先頭に立つのはシズク。背後で意気を上げる者たちの声を聞きつつ思案を巡らす。

狼人族《ウエアウルフ》の得意とする戦いは白兵戦だ。だが正面からただ当たったところでこの危機は退けられない。単純に数が違いすぎる上、魔物は山脈を覆うように『面』で侵攻してくるのだから全てをそのまま受け止めるのは土台不可能だ。

策が必要だ。今ある手札を最大限に活《い》かす策が。

「……一人、来い！」

「はっ」

「山中で橋を落としている者たちに伝えろ！　橋を落とすのはよいが一箇所を残せ、もっとも深い谷にかかった橋だけは落とすな、と！」

「承知しました！」

伝令のため駆けてゆく背中を見送り、シズクは視線を前に戻す。

「シズク様、どういうことですか？　橋を残しては敵に攻め入る隙を見せることになりますが！」

「それでいいんだ！」

いいはずだ、という不安の言葉は口に出さず飲み込む。

ちらと後ろを振り返る。総勢二十七名の狼人《ウエアウルフ》が自分に続いているのを目にして、シズクは自分のすべきことを確かめた。

「策がある。といってもごく単純なものでしかない。難しい策を次々に巡らして最善を目指すのはマージのやり方で、マージから教えを受けていてもボクにそんなことはできないし、やらない」

「何を当然のことを。我らはマージ様ではなくシズク様、あなたとともに戦うために今ここにいます」

「ああ、そうだ。ボクの、ボクらのやり方でこの危機を乗り越える」

聞け、と全員に届く声で叫ぶ。

「爪と牙で道を切り開くのが狼人族《ウエアウルフ》だ！　そうだな皆！」

「応、応!!」

「【装纏牙狼】、起動！」

エンデミックスキルを起動したシズクの姿はマージと出会った頃とも、以前にキヌイで騎士団を驚かせた頃ともまた異なっていた。

黄金の狼《おおかみ》。

全身を厚く覆う黄金の光は、そう言い表すに相応《ふさわ》しい形状へと変化してゆく。鋭い牙に爪、艶やかにして頑強なる毛皮、そして前を睨む両の眼までもが形作られ、シズクの動きに同化した。

その牙の向かう先では今まさに魔物たちの先鋒《せんぽう》が谷を渡らんとしている。それをまっすぐに見据えてシズクは、稲穂の色の狼は吠《ほ》えた。

「討ち破れ!!」

山を覆わんばかりの魔物と黄金の狼とが激突した。

◆◆◆

「狼人族《ウェアウルフ》の動きはどうだ」

レオン・エナゴリス山脈の山中。登山道を外れた位置にいくつかの天幕が並び、防寒着を着込んだ緑髪の男たちが人目を避けるように駐留していた。

夏が近いとはいえ水が凍る高度。通常であれば天幕程度で長期滞在できる場ではない。だが防寒性と防風性に優れた繊維、山に潜む病を防ぐ薬、栄養価が高く保存の利く糧食……ナルシェの『科学』がそれを可能とする。

もっとも山中に滞在を命じられたのが人間ばかりである辺り、いくら可能となろうとも危険かつ快適とは程遠いことはレモンドも分かっているのだろうと、冷えた体に残雪を溶かした湯を流し込みながら男はひとりごちた。

「さあな。隠れ住んでいるとかいう里は見つからなかったから詳しいことは分からんが……。あの魔物の数ではどうしようもないさ」

「森人族《エルフ》もやる気を出しすぎたな。キヌイの先まで魔物の住処《すみか》だぞ、こりゃ」

「まったく恐ろしいね。それにしても新型の遠眼鏡は凄《すさ》まじいな……」

尋ねられた男は手にした二連式の遠眼鏡――双眼鏡、などとも呼ばれる――で下界を見下ろしつつ答える。高精度のレンズには歪《ゆが》みや傷がないのはもちろんのこと、驚くべきはその色だ。

「これほど色のないガラスを作れるとは……」

「なんでもガラスと共に金属の鉱石を融《と》かすと色が消えるらしい」

「鉱石を入れたら色がつくんじゃねえの？　絵の具とかあれだろ、砕いた石を水や油に溶いて作るだろ」

「光の吸収がどうだとか……何やら聞かされたがよく分からん。とにかくそういうものなのだとさ。森人族《エルフ》は金属を扱っても鉱人《ドワーフ》より優れると自慢気に語っていたよ」

「それを言いたいがためだけに作ったのかね。亜人族の考えることはよく分からん」

「まあいいや。ちっくら用足し行ってくらぁ」

彼らの仕事は『看取《みと》りの樹廊』より魔物をおびき出した結果を見届けること。

おびき出す仕事そのものは森人族《エルフ》たちがこなしている。命の危険があまりに大きいゆえ、自分たちの国を得るという悲願に燃える者にしか任せられないからだ。

用足しに立つ一人に「サボるんじゃねえぞ」と釘《くぎ》を刺しつつ、遠眼鏡を置いた男は凝った肩をぐりぐりと回して伸びをした。

「やれやれ、ようやく家に帰れるな」

「さっさと帰らねえと嫁さんが浮気しちまうもんな」

「はっ、あんな陰気な女と浮気する男がいるかよ。くだらねえこと言ってないで狼煙《のろし》の準備だ」

アビーク領に押し寄せた魔物がどれだけの成果を上げたか、それを狼煙で報告すれば彼らの仕事は終わりだ。やっと帰れると呟《つぶや》きつつ男たちはのそのそと焚き火《たび》の用意を始めた。

狼煙は焚き火の中に煙の素《もと》を放り込むことで上がる。煙というのは脂が燃える時に出やすいため、脂の多いものであれば大抵はなんでもよく松や杉の青いもの、獣の糞《ふん》などを用いるのが普通だ。今回は森林限界間際に群生していた松の低木から失敬した枝葉を用意してある。

「数と色は？」

「えっとだな……」

そうして上がる煙の本数と色で情報を伝えるのが狼煙だ。ここで上がった狼煙を山向こうの中継点で待つ仲間が見て、同じ煙を上げる。それをさらに向こうの仲間が見て……と繰り返せば情報はすぐさまファティエへと届くという寸法である。

彼らにとって情報の内容などさほど興味はなく、重要なのはこれが終われば下山して妻の顔を見ながら酒を飲めるというその一点のみ。さっさと済ませようと、男は先ほど置いた遠眼鏡を再び目に当てた。

だが、その些細《ささい》な楽しみを奪う光景が遠眼鏡に映し出されていた。

「どうだ？」

「……白一本、赤二本」

「あいよ、白一本に赤二本、と。おい待て間違ってるぞ。そいつは『奇襲するも敵の抵抗あり。成果僅少』の合図だ」

「それで合ってんだよ」

「なんだって？」

そんな馬鹿な、と狼煙の支度をしていた男が遠眼鏡をひったくる。それを目に当てれば大量の魔物たちに為《な》す術《すべ》もなく蹂躙《じゅうりん》される下界が見えるはず、だった。

だが実際にレンズに映し出されたのは黄金色の牙と爪。深い深い谷の隙間が狭まり天然のアーチ橋のようになった箇所に堂々と、そして隆々と。稲穂の色の巨大な狼が立ちふさがって魔物の群れを食い止めていた。

魔物の群れは谷を避けて一本橋へと集中し、一匹また一匹と谷底へ叩《たた》き落されていく。

「一本道で金の狼が食い止めてやがる……!!」

「【装纏牙狼《ソウテンガロウ》】！　狼人《ウエアウルフ》族か！」

「だが聞いてたのとは形が違う！　黄金の爪と牙、それに調子がよくて尾が生える程度って話だったのに」

狼人《ウエアウルフ》族の娘が纏《まと》う光は全身を包み、今や一体の狼の姿となって橋に立ちふさがる。押し寄せる魔物を屠《ほふ》っては崖に突き落とし、まれに討ち漏らしたかに見えたものも後詰めの狼人《ウエアウルフ》たちが確実に槍《やり》を突き立てて殺してゆく。

「待て、そもそもなんで魔物が一本道に？」

「分からねえ！　なんも分からねえ！　とにかく吸い寄せられるようにひとつのルートに集まっていきやがるが動きが速くて何が何だか！」

「遠眼鏡を貸せ！　【鷹《たか》の目】、起動！　動体視力で流れを読みとれば……」

「ど、どうだ？」

「……やられた。奴《やつ》ら、橋を落としやがったんだ」

「そんなことは想定の内だろう。何匹かがどこかしらを乗り越えて進むだろうってことで数を用意したんだから。なんなら谷の浅いとこなら骸《むくろ》で埋まる計算だろ」

「そうならないように、奴ら一本だけ橋を残してやがる」

押し寄せる大量の魔物が崖に差し掛かった時、前列にいる魔物は立ち止まろうとする。が、後続にそんな情報が伝わるはずもないため押し出されて落ちる。谷の浅い場所に落ち続けた骸は積み上がって緩衝材に、やがては積み上がって橋になるため、いずれ侵攻は成功するはずだった。

だがもし一箇所だけ渡れる箇所があったなら。そこだけは魔物が詰まらず前進するため、自然とそこに向かう魔物の流れができる。

「その橋の下が深ければ落とされても落とされても埋まらない」

「それじゃ……」

「あの橋で金ピカ狼が粘ってる限り、魔物はほとんどアビーク領には入っていけん。もし狼人族《ウエアウルフ》が昔通りに正面から戦うだけの連中ならどうってことなかった。橋を残す知恵を誰かが授けたとしても、食い止められるだけの力がなければ意味もなかった。

そこの計算を見誤ったんだ、狼人族《ウエアウルフ》の戦術力も、エンデミックスキルも！」

「ど、どうする？」

男たちにとっても想定外の事態だ。結果に興味がないといってもそれは自分たちに累が及ばない限りであり、今彼らが目にしている結果はレモンドが期待しているそれとは明らかに異なる。

「けど嘘《うそ》言うわけにもいかねえし……。とにかく送れ。白一本に赤二本だ」

「わ、分かった」

すぐさま三つの焚き火に松の枝葉がくべられ、白い煙がもうもうと上がりだす。うち一つはそのままの白、二つには塩剝《えんポツ》や染料を投げ込めば煙に赤い色がつく。そうして待つことしばし、最寄りの中継点からも同じく白一本、赤二本の煙が上がった。

「ちゃんと伝わったみたいだな。まあまだ第一波だ、第二波、第三波とやっていけばいつか崩せるだろ」

「そういや、なんでそんな小分けにするんだ？　まとめてドバーッとやればいいじゃねえか。それなら一発だろ」

「バーカ、そんなことしてみろ。魔物が四方八方に溢《あふ》れ出してファティエまで飲み込まれるぞ」

「あ、そうか。キヌイ側だけ潰すにゃ分けないといけないのか」

「そういうこった。特に森人族《エルフ》どもは山脈のファティエ側は傷つけたくない感じだったしな。……お、第二波が来たみたいだぞ」

そうこうしているうちに準備が整ったのか、地響きが鳴りわたって再び魔物が溢れ出す。

第一波に劣らぬ勢いで、いや、それ以上の数と密度で魔物が溢れ出してくるのが幕営からも見て取れた。

「……おいおいおいおい」

「ちょっと多すぎないか？　森人族《エルフ》ども、薬の量でも間違ったんじゃないか」

溢れ出した魔物は地形を乗り越え、第一波とは逆方向のファティエ側にも向かっていく。

明らかに制御を失った大量流出だった。

「狼煙だ！　ファティエに連絡しろ！」

「な、なんて？　何が何本だ？」

「赤四本だ！　早くしろ、このままじゃ俺の家が、家内が危ねえ！」

「赤四本だな！　すぐに焚き火に薬を……」

慌ただしく動き出す男たち。だがその背後から、落ち着き払った声がした。

「いいや、その必要はない」

「い!?」

「だ、誰だ!?」

人など寄り付かないはずの幕営場所で突然馴染《なじ》みのない声が聞こえて驚かない人間の方が希少だろう。男たちが仰天して振り向いた先には、ナルシェ正規軍の軍装を身に着けた一隊が整列していた。

それと共に、軽装ながらこちらも軍装で身を固めた一小隊ほどの男女。装備から二隊が別組織であることは見て取れたが、軽装の方はそのほとんどが焦点の定まらない目をしているのは何故か。

「あんたらナルシェ正規軍と、そっちは……」

「なんと嘆かわしいことか……。キヌイ以上に亜人に汚染された街があったとは……」

「ナルシェの人間じゃないな？　何もんだ？」

「正常化を、正常化をせねばならぬ」

ヴェールファミリーからの問いかけには答えず、隊長らしき男は剣を抜いた。ここに至って緑髪の男たちもようやく危機感を持つがすでに遅い。

「な、何を……!?」

「我ら、玄亀騎士団……。七つある騎士団のうち、絶対にして確実の殲滅《せんめつ》を旨とする団、なり……」

「騎士団って、聞いたことあるぞ！　東の連中じゃねえか！　なんでナルシェを敵の軍人がうろついてんだよ！」

「おい、そっちのあんたらはナルシェ軍人だろ！　このイッちまってる連中は何なんだ!?」

「まさに聞いた通り。隣国から呼び寄せた騎士団の方々だ。もっとも、その自覚が残っているかは分からないがね」

正規軍の隊長らしき男は淡々と答える。見下すような目で騎士団を見据えながら、面白くもなさそうに首を横に振った。

「腐っても亜人狩りの専門集団。ダンジョンで魔物を誘い出していた森人族《エルフ》を殺して主導権を奪うまではよかったが……。薬の過剰使用でもう限界か」

「薬……。もしかして新緑の腐敗《ヴェールルズ・ロット》か？」

「そうだ。貴様らヴェールとやらが『非合法に』『独断で』隣国へと輸送し蔓延《まんえん》させた依存性の強い薬品だ。名目は鎮痛剤ということになっているが、その実態は麻酔薬に近い」

非合法、独断を強調する隊長にヴェールファミリーの男たちも理解した。

ナルシェという国は、政府は、ヴェールファミリーを切り捨てにかかったということに。

「困るのだよ。隣国に危険な薬を蔓延させた経路もいずれ突き止められる。その時にナルシェ政府が森人族《エルフ》と結託して行ったなどと知れれば外交上どれほど不利になるか」

「まさか、俺らを根こそぎ……!?」

「恨むならばレモンドとかいう無能な頭を恨め。まもなくファティエの街には戒厳令が敷かれ、全ての証拠は抹殺される。まずは貴様らからだ」

「正常化……正常化を……」

「そうだ騎士殿、正常化してやれ。そこにいるのは亜人に与《くみ》する外道たちだ！」

頭は朦朧《もうろう》としていても体は動きを覚えている。何より痛みを感じない体は常人を遥《はる》かに上回る力を発揮する。

剣を抜き放った騎士団を前に、ヴェールの下っ端ができることなど何もなかった。

「ま、待て！　待て！　待っ……！」

「助けて！　やめ……ぎゃあ！」

「赤の狼煙を！　赤四本を！　がっ！」

緑髪の男たちが動かなくなるまで数拍もかからなかった。確実に死んでいることを確かめて正規軍の隊長は指示を飛ばす。

「これよりファティエへ向かう。戒厳令を徹底すべく本隊が到着する頃合いだが、主力が遠征中であるため数は少ない。我々も急ぎ合流する」

「彼ら……騎士団はいかがしますか？」

「元より森人族《エルフ》狩りに使うための駒だ。監視つきでファティエの裏町に放って森人族《エルフ》を殺させ、済んだら街ごと焼き払え。あとは外交官と報道官が『騎士団が亜人狩りに執着するあまり領土侵犯を侵した』と筋書きを立てるだろう」

「了解。騎士団の亜人狩りにかける執念は広く知られていますからね。信じる者は多いでしょう」

「まったく、亜人に親兄弟でも殺された集団かと思えば、ひたすら差別思想を濃縮しただけだというから恐ろしい。いや、虚像だからこそここまで純粋に憎めるのだろうな」

「虚像を憎み、同じく虚像を憎む者から英雄と讃《たた》えられ、気づけば何が現実なのかすら分からなくなった哀れな生き物といったところでしょう。薬に溺れて消えるのもむべなるかなといったところです」

まったくだ、と嘆息して隊長は改めて号令をかける。

「下山する。時間短縮のため狼煙《のろし》の中継所を避けて進むよう注意せよ」

「了解」

正規軍が前を行き、騎士団がその後ろにふらふらと続く。そうして一団が去っていくのを物陰で震えながら見ている男が一人。

たまたま用足しのために席を立っていた緑髪の若者だった。

「ど、どうすりゃいいんだ？　山に逃げても魔物だらけだし、街に向かってもどうせ……。そ、そうだ！　狼煙！　狼煙だ狼煙！」

彼は狼煙の暗号など全て覚えてはいなかったが、仲間が最後に叫んだ声は届いていた。

「赤四本、赤四本だな！　あ、でもすぐに上げたら連中が気づいて戻ってくるかも……。もうしばらく隠れてからにしよう」

山肌から赤四本の狼煙が上がったのは、殺戮《さつりく》が行われて一鐘《一時間》ほどが経《た》ってからだった。

4. ファティエ、炎上

「さてさてのはてはて、アーモンドさん」

「レモンドだよ、錬金術士アンジェリーナ。アーモンドは皮が歯に挟まるから苦手だね」

「あ、気が合うですね。ジェリもです」

「あんたもかい。こりゃ世界平和は目前だ」

「ちなみにレモンはお好きなんで？　レモンドさんだけに」

「その雑な質問をされるから嫌いだよ」

「嫌いなもの多いですね」

　アルトラたち、そしてヴェールファミリーと来客の多すぎた宿から跳んで翌朝。

　ファティエの街中ではどこにいても森人族《エルフ》の情報網にかかると考えた俺たちは町のはずれ、山脈を出てすぐ——つまりナルシェ側から見れば山脈の入口——にあたる小さな宿へと拠点を移していた。

　レモンドは氷で作った檻《おり》に閉じ込めてある。小さな檻に収まった森人族《エルフ》相手に、ことの最中に眠りこけていたアンジェリーナがなぜか勝ち誇った顔で事情聴取をしているところだ。当のレモンドはといえば観念したのか単に豪胆なのか堂々としたものである。

「さてマージ、全て吐けと言われても困るよ。そっちが聞きたそうなことはさっきだいたい言っちゃったからね」

「ああ、そうだな。だが分かってやったんだろう？　いくら気をつけていようが、暗示のスキルを持つ俺と対面すれば何が起きるか分からない。何を吐いても大丈夫な段階になってから顔を合わせたと見るのが道理だ」

「ご明察だね」

俺がレモンドを連れてきた理由は情報を求めてのことではない。俺たちの狙いはあくまで薬の輸出を止め、ナルシェの領土侵攻を阻止すること。

そしてその首謀者が森人族《エルフ》でなくナルシェ政府だと分かった以上、もうレモンドに求めるものはない。

「頭のレモンドは押さえた。あとは薬の製造拠点さえ潰せば輸出は止まるはずだ」

「そう簡単にいくと思うかい？　ことを企てたのはナルシェのお偉方だよ。私らを止めたところで軍が動くさ」

「軍の主戦力は侵攻のために山脈を迂回《うかい》しているんだろう？　ファティエに戻ってくるには時間がかかるはずだ。残っている予備戦力程度でできることはたかが知れている」

「へえ、個人で軍に勝てるとでも？」

「アビーク領兵七百人には勝った」

「……そうかい、魔海嘯《マカイショウ》を止められるってのはそういうことなんだね。現実味がなさすぎたけどやっとピンときたよ。勝てないわけだ、ははは」

自虐的に笑うレモンド。

焦り、後悔、絶望。そんな感情の入り交じる中に、どこか安心したような色も見えるのは迷いの表れか。自分たちの国を得るためにキヌイの人々を魔物に食わせる。その決断が軽いものであろうはずもなく、それを強いたナルシェ上層部への怒りを感じずにはいられない。

その裏をかいてレモンドを押さえた今が好機。ナルシェ側が動き出す前に事態を収拾すれば片がつく。

だがそんな思考は、外からの声に遮られた。

「軍だ！　軍が来たぞ！」

「……何？」

窓の外で市民たちが慌てて走っていくのが見える。まさか既にレモンドの失敗を察知して動いたというのか。あり得ない。不自然だ。

まもなくしてやってきた軍人らしき男が、政府発行の令状を手に戒厳令が敷かれたことを大声で触れていった。

「この一帯に非人道的な活動を行う亜人族が潜んでいると判明した！　よってファティエならびに周辺地域に戒厳令を敷く！　出歩く際には軍の許可を必須とし、これが破られた際には身の安全は保証されない！」

そのまま去っていく軍人を窓から見送りつつ、俺の顎の下で外を見つめるアンジェリーナとともに首を傾《かし》げる。

「来ましたね、軍。早すぎません？」

「ああ、いくらなんでも早すぎる。偶然か？……いや、あれは！」

だが続いて現れた甲冑《かっちゅう》は、偶然などでは決してあり得ないものだった。

「騎士団……!?」

「黒の差し色に亀の意匠。玄亀騎士団っぽいですね。アビーク公爵が騎士団は薬漬けになってるって言ってましたが」

「堂々と歩き回っているということはナルシェ軍と繋《つな》がっている。いや、利用されているのか」

レモンドが失敗したから動いたにしては早すぎる展開。それに亜人狩りの専門集団たる騎士団の登場。ここから考えうる、最も可能性の高そうな結論。

成功しようが失敗しようが初めからこうなる予定だったということ。

「おそらくだが、レモンド」

「みなまで言うんじゃないよ。分かってるさ。私ら森人族《エルフ》は切り捨てられたんだろう？」

「そう考えた方がいいだろうな」

「証拠隠滅のために裏町ごとすり潰そうって肚《はら》かね。クソッタレが！」

氷の手枷足枷《てかせあしかせ》をつけられたままレモンドは唇を噛《か》み締める。

コエさんもこれから起こることを想像してか顔色がよくない。

「マスター、あんなに家屋の密集した土地で軍が暴れれば……」

「ああ、きっと火が出る。どれだけの被害が出るか分かったもんじゃない」

「しかし、それは政府にとっても損失です。家が減れば人も減り、取れる税も減る。そんなことをするでしょうか？」

「いいかいコエちゃんとやら。土をいじってる農民ならいざ知らず、ひいこら日銭を稼いでいるような裏町の住人なんざ国からすれば『いるだけ』なんだよ」

国にとって国民の数は経済を回すために重要だ。人口の多い国は強い、は古《いにしえ》より変わることのない大原則に間違いない。

だが一方で、国民が増えれば仕事は足りなくなる。生産性の低い仕事しか得られず安い賃金でどうにか生活する、そんな民は国にとって負担となりうる。

「裏町ごとき焼け落ちたところで国は痛くも痒《かゆ》くもない。少なくともそう思ってるのさ」

「なんと……」

「それだけじゃない。焼かれるだけならマシ、という可能性もある」

「あるね。大いにある。あたしら森人族《エルフ》は人間様好みの見てくれをしてるらしい。不要なやつは焼き捨てて、使えそうなのは焼け死んだことにして売っ払う。裏町から取れなかった分の税金、ここでまとめて取ってやろうと思っててもおかしかない」

「騎士団は亜人狩りに並々ならない執念を燃やす人間の集まりだ。隠れても必ず見つけ出すだろうな」

「あの野郎、こんな保険を残してやがったとは……！」

レモンドがここにいない誰かに毒づく。あの野郎、と呼ばれた男が糸を引いているらしい。コエさんも疑問に思ったようだ。

「あの野郎、といいますと？」

「……人間だよ。薬にすがるしか楽しみのない、ただのしょぼくれた老いぼれさ。ただ、奴《やつ》はマージ。お前のことをよく知っていた」

「俺を？」

「もう何年前になるかね。そいつは政府のお偉いさんとしてファティエにやってきた。だが五年ほどで前線を退くことになった」

「何か失態を演じたのでしょうか？」

「いいや、病さ。それを機に故郷のある山向こうへ帰ったらしい」

肺の病だったと聞いている、とレモンドは回想する。

「息ができずに一度は死にかけた奴だったが、スキルの力で克服したばかりか驚いたことに現場復帰までしたのさ。そうしてファティエに戻ってきたが、あいにくと病そのものが治ったわけじゃない。それどころか全身に広がって激痛に苛《さいな》まれていた」

「……生き地獄だろうな」

「それでもそいつは野心を捨てなかった。そのうち痛みを逃れるために『新緑の腐敗《ヴェールズ・ロット》』を乱用するようになり、まああとはお察しさ。病で死ぬか薬で死ぬか、どっちが先かの人生だったわけだが……。ある日そいつの口からマージ、お前の名が出た。まだあんたがアビーク公爵とやり合う前のことだよ」

つまり、俺が『神銀の剣』を抜けて『狼《おおかみ》の隠れ里』の復興に取り組んでいた時期だ。あの頃は里そのものを秘匿していたし、狼人族《ウエアウルフ》の王としても世間には知られていなかった。

「でも【技巧貸与《スキル・レンダー》】さんって元々そこそこ有名人ですよね？」

「ああ、俺はもともとＳ級パーティの一員だ。有名人かはともかく名を知られていてもおかしくない」

『神銀の剣』が山を越えたこちらではさほど知られていないことはアルトラたちの現状を見れば察しがつくが。その男は山向こうで暮らしていた時期もあったというし、何かの拍子に口から出るくらいはおかしくもない。

「その通り。私らも大して気にしなかったし、アビーク公爵とやりあった話をしたのもほんの気まぐれさ。『あんたが前に言ってた男が何かやらかしたらしいぞ』ってな具合でね。今思えばそれが間違いの始まりだった」

「男が何かしたのか」

「なんと当てたのさ。あんたとアビーク公爵の関係をドンピシャリとね」

「まさか」

「本当さ。奴は見事にあんたの思考を読んでみせた。アビーク公爵と表向き敵対しながら密《ひそ》かに協力関係を結んでいること、そうして騎士団の介入を防いでいることまでね」

「そんなことが……」

「極めつけはヴィタ・タマでの一件さ。狼人族《ウエアウルフ》と鉱人族《ドワーフ》の状況を教えたら、あんたがヴィタ・タマに乗り込んで騎士団を出し抜くところまで言い当てた。ま、さすがに魔海嘯《マカイショウ》したダンジョンを攻略したって聞いた時は驚いた様子だったがね」

レモンドたちはその時点で隣国への侵略を計画しており、障害と目されていたのが狼人族《ウエアウルフ》と俺だった。そんな俺の思考を読むことのできるその男の価値は跳ね上がった。

「亡国の賢者だったとかいう見識は健在。もともと役人だったそいつには人脈もある。さんざん知恵を借りてこの計画を立てて、あとは知っての通りさ」

「その老人が裏切ったということですね？」

「状況がそう語ってる。とっくに脳みそまで薬漬けで、薬を与えてる間は裏切らないし裏切れないと思っていたんだがね」

「軍がやってきたのもその人の手引きってわけですか」

「森人族《エルフ》の計画が成功すれば死ぬまで薬に困らない。一方で森人族《エルフ》の計画や動きを逐一政府に漏らして、失敗した時は即座に鞍替《くらが》えして自分だけは身の安全を得る。二重の策ってわけだ」

「頭のよさと性格のよさって反比例するんですかね」

アンジェリーナの仮説はともかくとして、その男のやり口には確かに既視感があった。

レモンドも言いたいことは同じようだ。

「どうだい。亜人の頭脳に居座り、政府と表向き対立しながら協力体制を敷く。あんたのやり方に似ているとは思わないかい？」

「……そうだな」

俺と狼人族《ウエアウルフ》、そしてアビーク公爵の関係に置き換えるとどうだ。俺は狼人族《ウエアウルフ》の王としてアビーク公爵と表向き対立しながら、交渉机の下では手を握り合っている。そうして共通の敵である騎士団や中央政府へと対抗してきた。

かたやその男は森人族《エルフ》の頭脳となり、政府と対立するように振る舞いながら隣国への侵略を行った。裏では密かに手を握り合いながら。

細部は違うが基本の構造、考え方があまりに似通っている。そして俺の名を口にしたことや師を思いスキルで克服したという話からもまず間違いない。

「その男は俺の師だ」

「【技巧貸与《スキル・レンダー》】さんにもマイスターいたんですね」

「マスターの師……。その方が森人族《エルフ》の方々を追い詰めているのですね」

「あれ、コエさんって【技巧貸与《スキル・レンダー》】さんの中から同じもの見てたんじゃないんです？　マイスターさんのこと知らないんです？」

「私は元々スキル機能の一部ですので、マスターがユニークスキルに目覚めた直後は存在そのものが希薄でした。ポイントを増やしてスキルが成長するにつれて自我も明瞭になっていき、今では肉体までいただきましたが……。初期の記憶はおぼろげなのです」

「そういえばそういう存在でしたね。本物の命に仮初の身体《からだ》みたいな」

「……マージの右腕コエちゃん、あんたそんな生い立ちだったのかい。世の中まだまだ広いね」

レモンドが思わぬ事実に当惑しているが、話を本題に戻す。

「んで、ですね【技巧貸与《スキル・レンダー》】さん。ここでひとつの可能性が浮上するです。マイスターさんが【技巧貸与《スキル・レンダー》】さんと同じ思考なんだとしたら……」

「俺も向こうの思考を読める。向こうの次の狙いも分かるってことだな」

「です。条件は五分とはいかないまでも五分半四分半くらいいかなって思うです」

「理屈は分かるが、そう簡単にいくだろうか」

「です？」

「向こうは俺の思考を読んでいることを読まれていることを読んでいるかもしれない」

裏の裏、というやつだ。アンジェリーナも理解してその厄介さに頭を抱えている。

「あー……。たしかに【技巧貸与《スキル・レンダー》】さんの思考を読んでいることを読まれていることを読んだ上で思考を読んだら裏をかかれるかもですね」

「そうだ。それに対抗して俺が俺の思考を読まれていることを読んで思考を読んだとして、読んだ思考がさらに読まれている可能性が発生する」

「攻めに回ってマイスターさんの思考を【技巧貸与《スキル・レンダー》】さんが読んだ上であえて乗るという思考も読まれて裏の裏をかいてくると思考を読んだらその思考も読まれているかもですか

らそれも読んで思考を読む思考を切り替えることも読まれる前提で思考を読まなきゃいけないわけです」

「永遠に堂々巡りだな」

「です」

「あんたら本当に意味を分かって喋《しゃべ》ってるのかい？」

「です？」

要するに、お互いに腹を探りあってキリがないという話だ。裏のかきあいどころか実質的に運勝負にすらなりうる。だがレモンドは首を横に振った。

「その心配は多分ないよ」

「理由は？」

「あんたの暗殺にアルトラを使うのは奴の案だからだ」

ここからはあんたの師匠が言ったことだが、と前置きしてレモンドは語りだす。

「マージ、あんたには良くも悪くも他人の賢さを高めに見積もる癖があるそうだ。さらに無敵のスキルが山盛りにあるんだからね。そんなあんたに慎重に慎重を重ねて行動されれば仕留めるのは難しい」

「それとアルトラを使うことと何の関係が？」

「そんなあんたが、唯一正しく力量を見積もる敵がアルトラなのさ。あんたらは『神銀の剣』結成当時からの縁だと聞いてるよ。お互いの感情がどうであれ、六年間も命がけの世界を共に生きた事実は変わらない」

「互いによく知っている敵だからこそ生まれる隙、か」

「事実、あんたはアルトラを怪しいと思いつつも部屋に招き入れ、出された酒を受け取った。アルトラにあんたを出し抜いて殺すほどの力はないと知っていたからだ。そのまま酒を口にして地獄行き……となるはずだったんだけどね」

「だが、そうはならなかった」

「アルトラの奴があそこまで使えないとはねぇ。酒場のウェイターが酒の一杯も飲ませられなくてどうすんだか。『ファンシーミーナ』のお先は暗そうだ」

否、俺は酒を口にしようとした。

あれがもしも未知の敵に出された酒であれば、いかに毒への耐性に自信があろうと飲もうとはしなかっただろう。相手がアルトラだから生じた一抹の油断が確かにあった。

あとほんの一呼吸。アルトラが一息の間だけじっとしていれば俺はこの世にいなかったはずだ。

だがそうはならなかった。アルトラは酒瓶で俺の頭を殴りつけ、そのまま去った。俺が呷《あお》ろうとした盃《さかずき》ごと叩《たた》き落とし、「お前には負けねェ」と捨《す》て台詞《ぜりふ》を残して。

「……そうだな。奴の行動は俺にも読めなかった」

「ま、そういうことさ。マージに読めないなら、同じ思考をするジジイにも読めない」

俺がアルトラの行動を予想できなかったということは、師匠もまた同じ。

　ならば、俺が生還し、今こうしてレモンドを捕らえていることは師匠にとって想定外の事態だろう。理屈は分かるが果たしてそう上手《うま》くいくものか。

「まず俺が師匠と互角とは考えづらいが……」

「そういうとこだよ。そうやって『敵は自分より賢いはず』って思うから慎重にもなれるんだろうが、過ぎたるは及ばざるが如《ごと》しって言うだろうに。考えすぎるのもバカのやることだよ」

　反論しがたい言葉だったが、俺が何か言う前にコエさんが割って入った。

「レモンド様。少々お言葉が過ぎるようですが？」

「おっと、マージよりもこっちが怖かったか。とにかく、実際に両方と話した私の見立てじゃ今のマージと師匠はほぼ互角。考える力が互角なら勝負を分けるのは……」

「『情報』だな」

「そうさ。あんたは今のこの状況を知っている。奴は知らない」

　そこが勝機だ。

　森人族《エルフ》を、ファティエを生かすための突破口はそこにある。

「マージ。あんたはスキル貸しだろう」

「そうだ」

「私たちにスキルを貸しな。利息はトイチって話で間違いないかい？」

「この人、手枷足枷《てかせあしかせ》状態でなんでそんな強気なんですかね」

「裏の金貸し業もやってた身で言わせてもらうなら、顧客選定で大事なのは『きちんと返せそうか』のその一点だよ。それ以外は二の次だね」

「返さない前提で借りたパパがいるからぐうの音も出ないやつです」

「あんたの父親もなかなかのロクデナシだね」

「否定はしません」

どこからか抗議するように金の鎖が鳴る音がした気もするが、話が逸《そ》れるので触れないでおく。

「この状況で何に使うなんて無駄な問答をするつもりはない。俺が欲しいのは担保だ。必ず回収できるという保証だ」

「担保は大事だね。よく分かるよ」

「レモンド、もしも命と引き換えなら同胞を守れるという状況に直面した時、お前はどうする？」

「逃げるよ」

「逃げる？　同胞を見捨ててか？」

逃げる、という後ろ向きともとれる選択。

だがレモンドは後ろめたさなど微塵《みじん》も感じさせない佇《たたず》まいで、先ほどまでとは対照的に俺の目を見ながら言い切った。

「ああ、逃げる。森人族《エルフ》は狼人族《ウエアウルフ》や鉱人族《ドワーフ》と違う。私らに『同胞を生かすため、この命を擲《なげう》たん！』なんて安っぽい英雄主義《ヒロイズム》はない。『首に鎖をつけられるくらいならば戦って死ぬ！』なんて意固地な感傷主義《センチメンタリズム》もない」

「だからさっさと逃げる、と？」

「相手が強かろうが弱かろうが、戦えば死ぬ可能性はあるじゃないか。そんで死んだら終わりだ。逃げた方がいいに決まってる」

「合理的と認めていいのか悩ましいところです」

考えてみれば、俺たちと森人族《エルフ》が直接に刃を交えたのは二回だけ。それも同じ刺客による不意打ちだ。

それ以外はアルトラたちを使い、魔物を使い、決して自らの身を晒《さら》すことはなかった。

「……そうか、俺たちを襲った刺客が薬を使っていたのはそのせいか」

「選びぬいた者に薬とスキルを使わせ、姿を消し思想を消す。そうでもしないと『戦士』にはならないのさ。私ら森人族《エルフ》って亜人族はね」

百年前、人間と亜人の間に戦争が起きた時。森に暮らしていた亜人族たちは各々の価値観に従って行動した。

狼人族《ウエアウルフ》は女子供を山へ隠し、正面切って戦い死んだ。

鉱人族《ドワーフ》は最後まで抵抗し、自我を奪われ奴隷となった。

そして森人族《エルフ》は逃げた。戦うことなく一目散に逃げた。

「全員が全員『なんとしても逃げ延びる』と心に誓って逃げ続ける。隠れ続ける。森の深

み へ深みへと潜み続ける」

「それでも追ってきたら？」

「昏《くら》い昏い森の奥深く、じめりと湿った穴ぐらに誘い込んで殺す。毒で殺す。矢で殺す。罠《わな》で、病で、蛇で、蟲《むし》で殺す。そいつらは一人も余さず、森人族《エルフ》の命を狙ったことを暗闇の中で悔やみながら死んでいく」

ただ淡々と。だが断固たる声で。

「敵にこの命を容易く奪《たや》わせないこと。それだけが私らの誇り、いや、『意地』なのさ」

シズクはよく狼人族《ウエアウルフ》の誇りを口にする。アズラたち鉱人族《ドワーフ》はそういったことに無頓着ではあったが、あえて言うなら生き様とでも呼ぶべきものにこだわっていた。レモンドたちにとり、それにあたるのが『意地』なのだろう。

「私らは生きる。そのために逃げるスキルが欲しい」

「逃げるスキルだけでいいのか」

「ああ。そうして逃げて逃げて逃げて、どこまでも逃げて逃げて逃げて……」

逃げて。逃げて。どこまでも逃げ続けて。逃げながら毒を蓄えて。

そうして行き着いたその先で。

「私らを追い詰めたと思いこんだ連中に、五体で味わえる凡《およ》そ全ての苦しみを与えて殺すのさ。仮住まいではあってもファティエは私らの森だ。そこに火をかけて森人族《エルフ》を追い立てたことを必ず後悔させる。必ずだ」

「それが森人族《エルフ》、か」

生きることは戦いだと人は言う。正々堂々と戦って死ぬことは美しいと称賛される。

だが、死ねば終わりだ。それは動かしようのない厳然たる事実。

ひとつの生命として、この世に生まれ落ちたものとして。『己の生を全うしたい』とは最も根源的な願いだ。それを妨げるものを許さないという意思は最も純粋な本能だ。

人の手が入らない静謐《せいひつ》な森のような、自然で偽りない命の有り様がそこにはある。

「ってなわけでだ。担保が欲しいってことだが、あいにくと命をどうぞってわけにはいかない」

「だろうな。俺もいらない」

俺が求める担保はむしろ逆。

必ず生き延びるという覚悟、そしてその手段だ。

俺がいくら強力なスキルを貸し与えたところで、結局は本人に地を這《は》ってでも生きようとする気概がなくては意味がない。逆にスキルと気概があっても持ち腐れになるようでは甲斐《かい》がない。

「あんたの暴利じゃ普通には返済できないだろう。なら、渡せるのはこれだけだ」

それを理解したか、レモンドは自分の心臓を指すように親指を胸に押し当てた。

「森人族《エルフ》の魂、エンデミックスキル【過憂不朽《カコウフキュウ》】。必ず生きて逃げ切り、取り立ての時にあんたに渡そうじゃないか。それを前提にたっぷりと貸し付けを頼むよ」

「エンデミックスキル！　やっぱり森人族《エルフ》にもあるですか！」

「そりゃあるさ。言っとくが狼人族《ウエアウルフ》の【装纏牙狼《ソウテンガロウ》】や鉱人族《ドワーフ》の【命使奉鉱《メイシホウコウ》】みたいなケチ臭いスキルじゃないよ」

「もしかしなくてもですけど、レモンドさんって狼人族《ウエアウルフ》や鉱人族《ドワーフ》のこと嫌いです？」

「別に？　事実だから言ってるだけだよ？」

レモンドは窓の外へと視線を逸らす。図星をごまかしただけだったのかもしれないが、外に何かを見つけたのか目を見開いた。

「スキルの効果を説明しようと思ったが、言うより見せた方が早い。……ちょうど使い所みたいだしね」

「ッ、ナルシェ軍の兵士か」

レモンドの言う通り宿屋の周囲がにわかに騒がしくなりだした。窓から外を見やればナルシェ軍の兵士とヴェールの男たちが言い争っているのが見て取れる。

森人族《エルフ》を探して各家を回っていた兵士と、ここに誰も近づけるなという命令を忠実に守っている男たち。それがかち合ってしまったのだろう。事実として森人族《エルフ》はここにいるのだから通すわけにもいかないし、兵士側も緑髪が森人族《エルフ》の率いるヴェールファミリーの証《あかし》だと知っているのなら簡単には立ち去らないだろう。

下手に荒立てれば騎士団も寄ってくる。どうすべきか思案する俺の横で、レモンドは大きく息を吐き出した。

「こういう使い方は不格好で好かないんだがね」

吐いて吐いて、体の空気を全て絞り出すかのように吐ききって、そして。

「エンデミックスキル【過《カ》憂《ユウ》不《フ》朽《キュウ》】、起動」

瞬間、兵士たちの足が急におぼつかなくなった。ある者は胸の痛みを訴え、ある者は吐き気を催し、またある者はめまいを起こしてふらついている。

士気の高い者はそれでも職務を続けていたが、すぐに限界を迎えたのか兵士たちは連れ立って去っていった。

「はぁ、はぁ……。あー、苦し」

「今のは一体何をされたのですか？　兵士たちが急に苦しみだしたような」

「アンジェリーナ、分かるか」

ずっと兵士たちの様子を注視していたアンジェリーナは、数拍考えて口を開いた。

「濃度……いえ、感度ですか。感度を高めるスキルですよ、あれ。そんなスキルがあったなんて……」

「一発正解とは見事じゃないか、ちんちく錬金術師。そう、空気の効き目を強くしたのさ」

「空気の、効き目？」

「空気ってのは真水みたいに単一のものじゃない。この酒みたいに何かと何かの混ざりあったものだ。それくらいは知ってるだろう？」

空気は無色透明なものだが、実はいくつかの成分に分かれていると聞いたことがある。

締め切った部屋で火を燃やし続ければやがて空気中の何かを使い果たして消え、そこに生き物がいれば死ぬ。そういう事故や実験はいろいろな書物で読んだ。

そういった分野はアンジェリーナこそ専門だろう。

「燃素《フロギストン》だとか生命精気《プネウマ》だとか、最近だと酸素《オキシジエン》とか。学派によって呼び方はいろいろありますがアレですね」

「【過憂不朽《カユウフキユウ》】はね、体内の物質の効能を増減させるんだ。こいつを使われれば天下の大酒豪も麦酒をひと舐《な》めしただけで潰れちまう。人を酔わせる成分の効果を増大させるのさ」

「生命精気《プネウマ》ってのは少なすぎても息が詰まって死にますが、濃すぎてもそれはそれで毒なんですよ。濃すぎた時の症状は胸の痛みに吐き気にめまい……つまりさっきのまんまです」

アンジェリーナはそこからスキルの効果を割り出したのだろう。それは流石《さすが》と言わざるを得ないが、分かってみても恐ろしいスキルだ。

水、塩、酒におよそ全ての薬……。摂《と》りすぎれば毒になるものなど無数にある。およそ生きている限りこの能力に抗《あらが》う術《すべ》はない。

だがそこまで万能でないことは、疲弊しきった目の前のレモンドが証明していた。

「他人だけを対象にできれば便利なんだがね。あいにく自分も同じ効果を受けるんだよ」

「あー、だからさっきは息を吐いて吐いて、体内の生命精気《プネウマ》を減らしてから使ったんですね。そうしてから効果を強めれば自分は耐えられて、外の兵士は過剰になる、と」

「ご名答。だから私ら森人族《エルフ》は毒を好むのさ。ほんの少しでも敵の体内に入れば終わりにできるからね」

レモンドは不敵に笑う。確かに毒との相性はずば抜けているスキルだ。

相手の体には毒が入っているが、自分の体にはほとんど入っていない。その状態を作り出してから効能を上げれば敵だけを殺せる。

タネがバレると苦しい能力だけあって徹底して秘めてきたのだろう。ついに話せるとばかりに饒舌《じょうぜつ》になってきたレモンドは得意げに、だがどこか昔を懐かしむように語り続ける。

「エルフの森に深入りすると帰れない理由が分かったかい？　森には毒のある草花や虫が溢《あふ》れかえっている。私らはマヌケな敵を遠くから観察するだけでいい。小さな毒花の近くを通った時に、つまらない毒虫に嚙《か》まれた時に、甘さが毒に勝る果物を食べた時に【過憂《カユウ》不朽《フキュウ》】を使う。それだけで森の毒にあたって死んでいくのさ」

「蜂に刺されれば全身から血を噴いて死ぬ、ということか。ヴェールファミリーもそうして作ったのか？」

「まあね」

緑髪たちは弱い毒を飲まされており、レモンドに逆らえばそれが何百倍の毒性となって牙を剝《む》く。レモンドが歩いただけで倒れる者たちを見て街の人々も恐怖する。

レモンド自身が毒薬であり解毒剤であるに等しいからこその芸当だ。絶対的な支配体制を敷くことができるだろう。

「マージを卒倒させた毒もね、実は同じカラクリだったのさ。たしかに耐毒スキルを弱めはするが、無味無臭にこだわる以上は強さに限界がある。もしアルトラが毒見させられても、そうさね。せいぜいクラクラッとくる程度のもんだったろう。まあそのクラクラが一週間は続いたかもしれないが」

「いやレモンドさん、二日酔いならぬ七日酔い状態はけっこうハードでは？」

「さてね、酔いなんて覚めずに済むなら覚めない方が幸せだと思うがね」

どうあれ、酒を飲んだ者がクラッとしたところで誰も毒など疑わない。無味無臭であることもそうだが、毒性は二の次にして隠密性《おんみつ》をとことん高めた毒だったわけだ。

「天下のマージ様はそれじゃ殺せない。けどエンデミックスキルがそれを覆す。文字通り毒にも薬にもならないその毒が、私が近づいたことで効能が増幅して卒倒させるに至ったんだよ。耐毒系スキルは毒を薄めるようなもんだからその分濃くしてやればいいって寸法で……」

どこか自慢げに解説するレモンドに、アンジェリーナがすっと手を挙げた。

「あの、レモンドさん。使い方次第でおっそろしいスキルなのは分かったですが」

「なんだい、ちんちくりん」

「地味ですね？」

「ッ！」

「こう、【装纏牙狼】とか【命使奉鉱《メイシホウコウ》】と比べるとあまりにも映えがないと言いますかですね」

「……ッ!!」

「アンジェリーナ、それは本題から外れる話だから後にしろ」

「なるほど、これが大人の気遣い的なサムシング」

「分かってるさ！　だから演出に気を配ってきたんだよ……!!　アルトラたちが狂言放火した時は出ていく頃合いを図るのに精一杯だったし、長引けばボロが出るからさっさと切り上げるほかなかったし……!!」

　レモンドが、ひいては森人族《エルフ》が狼人族《ウエアウルフ》や鉱人族《ドワーフ》に少なからず対抗心を抱いていることは確からしく、レモンドはアンジェリーナの言葉に反論もできず唇を噛んでいる。目にうっすらと何か光っているようにすら見えるのは気のせいか。

　黄金に輝く狼《おおかみ》になったり大地を自在に操ったりと、実に神秘的かつ英雄的な姿を見せる彼ら彼女らに対して劣等感はあるのだろう。

「だが、強い」

「ええ、それは否定のしようがないです。敵が生き物である限りはまず負けません。というかアレですね、稲作への応用幅が広すぎます。例えばイネの病は薬を使って治しますが、カビや虫を殺す薬はイネにとっても毒。このスキルで効き目を調整すればちょびっとの薬で一気に病を殺してあとは無効化できたりします。担保としては十分では？」

「いいだろう。スキルを貸してやる。問題は何を貸すかだが」

「逃げるのに向いてるスキルも色々揃《そろ》っているんだろう？　それを森人《エルフ》族たちに貸し付けてくれりゃいい。裏町の人間も連れて行けってんなら引き受けるよ」

「……いや、逃げるだけじゃ駄目だ。戦闘用のスキルをいくつか渡したい」

「なんだい、急に話が変わったじゃないか」

足が速くなるスキル【瞬足】や危険を察知するスキル【斥候の直感】といったものを貸せばいい。俺もそう思っていた。

だが状況を変える情報が、騎士団や兵士を警戒して広げていた感知スキルにかかった。

「魔物の気配だ。正確なところは分からないが、遠くても感じ取れるだけの数がファティエに向かっている」

「なんだって!?」

レモンドは焦りも隠さず窓に顔を寄せる。距離的にまだ魔物が見えるはずはないと思ったが、彼女が探しているのは魔物ではない。

山脈からいくつかの中継地点を経て届く煙の信号だ。

「赤が、四本……！」

「狼煙《のろし》の暗号だな。意味は？」

「『ファティエに危険あり。程度は高』だ！」

「どういう状況が考えられる？」

「赤四本は魔物の制動に失敗してファティエ側に漏れてきた時のための信号だ。けど送り込んだ森人族《エルフ》は十分な計画と訓練を積んだ者たちだから、たとえ失敗したとしてもそこまでの魔物が押し寄せるような事態にはならないはず」

「んじゃ、ナルシェ軍と騎士団が何かしたですね」

「そういうことだろうね。証拠隠滅のために街ごと魔物に食わせようなんて、奴《やっ》ら正気の沙汰じゃない……！」

敵の目的は明確だ。

ナルシェ政府としては薬物による侵略戦争という事実を歴史の闇に葬りたいのだろう。それには魔物ほど都合のいい道具もない。

「老人や子供、病人もいるなら逃げても追いつかれる。戦える者で魔物を足止めすべきだ」

「さっき言った通り森人族《エルフ》に戦士はいないもんでね。いくら強いスキルを借りたところで戦力にはなるまいさ」

「じゃ、戦えるのはジェリと【技巧貸与《スキル・レンダー》】さんだけですかー。……足りませんねー」

発生源となっているダンジョンを攻略すれば魔物の流出を止められるだろう。その間、誰かが街に押し寄せる魔物を食い止めなくてはならないが、それだけでは不十分だ。

魔物が来ないとみれば騎士団やナルシェ軍はますます森人族《エルフ》を捕らえ、裏町を灰にしようと動くだろう。

ダンジョンを攻略する者、魔物を食い止める者、軍と騎士団から街を守る者。少なくともこれだけ手が必要だ。

「とまあヤバげに見えますが、もうちょい考えましょう【技巧貸与《スキル・レンダー》】さん。エメスメス家には『ゴーレムは背に腹を代えられる』という教えがあります」

「人と違ってゴーレムなら背と腹を入れ替えてもなんともないだろうな。……いや、どういう意味だ？」

「もう他に方法がない、どうあってもやむを得ない、と思った時こそ思考を柔軟に持てってことです」

不可能を可能にしてしまってきたエメスメス家らしいといえばらしい教えだが。実践するとなるとそう簡単ではない。

だが、代えられるかもしれない『背』は向こうからやってきた。

「いるんだろ、マージ！！！」

「……アルトラの声か？」

「ゴーレムでもできれば代えたくない背ですねー」

外からの怒鳴り声に窓を覗《のぞ》く。誰も宿に近づけまいとするヴェールファミリーともみ合いになっているのは、昼に見たばかりの金髪頭。

アルトラがゴードンとエリアも連れて戻ってきていた。

「帰ってもらいます？」

「……いや、ここに呼ぼう。緑髪たちの暗示ももう解いていいだろう」

ヴェールファミリーへの暗示を解き、アルトラたちを部屋に上げた。やってきた三人はレモンドがいることに驚きはしたが。そんなことより時間が惜しいと、緑髪たちと何か話しているレモンドをよそにアルトラは早口にまくし立てる。

「お前も気づいてんだろ？　山脈のどっかから大量の魔物がファティエに押し寄せようとしてやがる！　ナルシェ軍まで敵に回って、このままじゃ裏町は挟み撃ちで焼け野原だ！」

「魔物の発生源はダンジョンだ。アンジェリーナが住人を逃し、俺が攻略に向かう」

「そ、そうか。だが街はどうすんだ？　ダンジョンを攻略しても魔物や軍が消えるわけじゃねェだろ？」

アルトラの問いに答えたのは部下への指示を終えたレモンドだった。

「優先順位ってやつだよ、アルトラ＝カーマンシー。私らは逃げる。あんたらもそうしな」

逃げる意思を固めている彼女は毅然《きぜん》と現実的に語るが、アルトラは納得しない。昼に来た時の愛想笑いを浮かべたアルトラとは明らかに何かが違う。

「お前はそれでいいのかよレモンド！　街が好き放題されんだぞ！」

「じゃあ、そっちは何か考えがあるのかい？」

「オレたちがいるだろうが！　オレたちが昔の力を取り戻しゃ、魔物にも兵隊にも負けやしねェ!!」

自分の胸を指差しながらアルトラは必死の形相で訴える。

自分にスキルを渡せ、と。

そんなアルトラにアンジェリーナは呆《あき》れた目を向けている。

「いや、信用できると思ってるです？　自分がやったこと忘れたんですか？」

「忘れてなくてもしろっつってんだよ」

「無敵理論が飛び出しましたね」

「信用云々《うんぬん》を別にしても無理な話だ。たしかにS級パーティ時代の力はおおよそ取り戻せるだろう。だがなアルトラ、魔海嘯《マカイショウ》はそんな程度ではどうにもならない。お前だってそれぐらいは分かっているはずだ」

「そうかも、しれねェけど……！」

「まして今は傷を癒せるティーナもいない。そんな状態で前線に出てどうする気だ」

俺とアンジェリーナの言っていることの方が正論だ。仮に全盛期のアルトラたちがいたところで流れを変えられるかは怪しい。空白《ブランク》のある今なら尚更《なおさら》だ。

黙り込みかけたアルトラは、しかし絞り出すように言った。

「諦められねェんだよ！」

「諦められない？　何がだ」

「……店だ。『ファンシーミーナ』だ。お前のやり方だとオレは助かっても店がなくなっちまう」

小さく震えながらアルトラは自分の掌《てのひら》を見つめている。冒険者時代に豆を作りながら剣を振るっていた手ではなく、接客のために手入れをしながらも水仕事の跡が隠しきれない、そんな手だ。

　ゴードンとエリアも同じように自分たちの手を見つめている。

「オレの人生はよ。全部が全部【剣聖】から来たもんだ。ユニークスキルに目覚めたところから金も地位も名声も転がり込んできたし、それが当然だった。だからスキルをなくしたら全部消えた」

　だが、と手を握り締める。

「あの店だけは違う！　スキルの力じゃない、運や神頼みでもない、自分の頭を捻《ひね》って手を動かして足が棒になるまで駆けずり回って、やっと手に入れた初めてのもんだ！　最初はしけた店だとしか思ってなかったけどよ、いざ捨てて逃げようとすると足が止まっちまう！　あそこは、あそこだけはどうしても諦めきれねェんだ!!　だからマージ、オレに【剣聖】を返し……いや、いや！」

　アルトラは膝をつくと、額を床に擦《こす》り付けた。

「貸してくれ！　必ず返す！　頼む、この通りだ！」

　ゴードンとエリアもそれに続く。

「お、おれたちも同じ気持ちだ！　あの店を守らせてくれ！」

「どうか、チャンスを……」

　俺は駆け出し冒険者の頃からアルトラを知っている。そんな俺でも、アルトラが誰かにここまで頭を下げるのを見るのは初めてだった。

「頼むマージ、頼む……！」

「分かった。街を魔物から守る役目をお前たちに任せる」

「クソ、やっぱり駄目かよ畜生！……は？　任せる？　オレたちに？」

【剣聖】とそれを補助する【鷹《たか》の目】や【斬撃強化】、その他感知系を除いた白兵戦で役立つだろうスキル一式を貸し戻す。俺がダンジョンを攻略するまでファティエに来る魔物を食い止めてくれ。ゴードンとエリアも同じでいいな？」

何も情にほだされたわけじゃない。

昼に俺を訪ねてきたアルトラは、レモンドの策略にそのまま乗っていれば俺を殺すことができた。だが奴はそうしなかった。全てを失い、放浪し、踏みにじられて尚《なお》、奴のプライドは他人の手を借りて俺に勝つことをよしとしなかった。

そんなアルトラが、尊厳をかなぐり捨ててでもあの店を守ろうとしている。地に頭を擦り付けてでも戦う力を欲している。

その士気の高さを無視するほど俺は非合理的じゃない。話が通って一番驚いているのはアルトラ本人のようだったが。

「な、なんでだ？　どうしてお前がオレに……」

「時間がないんだ、無意味な問答をさせるな。それとも足止めもできないのか？　俺に負けないという割には情けない話だな」

「……できるに決まってんだろうが！　万全のオレが一度でも負けたことがあったか!?」

「俺を追放してからのことは百歩譲って目を瞑《つぶ》るにしても、『神銀の剣』結成当初はそれなりに負けただろう」

「ちっ、初期からいた奴はこれだから面白くねェ。見てろ、貴様の認識を徹底的に改めさせてやる！　分かったなゴードン、エリア！」

意気を上げる『神銀の剣』の面々を横目に、アンジェリーナは不満げな顔をしている。

「【技巧貸与《スキル・レンダー》】さん、いいんです？　本当に？」

「ああ、いいんだ。反対か？」

「戦術的視点から言えば反対です。スキルを貸したところで出来上がるのは勘の鈍った冒険者パーティ崩れ。何より肝心の【技巧貸与《スキル・レンダー》】さんが戦力ダウンするのは痛すぎます」

「戦術的にはあるいはそうかもしれないな」

「です、戦術的には。……でも、感情的な話をしていいのなら」

そこで言葉を切ってアンジェリーナはエリアに歩み寄る。いつも通り薄い表情で、しかし顔をわずかに上気させた元魔法使いをアンジェリーナは抱きしめた。

「エリアちゃん、これ終わったらまた一緒にご飯行くです」

「提案。うちの店に来るといい。肉料理が絶品だからきっと気に入る」

「絶対に勝って行きます。約束です」

「歓迎する。約束は守るものだ」

アンジェリーナとエリアの約束を果たさせるためにも、戦いに勝たなくてはならない。

俺はコエさんに街周辺の地図を出してもらって一点を指差した。

「いいかアルトラ。魔物の群れは山脈から押し寄せてくる。地形に沿って進むだろうから大半はここ、登山口から溢《あふ》れ出すことになる」

「オレたちも通った道ってこったな。そこからは脇目も振らず街に向かってくる、と」

「そうだ。アルトラたちはそこを死守しろ。そこさえ食い止めれば街への被害は格段に減る。街を焼こうとするナルシェ軍と騎士団はアンジェリーナがゴーレムで……」

「いや、そっちもオレたちがなんとかする」

「無茶を言うな。魔物の足止めだけでもできるか分からないんだぞ」

「オレ『たち』っつってんだろ」

アルトラが指差したのは窓の外。裏町のある方角。

「裏町の連中は他に行く宛もねェクズばっかりだ。だから自分たちの街は自分たちで守る。今までもそうしてきたし、今回もそうする」

「……任せられるのか」

「あァ。錬金術士サマのありがたーいご助力なんざいらねェよ。ダンジョン攻略に連れて行きな」

「言い方は腹立ちますが、【技巧貸与《スキル・レンダー》】さんとジェリで攻略できるなら速度も成功率も跳ね上がります。任せられるなら任せるべきかと」

「ああ、そうしよう」

残るはレモンドと森人族《エルフ》たちだ。彼女らにやってもらうことはひとつ。

「レモンドたちは、とにかく逃げろ」

「おや、お優しいね」

優しさで逃がすわけじゃない。きちんとした理由がある。

「奴《やつ》らにとって不都合なのは薬物輸出の証拠だ。森人族《エルフ》たちは存在そのものが証拠の筆頭。それが一目散に逃げ出せば必ず追う。俺の師も森人族《エルフ》たちが逃げ出すことは織り込み済みだろうから追跡はきっと厳しいものになる」

「けど、アルトラたちが戦うせいで魔物が街に押し寄せないのはそもそも想定外だ。街に残ってる物的証拠か、私ら人的証拠か。選択を迫られて動きは鈍るだろうね」

レモンドも俺の意図を理解して不敵に笑う。

蜘蛛《くも》の子を散らすように逃げる森人族《エルフ》を追跡するか、証拠の残る裏町の処理を優先するか。敵は判断を迫られるだろう。

「情報の足りない戦場で生じる予想外の択ってのは混乱と疲労を生むからね、こいつはなかなかに効くよ」

「レモンドの話を聞く限り、俺の師は軍に顔は利くようだが直接大きな権力を振るえるわけじゃない。判断の分かれる時に鶴の一声を発する立場にはないってことだ」

「いいねえ。奴はマージの思考を読んで正解も分かっているのに、権力がないせいで軍が思い通り動かない。どんな顔するか見たいよ」

そうして稼いだ時間で俺がダンジョンを攻略し、魔物の流出を止める。そうなればナルシェ軍に状況を支配するだけの力はもはやない。

アルトラたちを戦力として数えられればこその勝ち筋だ。

と、そこでコエさんが手を挙げた。

「マスター、ひとつだけ問題がございます。些細《ささい》なことではあるのですが……」

「問題？」

「アルトラさんたちにスキルを貸与する際、脳が破裂する恐れがございます」

「おい、どこが些細だ？」

「……あったね、そんなことも」

アルトラたちのスキルポイントは下限まで吸い上げられた状態だ。そこに取り立てた分のスキルポイントを全て貸し戻せば、俺が『神銀の剣』を脱退した当時と同じラインまでスキルが戻ることになる。

つまり、それだけの莫大《ばくだい》なスキルポイントを送り込むことになる。

「万々歳じゃねェか」

「その際、膨大な情報量が一気に流れ込むために脳に壮絶な負荷がかかります。参考までに申し上げますと、マスターは【鷹の目】を始めとするコモンスキル七個を回収した時点で脳が破裂致しました」

「お、おれたちもそうなるのか？」

即座に治癒スキルにより修復しましたが、と補足するコエさんにゴードンがあんぐりと口を開けて絶望的な目を向けている。

スキルは情報の塊だ。スキルポイントが大きければそれだけ情報としても大きくなる。

俺は『神銀の剣』を追放された時に貸し付けていたスキルを回収した。貸出期間は最も長い【鷹の目】で六年、実質技利にして116,144,339,696%。莫大なスキルポイントとして返ってきたそれは容赦なく俺の脳髄を破壊した。

「待て待て。空になった酒樽《さかだる》に樽一杯分の酒を戻すだけの話だろ？　なんでそれで破裂するんだ」

「樽ひとつ分のお酒だとして、竜の息吹《ブレス》もかくやの勢いで注ぎ込んだらどうなりますか？」

「……樽の底をブチ抜くか樽ごと破裂するかのどっちかだな。調整弁とかねェのかよ」

「ありません。破裂はするものとして用意されたのが私であり保護領域です」

「とことんクソスキルだな、お前の【技巧貸与《スキル・レンダー》】はよ」

エリアも自分に迫る危機を理解したか、顔から血の気が引いている。

「結論。つまり……死ぬ？」

「率直に申し上げますとそうなります。貸した相手が絶命した場合は取り立てができませんので、マスターにとってもリスクのあることかと」

「貸したスキルの心配かよ。オレらの命はどうでもいいってか」

「はい。マスターに行った暴挙の数々、マスターがお許しになっても私は忘れませんので。ああ、【剣聖】に限りましては諸事情により消えても構いませんのでご自由にどうぞ」

「平然と言いやがって。クソ、ティーナがいりゃあな」

脳の破裂を防ぐだけなら俺がやってもいいが、ファティエにも治癒役はいた方がいい。できればティーナのユニークスキル【天使の白翼】の担い手が欲しい。

そこまで考えたところで、アルトラが何か思いついた顔をした。

「ティーナと【天使の白翼】のことを多少なりとも知ってる奴がいいよな？」

「そうだな。血縁者でもいれば理想だろうが、そんな都合のいい話もない。アンジェリーナ、頼めるか」

「しゃーなしですね。当主のうち治癒スキルに秀でた十四代当主『慈愛のフーガ』をゴーレムとして現出させて置いていきましょう」

「いらねェよちんちくりん」

「あ？」

「急に低い声出すな」

アンジェリーナが発した意外な低音に驚きつつも、アルトラはなぜか自慢げに言った。

「それよりよく聞けマージ。昼にはゴタゴタして話せなかったが、うちでオーナー兼メイドやってるミーナの本名はミーナ＝レイリだ」

「レイリ……？　まさかティーナの？」

「妹だ」

「そんな出来過ぎた偶然があるのか？」

「あったんだから仕方ねェだろ」

「だがいくらティーナの妹でも本人はただの酒場の娘だろう。いきなり戦線に立てと言われたら尻込みするんじゃないか？」

常識的な疑問だと思ったが、アルトラたち三人は「そんなこと考えもしなかった」とでも言いたげに顔を見合わせるだけだった。

流石《さすが》にそう簡単にはいくまいと思いつつ【空間跳躍】で店まで跳んでミーナを連れてきたところ。事情を聞いたミーナは即座に頷《うなず》いた。

「やります！　お店を守るためですし！」

「利息は……」

「トイチですよね！　法外ですね！」

「話が早ェ。ま、そういうこった。ティーナの代役はこいつがやる」

張り切るミーナの様子にアルトラは満足げに笑っている。

まず自分の姉とアルトラたちが仲間だったことに驚くかと思ったが、どこかでエリアがポロッと話してしまっていたらしい。おかげで時間を食わずに済んだのは幸運と言える。

「アルトラさんが黙ってるってことは気まずいことでもあるんだろうなーと思って触れませんでしたけど、けっこう前から知ってはいましたね」

「おいエリア、なんか言うことあるんじゃねェか？　ごめんなさいって言ってみな？」

「黙秘」

「こいつ……。まあ時間が惜しいから手短に言うぞ。いいかミーナ、戦場に立つっつっても前線にいろって話じゃねェ。スキル貸しの時にオレたちの脳みそが破裂しないよう回復して、戦いが始まったら店でじっとしてろ。ケガした時はこっちから店に出向く。どうだマージ、これでどこからどう見ても『神銀の剣』だ。始めるぞ」

想定外のメンバーではあるが頭数は揃《そろ》った。

まずミーナに【天使の白翼】を貸与し、それからアルトラたちに【剣聖】その他を貸し戻す。

「【技巧貸与《スキル・レンダー》】、起動」

【貸与処理を開始します。貸与先と貸与スキルを選んでください】

【債務者：ミーナ＝レイリ　スキル：【天使の白翼】が選択されました】

【債務者：ミーナ＝レイリ　スキル：【範囲強化】が選択されました】

…………………

…………

……

【貸与処理を実行します】

「おー、これがユニークスキルのある人生……」

より上位の【熾天使《してんし》の恩恵】でもよかったが、過剰なスキルポイントを貸し与えればミーナの今後に差し支えるし扱いきれない可能性も高い。進化前の【天使の白翼】が総合的にいいだろうと見て補助用のスキル群と併せて貸し与えた。

ミーナ本人はといえば希少なスキルをいくつも持った未知の感覚に感動を覚えているようだが、問題はここからだ。

「ミーナ、これからアルトラたちに大量のスキルポイントを貸与する。量が多すぎて脳に強い負担がかかるだろうから治癒スキルを起動して回復し続けるんだ」

「わ、分かりました！」

「俺の手元にも【熾天使の恩恵】のポイントは残っているから、最初は手本も兼ねて俺が回復する。それに倣って使ってみろ」

「はい！」

「【技巧貸与《スキル・レンダー》】、起動」

貸与先と貸与スキルを選択し、実行。

スキル貸与が始まって数秒は何事もなく、このまま穏やかに完了するかに見えた。だが五個目のスキル貸与が終わった辺りでゴードンが頭の痛みを訴え始め、やがて三人ともが激しい汗とともに悶《もだ》えだした。

「ぐ、があああああ!!」

「頭が、割れる……！」

「ッ、ッ…あ…ッ!!」

「治癒を始める。【熾天使の恩恵】、起動」

「えっと、【天使の白翼】、起動！」

そうして治癒を始めてみて、俺は驚かされた。

「……ミーナ、本当に初めてか？」

「は、初めてでも上手な女はモテるって、ホントですかね……？」

「スキルの話だよな？」

集中の乱れはあるが、上手《うま》い。

いくら妹でもスキルを扱い切れるとは限らず、俺が最後まで診なくてはならない可能性も考えていたが。想像よりもミーナの飲み込みが早く手技も正確だ。すでに俺の補助なしで十分にアルトラたちにかかる負荷を相殺できている。それだけ姉のことをよく見ていたのかもしれない。

これなら任せてダンジョンへ向かえる。

「俺はもう行く。街のことは任せるぞ」

「さっ、さと、行きやがれ愚図……!!」

「もうちょい変態さんが悶絶《もんぜつ》してるとこ見ていきません？」

「そうしたいのは山々だが時間がない」

「ですかー」

口では残念そうに言いつつも、苦しげなエリアの汗をハンカチで拭ってアンジェリーナも立ち上がる。これよりコエさんと合わせて三人でダンジョンを攻略し、アルトラたちの防衛線が突破される前に元を断つ。ここからは時間との勝負だ。

「しくじるな、よ、お荷物、マージッ！」

「こちらの台詞《せりふ》だ。口先だけでないことを祈るがな」

虚《うつ》ろな目でも口の減らないアルトラだが、やはり苦痛は大きいのか床から起き上がれずにいる。

「さっさと、行け……ッ！」

ここで件《くだん》の鎮痛剤に頼らないのは奴《やつ》なりの意地か。アルトラらしいといえばアルトラらしい。

【空間跳躍】で跳ぶために跳躍先の走査を始めたところでレモンドが小さな紙片を渡してきた。何かの覚書のようだ。

「マージ、『看取《みと》りの樹廊』の入口の場所はここに書いておいた。他にも役立ちそうなことは思いつく限り書きつけてある。私は仲間に連絡を回して八方バラバラに逃げるよう手配するから、あとは頼んだよ」

「分かった。そちらもくれぐれも逃げ切れ。アルトラたちが時間を稼ぐが、どこまでできるかははっきり言って未知数だ。装備も乏しいしな」

「それだがね、こっちもアルトラたちを利用しようと思っていたからこその用意があるのさ。ここに届けるよう知らせを飛ばしたからもうすぐ届くはずだよ」

「……緑髪たちの暗示が解かれたらすぐ次の指示か。生き残るために抜け目ないな」

「百年前からそれだけは誰にも負けてないよ」

俺たち、アルトラと裏町の住人たち、そして森人《エルフ》族。

それぞれの戦いの火蓋は切って落とされた。

「使い込んでいた【空間跳躍】はまだ使えるな。【空間跳躍】、起動。攻略開始だ」

座標を指定して一気に長距離を跳ぶ。

跳躍先はレオン・エナゴリス山脈上空。目指すは大ダンジョン『看取りの樹廊』。

◆◆◆

「……久々だな、この感覚もよ」

「み、皆さんもう大丈夫ですか？」

「ああ、よくやったミーナ。初めてにしちゃ上等だ」

「おれもなんともない。懐かしいな、おれの【黒曜】……！　それに見ろ！」

マージが跳んでしばらく後。スキルポイントの貸与とそれに伴う脳の損傷の修復が完了したアルトラたちはそれぞれに立ち上がった。

久々に自分たちのユニークスキルが戻ってきた感覚を噛《か》みしめる中、ゴードンが震える指で差す先には甲冑《かっちゅう》が二つ、ローブに杖《つえ》。そして朱の意匠が施された直剣が一振り。レモンドが置いていったのは、かつてアルトラたちが愛用した装備品だった。朱《あか》い鎧《よろい》を指で撫《な》でながらアルトラはククと楽しげに笑う。

「賠償金の足しにと質に流されたもんだ。オレらを買収する餌にする気だったんだろ」

「おれたちに言うことを聞かせるためだけに、こんな高いものを？」

「高いィ？　バーカ。大戦犯の鎧なんざ誰も欲しがらねェよ。だから売れねェ、かといって鋳潰すには上物で惜しい。そうして倉庫の肥やしになってたんだろうさ。……エリア？」

そうしみじみと語る中、エリアだけは立ち上がらずに床に突っ伏している。ゴードンとミーナが何事かと尋ねるがエリアはぷるぷると震えるばかりだ。

「ど、どうしたエリア？　まだ痛いのか」

「私、何か失敗しました……？」

「羞恥」

「羞恥？」

「羞恥……悔悟……悔恨……。私は一体何をしていたのか。何がスープにパンつけたら大発見だ。私の一刻も早い殺害を推奨する……！」

知恵のスキル【古《いにしえ》の叡智《えいち》】。

古代にまで遡って魔術を検索、習得できる魔術系統で最高位のユニークスキルだ。古代魔術を扱うために求められる知能も必要なだけ高められるという規格外の性能を持つ。

それを失ったエリアは本来の知能に戻っていたわけだが、再び高い知能を得たからといってその間の記憶が消えるわけではない。結果、自分がした奇行の数々が少女を大いに苦しめていた。

「殺せ……私を殺せ……頭を叩《たた》き割って殺してくれ……」

「安心しな。頭くらい割れてもミーナが治してくれるからよ」

「要求。その舌を引き裂いて死ね」

「おれ、前々から薄々思ってたんだが……。もしかして【古の叡智】って知能が上がる代わりに性格も歪《ゆが》むんじゃないか？」

「魔術の知識を見まくれるスキルだろ？　魔術師なんて大方ロクデナシだからな、そんな連中の知恵を浴び続ければ歪まねぇ方が謎ってもんだ」

なんとも言えない懐かしさがアルトラたちを包む。

このまま浸っていたいなどという生ぬるい感傷は、しかし彼らにはない。

「さァて、んなこたーどうだっていい。エリア、見えたか？」

「愚問。すでに走査中」

エリアの銀色だった瞳が青く輝く。マージが貸し戻したのは白兵戦用スキルであり探査や感知、索敵に関するものは少ない。だがそれで何ら問題はないのだ。数多《あまた》ある魔術の中から魔物を感知できるものを選びとって発動できるのが【古の叡智】というスキルなのだから。

　そうして探ること数秒。エリアは淡々と報告した。

「……情報通り。東方の山肌、登山口付近より多数の魔物が接近中。最適な迎撃地点はここから約四半鐘（十五分）の距離」

「いい頃合いだな。行くぞ野郎ども。もういつぶりかも思い出せねェが」

「ああ」

「準備完了」

　アルトラは床に置かれた剣を拾い上げ、抜き放つ。かつて愛用した神銀《ミスリル》の刃が、すっかり日の落ちた空から差し込む月明かりに煌《きら》めいた。

「考えてみりゃ、こいつを拾おうとして旅立ったんだったな。少しばかり遠回りになったが、見やがれゴードン」

「……ああ、そうだな」

「オレは手に入れると言ったもんは手に入れる。何も変わらねェってこった」

　剣の切っ先は東へ。それは迫り来る魔物に向けたものか、あるいは宿敵への挑戦か。

「『神銀の剣』、総員出撃。攻略開始だ！」

第4章

"SKILL LENDER"
Get Back His Pride

Before I started lending,
I told you this loan charges 10%
interest every 10days,
right?

1．『看取《みと》りの樹廊』

「【阿修羅《あしゅら》の六腕】、起動」

【空間跳躍】で指定した座標は山脈中腹の、その上空。眼下に魔物の群れが走るのを目視しながら不可視の腕を展開した。ダンジョン『看取りの樹廊』から溢《あふ》れ出した魔物はどうやら鹿や兎《うさぎ》といった獣の類《たぐい》が多いらしい。腕を足代わりにしてその只中《ただなか》に着地すると重量感のある音とともに土埃《つちぼこり》が舞い上がった。

落下の衝撃で生まれた魔物の隙間。そこに俺の背中にしがみついていたアンジェリーナがゴロンと滑り落ちて手をつくや土埃が意思を持って動き出す。

「【泥土《デイド》の嬰児《ミドリゴ》】、起動！」

生成されたゴーレムは大男のゴードンより頭二つぶんほど背丈があるやや大型。意思を得たゴーレムはアンジェリーナを肩に乗せつつ押し寄せる魔物を叩き伏せた。

「ってか【技巧貸与《スキル・レンダー》】さん、スキル足りるんです？　だいぶ貸し戻しちゃいましたよね？」

「足らすさ」

アルトラたちには俺を追放した時点と同等のポイントとなるようにスキルを貸し戻した。よって里での農作業やこれまでの戦いで利息として増えたスキルポイントは差分として俺の手元に残っており、その数値が大きいものは今も戦力として使用できる。

それらのスキルで『看取りの樹廊』を攻略する。

「コエさん」

「はい、貸与した上で残ったスキルのうちスキルポイントが大きく強力なのは【阿修羅の六腕】【空間跳躍】【森羅万掌】」

「使用回数が多かったスキルはその分のポイントが残っている、とか」

「【神刃／三明ノ剣《サンミヨウツルギ》】と【神代《かみよ》の唄】、それに【無尽の魔泉】と【詠唱破却】です」

「なんだって？」

アルトラやエリアのユニークスキルまで残っているのはなぜだ。それも進化した形ということは相当量のポイントが残っていることになる。

そこまで考えた所で理由に思い当たった。

「そうか、ロード・エメスメスとキルミージだ」

「はい。【神刃／三明ノ剣《サンミヨウツルギ》】と【神代《かみよ》の唄】、その他いくつかのスキルは彼らに貸し出されたために利息分が増えております。その分がマスターの手元に残った形です」

「その二つが残ったのは僥倖《ぎようこう》だな」

ロード・エメスメスとキルミージ。その二人はありったけのスキルポイントを貸し出した稀有《けう》な例だ。利息は一割だったが元本が莫大《ばくだい》だったためにスキルポイントが大きく増大し、利息分だけでも強力なスキルとして使えるというわけだ。

幸いなことにどちらも脳の処理能力を上げる効果のあるスキル。脳の容量《キヤパシテイ》が大きくなればそれだけできることも増える。ダンジョン攻略の心強い武器となるだろう。

何より今回は俺とコエさんの二人きりではない。隣には七色のゴーレムを操る赤髪の錬金術士もついている。

「アンジェリーナ、まずは『看取りの樹廊』まで辿《たど》り着く。飛ばしていくぞ」

「合点」

「【神刃／三明ノ剣《サンミヨウツルギ》】、起動。マナの刃を前方に集中展開」

「参照、引用、規格化、工程完了。当主『錬手のフージェール』を現出」

白磁の肌を輝かせながら女性型のゴーレムが先頭に立つ。その周囲をマナの白刃が守護するように囲み、前方を間隙なく固めた。

ただでさえ複雑な地形、それに加えて大量の魔物が這《は》い回る環境では【空間跳躍】の効率が悪くなる。地上を走って向かうのが一番早い。

「【阿修羅の六腕】」

「【跳躍】」

迷うことなく前へ。進路上にいた魔物を切り裂き、叩き潰し、木々の間を跳ねるように駆ける。

針路は山脈深部へ。目指すは最も深く険しい底の見えぬ地獄の口。

「時にコエさん、レモンドさんが書いたダンジョンの座標ってどの辺です？」

「レオン・エナゴリス山脈最大最深の峡谷、『ノエルノ大峡谷』です」

「あのふっかい谷ですか。そりゃまたおっきいダンジョンがありそうですね」

「あくまで可能性だが……」

「です？」

「『紅奢《ぐしゃ》の黄金郷』と同格か、それ以上かもしれない」

レオン・エナゴリス山脈に棲《す》む少数亜人族、鳥人族《ハルピュイア》たちはこう歌った。

『峰々は神々の御顔。谷々は妖々の御胎《みはら》。雪纏《まと》うは祭礼の御姿。聳《そび》えし神は七十六柱』

これをもってレオン・エナゴリス山脈は全七十六峰とされる歌だが、着目すべきは前半の『谷々は妖々の御胎《みはら》』の部分。

胎とは子宮のことだ。谷底に巨大なダンジョンがあると知った上でこの歌を読み解くとまた別の可能性が見えてくる。

子宮の名を冠し亜人族を生み出す『超S級ダンジョン』の存在が。

「星の子宮……!?」

「だとすれば骨だ。心してかかれ」

「心してどうにかなるんなら苦労ないですが」

どこか気楽さの残っていたアンジェリーナの表情から余裕が消えた。彼女の生まれたエメスメス家は星の子宮のひとつ『紅奢の黄金郷』を攻略するために千年以上に亘《わた》って研究を積み重ねた錬金術の大家。その攻略が如何《いか》に困難かは誰よりも知っている。

そう話す間に眼下の景色は森から低木、そして岩へと変わっていき、やがて切り立つ崖へと突き当たる。前回はこの崖の上部を渡ったが、今回は崖の下へ、下へ。崖に沿って進むうちに左右の岩壁は高く高くなり、次第に日光すらも満足に届かなくなってゆく。

やがて昼とは思えない暗闇に周囲が包まれた頃、前方にうっすらとマナの気配を感じた。

「感知系スキルがなくても分かる。あそこだ」

「ビンビンに自己主張してくれてて助かりましたね。深すぎてなんもかんも真っ暗です」

「お待ちください」

近づけば近づくほどに強くなり、ビリビリと痺《しび》れるような痛みすら感じる猛烈な気配。

だがそれは偽物《フェイク》だとコエさんは言う。

「レモンド様からの書き送りによりますと、『看取《みと》りの樹廊』は人を迷わせるダンジョン。目立つ入口は偽物との記述があります」

「そういえば役立ちそうな情報を書いてくれてたんでしたね。早速役立つとは」

「はい、他にもいくつか」

「まだ無事ですかねーレモンドさん」

「奴《やつ》のことだ、どうにかしているだろうさ。俺たちは俺たちの役割を全うする」

「合点。ちなみに『看取りの樹廊』って名前的に木がいっぱいのダンジョンですよね？　森があって泉があって妖精さんがアハハウフフしてる感じだと嬉《うれ》しいんですけど」

「そうか、アンジェリーナは寝ていて聞かなかったのか」

S級ダンジョンは不条理が支配する理外の空間ではあるが、ダンジョンごとに特色や傾向ははっきりしていることが多い。

『魔の来たる深淵《しんえん》』は劇毒のダンジョンだった。同様に『蒼《あお》のさいはて』は豊かな自然と水平線のダンジョン。『紅耆の黄金郷』は炎と黄金に満ちた地下迷宮。

森人族《エルフ》が切り札として隠し続けた『看取りの樹廊』はというと。その答えは、偽の入口からやや北よりに存在した本物の入口をくぐってみてすぐに理解できた。

「寒い!! です!!!」

「極光と樹氷のダンジョン、とのことです」

樹廊という名に偽りはない。多くの木に覆われたダンジョンであり、しかしその木の姿は純白の氷雪に覆われた『樹氷』という形でしか見ることができない。

ガチガチと震えるアンジェリーナに防寒着を投げ渡すと、凄《すさ》まじい早さで着込んで丸くなった。里の厳しい冬で鍛えられた厚着術が生きている。

「なんてこったです……」

「登山用の装備があって助かった。進むぞ」

「これ進むほど寒くなるやつですよね……! 体を動かせば温かくなりますかね」

「それも危険だから慎重にだ」

普通の寒さなら体を動かして暖を取るのはひとつの手段だ。

だが息も凍るばかりの極寒だと話は変わる。なまじ動いて汗をかくと体温が奪われすぎて死に繋《つな》がるからだ。氷原で遭難した冒険者たちが帰還を急ぐあまりに汗をかき、少し休もうと足を止めたらそのまま動けなくなって死亡した事例も実際にある。

「おー、さすが元冒険者。実地の人じゃないと知らないやつです」

「経験豊かな冒険者なら極寒の時こそゆっくりと歩く。汗をかかないように」

「しかしマスター、私たちは急ぐ身です。ゆっくりとは歩けません」

「そう。だからここは別の手段で寒さを防いで素早く進むのが正解だ」

魔術系のスキル群が残ったおかげで、ここで役立つ魔術もすでに持っている。

「凍抜《いぬ》け、『冥氷術《コキュートス》』」

「逆に氷魔術ですか!?」

「厳密には冷気を操る魔術だ。操るというからには防ぐこともできる」

周囲を守るマナの白刃をいくつか選び、冷気を退ける魔術を上掛けした。見た目にはあまり変わらないだろうが吹き寄せる冷気を大きく遮断できる。

アンジェリーナにもと思ったが、向こうもそれなりの対策を持っているらしい。

「ほんじゃジェリも」

俺の横ではアンジェリーナが大きなゴーレムの中へと収まっていく。普段は見通しが利くようにゴーレムの肩に乗ることの多い彼女だが、ヴィタ・タマでは巨大ゴーレムの中に乗り込んで戦う姿も見せたし技術的には可能なのだろう。白磁の巨体は保温も利くらしい。

「いけるか、アンジェリーナ」

「ええ、吶喊《とつかん》します！」

上層の魔物は多くが地上へ出てしまった後だ。寒ささえ対策してしまえば行く手を阻むものはほとんどない。罠《わな》かもしれないと警戒していたアンジェリーナもすぐに速度重視に切り替えて足を早めた。

「つまるところ、ここにいた魔物がほとんどファティエに向かったってことですよね！」

「最初の『将』よりも入口に近いところにいた魔物はほぼ全て出ていったとみて間違いなさそうだ」

二層、三層と進んでいくがやはり魔物の姿はほとんどない。稀《まれ》に遭遇するものはやはり獣型が多く、進むうちにこのダンジョンの特徴も分かってきた。

猛吹雪の夜の森が迷路のように広がるのが基本の構成だ。何の準備もなく踏み込めばたちまちに現在地を見失い、前後すら分からなくなって林立する樹氷の仲間入りをすることになるだろう。

そんな死の世界でありながら、しかし空を見上げたコエさんは思わずといったように声を漏らす。

「なんと美しい……」

晴れた階層では空に極彩色の極光《オーロラ》がカーテンのように踊り、星屑《ほしくず》のようなダイヤモンドダストと重なって幻想的な風景を作り出す。

極光と樹氷のダンジョンという呼び名そのままの世界がそこにあった。遥《はる》か前方に目を向ければ極光の間を舞うように飛ぶ氷の竜の姿も見える。氷の鱗《うろこ》に覆われた白銀の体は極彩色を映して煌《きら》めき、凍《い》てつく夜空を背景に圧倒的なまでの存在感を放っていた。

竜はしばし空を散歩した後、地上へと下りていく。それを目で追ったアンジェリーナは竜の消えた先を指差した。

「……【技巧貸与《スキル・レンダー》】さん。竜が下りていったあそこって」

「ああ。扉がある」

「あの竜が『将』で、あそこは『将』の間ってことですね」

「第一の関門だ。気をつけろ」

高位のダンジョンでは最奥の『王』だけでなく中間を守る『将』がいることも多い。この規模のダンジョンであればいて当然だろう。

遠目ではあったが、あの姿は文献で見たことがある。

「おそらく、翼を持つ蛇神ホヤウ。ヴリトラと同じ蛇龍の類《たぐい》だ」

「こんな寒いところになんで爬虫類《はちゅうるい》が」

「それがダンジョンだからだ」

「不条理すぎませんか……。あの扉を開けたら襲ってくるんですよね？」

「ああ、不用意に開けたら外まで触手が伸びてきて引きずり込まれた例もある。注意した方がいい」

「そんなお間抜けな人いるんです？」

「言ってやるな」

　こうして『扉』という形をとっていることは挑戦者にとって必ずしも有利には働かない。戦闘を避けて隠密《おんみつ》行動を取りながら進んできた者たちであっても、ここだけ、『将』という関門だけは正面から挑むことを強いられるからだ。

　かつてベルマン隊は『蒼のさいはて』で『将』の部屋に踏み込もうとした際、自らの足で入ることすらなく全滅した。アンジェリーナの父、ロード・エメスことロール・オールもまた『将』との戦いで相討ちとなり、鎖の姿で長い時を過ごすことを余儀なくされた錬金術士だ。

　それらの知見を踏まえてアンジェリーナは扉にそっと手を触れた。押し開けることはせずにそのまま目を閉じる。

「んじゃ、こうします。パパの反省を活《い》かす時です。【泥土《デイド》の嬰児《ミドリゴ》】、起動。参照、引用、規格化、工程完了。当主『陰惨のゲルアン』を現出」

　そうして集中することしばし。アンジェリーナの体から大きな力が発せられたかと思えば、魔術師然とした男のゴーレムがその横に現れて両腕を天高く掲げた。

「沼を啜《すす》れ。汚泥の王よりの賜り物ぞ」

　内部に何かが蠢《うごめ》き渦巻く。その気配が消えてから扉を開けば、中には大量の黒い泥だけがドロリと広がっていた。

　この極寒の中にあっても凍りつかず、まるで生きているように仄《ほの》かな熱を放っている。

「黒い……泥？　まさかこれは」

「『将』だった何かですね」

「なんと……」

扉を開けば何をされるか分からない。ならば扉越しに殺してしまえ。

非常に合理的な解決法だ。並の術士では実現不可能であるという点を除けばだが。

「もっとこう、熱い戦いとかあった方がよかったです？　ダンジョン攻略のお作法みたいな」

「いいや、そんな無駄なことに時間と体力を消費する意味もない。俺も同じことができればやっているだろう」

「【技巧貸与《スキル・レンダー》】さんのそういうとこ好きです」

エメスメスの秘術は星の子宮で『王』を倒すために編み出されたものだ。『紅審の黄金郷』用に調整《チユーン》されているとはいえ応用は利く。扉を開ければ危険な相手への対処法も千百年の間に生まれていたということだろう。

そのまま『将』の部屋を抜けて下の階層へと進む。『蒼のさいはて』ほど広くはないが道が入り組んでいるために時間を取られている状況だ。あまりのんびりとはしていられない。

「結局、ここまでほとんど魔物と遭わなかったな。やはり外に流出したか」

「それと戦ってるのが変態さんじゃ信用できませんし急ぎましょう。なんならもう魔物のお腹《なか》の中かも」

「根拠はないが、おそらくそれはない」

アンジェリーナはアルトラに街を任せてきたことを不安視しているようだが、俺はそうは思っていない。戦闘力という面で不十分だったとしてもだ。

「腐っても元S級パーティだからです？　やる時はやる男だ、みたいな」

「いいや、奴は身勝手で短気な性格だ。自分の功しか頭にないし人の話をろくに聞かない。冒険者らしいといえばらしいが、早死にする才能に恵まれすぎている」

「ボロクソじゃないですか。じゃあなんで生き残ってると？」

勝つために、負けないために必要な気質とは何か。

それは負けたくないというごく単純な、だからこそ強力な執念だ。

「欠点を補ってあまりあるほど、アルトラの負けず嫌いが常軌を逸しているからだ」

2．それぞれの思惑

「【剣聖】、起動！」

マージたちが第一の『将』を突破した頃、ファティエと登山口との中間点、地形的に隘路《あいろ》となった場所もまた戦場と化していた。

際限なく押し寄せる魔物の群れの隙間を縫うようにアルトラの剣閃《けんせん》が舞う。その剣筋は派手に魔物を切り刻むそれではない。魔物の動脈や脚の腱《けん》を切り、先頭集団の進軍を大きく乱れさせる足止めの剣だった。

「今だ、ゴードン！」

「【黒曜】【腕力強化】、起動！　おおおおお!!」

そこに硬度と重量を増したゴードンが突進する。腕に抱えた丸太で魔物を押し返し、薙《な》ぎ倒し、束《つか》の間《ま》ではあるが魔物の勢いを完全に殺した。それこそがアルトラの狙った好機。

「次、エリア！　重力魔術で上から押し潰せ！」

「【魔力自動回復】により魔力消費軽減。【高速詠唱】により発動時間短縮。圧せよ、圧せよ、圧せよ雄大なる星の引力、『過重領域《ニュートニクス》』！」

先頭を押さえられて圧縮された魔物の群れに強烈な重力が加わる。

アルトラに負わされた傷、前からはゴードンの圧力、後ろからは後続の魔物。この状態で上から押さえつけられれば一切の身動きを取れなくなることは必至だ。

アルトラは息を切らしつつ、狙い通りにことが運んだのを確認して不敵に笑った。

「はっ、こんな数を一匹一匹ちまちま刻む必要はねェんだ。手負いにして上から押さえつけて身動きとれなくしてやりゃ、前の連中が障壁になって後ろの魔物も街に入れねェんだからな。あとは次々に押し寄せる勢いで勝手に圧死していきやがるって寸法よ」

「客の全員に酒と飯を出さなくちゃならない酒場の方が大変だな」

「おうゴードン、てめェも調子出てきたじゃねェか」

「推察。虚勢を張り自らを鼓舞しているだけ」

「う、うるさいな」

久々の戦場に疲労と緊張は見えるが、それでも『神銀の剣』最年長にして元王宮門番のゴードンだ。自信なさげな言動と裏腹に地味だが堅実に仕事をこなしている。

アルトラとエリアもだんだんと体が温まってきたとばかりに手を早める。

「どうなることかと思ったが、この作戦は上手《うま》いぞ。後ろの方ほど強い魔物がいるんだろうが前を詰まらせたおかげで全然やってこない」

「物足りねェな。もっと竜とかいねェのか？」

「いる」

だが物事というのものは往々にして、調子づいてきた時が一番危ないものだ。

「あ、何が？」

「当然の帰結。前を詰まらせたことで生半可な魔物では進めなくなった。ならばこちらに向かってくる魔物がいたとすれば、それは生半可な敵ではない」

「周りくどいな。つまり？」

「警告。来る」

——ガアアアアアアアアアアアアアアアアア!!

竜の咆哮《ほうこう》ではなかった。高い知能と強靱《きょうじん》な肉体を有する竜種は『将』など限られた強敵にのみ見られる希少な魔物であり、今回の人工魔海嘯《マカイショウ》で流出する魔物には含まれない。

だが強さにおいてのみなら竜種に匹敵する魔物はいくつかいる。

例えば複数の獣の要素を併せ持ち、その全てを掛け合わせた以上の力を振るう大型魔物がいる。まるでいくつもの獣の骸《むくろ》を縫い合わせて生み出されたようだという発想から縫屍獣《ホウシジュウ》とも呼ばれる合成獣。

「キマイラ系……！　獣型の魔物が多いダンジョンだと大型種はこの系統か！」

「キマイラは複数の獣が融合したものを指す総称。あれはおそらく狐《きつね》、鹿、蛇、それに……」

「オレは竜っつったんだが。ご注文《オーダー》のミスは酒場の常にしてタブーだぜダンジョンさんよ」

先頭を進むのは四頭。その後ろにも幾頭ものキマイラが続いているのが遠目にも見て取れた。

魔物の群れは依然として前に進めずにいるが、肩の高さが家屋を軽く上回るキマイラには関係ない。他の魔物を踏み潰し、蹴散らし、エリアが作った重力場にも臆さず踏み込んでくる。エリアも出力を高めるがキマイラの歩みを止めるには至っていない。上級な杖《つえ》がミシミシと軋《きし》みを上げている。

「ど、どうするんだアルトラ？　あんなものと正面から戦えるのか？　どうする!?」

「方針、要求……！」

「狼狽《うろた》えんな!!」

浮足立つゴードンとエリアをアルトラはただ叱りつけた。常に策を示すマージとは対極的な、それはただ「やる」という絶対の意思表示。

「今頃マージは、あのお荷物野郎はダンジョン攻略してやがんだぞ」

「あ、ああ。それが？」

「だったらオレらもやるんだよ。装備？　薬？　スキル？　ないものねだりはナシだ。眼《め》の前の魔物を叩《たた》ッ切ることだけ考えろ。安心しな、黒焦げにされようがミンチにされようが、体が残ってさえいりゃ必ずミーナのとこに持っていってやるよ」

「それしかないのは分かるが、具体的にどうするんだ!?」

戦いにおいて士気の維持は非常に重要だ。戦意の挫《くじ》けた十万の兵は、命すら擲《なげう》つ覚悟を持つ一万の兵に劣る。アルトラの語る精神論は決して空虚な暴論ではなくこの場に必要な戦術的思考であった。

だが、現状は喩《たと》えるなら百万に対して三百の兵。士気だけで補える範囲ではない。

ゴードンの問いに、アルトラが取り出したのはひとつの袋。その中にぎっしりと詰まっていたのは濃緑色の丸薬だった。

「こうすんだよ。ちょうど仕入れたばっかで助かったぜ」

「新緑の腐敗《ヴェールズ・ロット》……！　アルトラ、お前それを使う気か!?」

「再考すべき。あまりに危険」

「安心しな。レモンド曰《いわ》くオレは致死量の何倍もこいつを使って死にかけたらしいが、今もこうして生きてる。アルトラ＝カーマンシー様は凡人と違ェんだよ」

制止を振り切り、乱暴に一掴《ひとつか》みにした丸薬を噛《か》み砕く。

全身の毛が逆立ち、心臓が跳ね上がるような感覚がアルトラを包んでゆく。

「あ――――――――、そうそう、そうだ。この感じだ。っかぁ――――――――、チマチマチマケチケチ飲んでたのがバカみてェだ！」

キヌイ近くの草原でマージと決闘した際、アルトラは新緑の腐敗《ヴェールズ・ロット》の過剰摂取でスキルが変質するほどの出力を得た。それは重く厳しい代償を伴ったが……。間違いなく、強い。

「勝てねェもんに勝とうとするってのはなァ、こういうことなんだよ!!　ハーッハッハッハハ――――――――!!」

「アルトラ、お前……」

「【剣聖】、起動ァアアアアアアア!!」

アルトラの姿が消えた。それはかつて【神眼駆動】を持つマージにすら捉えきれなかった動き。魔物の目を以《もっ》てしても捕捉し得ない超高速機動。

次の瞬間には一頭のキマイラが首から鮮血を吹き出していた。二頭目、三頭目と血繁吹《ちしぶき》を上げては倒れていく。ゴードンとエリアも初めて見るその威力に目をみはった。

「なんだ、あの速さは……！」

「話に聞いていた以上。【剣聖】が持つポテンシャルの範疇《はんちゅう》を超えている」

「負担はあるんだろうが、あれならあるいは」

四頭目を屠《ほふ》ってエリアたちの元に戻ってきたアルトラの体は返り血でべったりと赤く染まっていた。

キマイラが一瞬にして息絶える様子を見て、無事に戻ってきたアルトラを見て、このままいけば勝てるのではないかと考えたゴードンは自分の甘さを思い知る。

「ハァー、ハァー、ハァー……」

「……ッ！　アルトラ、傷が」

「古傷だァ、気にすんな」

アルトラを赤く染めているのは返り血だけではなかった。長年の冒険者稼業で、アンジェリーナの追跡で、マージとの戦いで、投獄と尋問で、彼の全身に刻まれた無数の傷跡。それが激しい運動と加速した血流によって開き、アルトラ自身の血が返り血と混ざり合って真紅の鎧《よろい》をさらに紅に汚している。

「そんなふうになるなんて言ってなかったろう！」

「マージとやった時ァここまでならなかったが、ま、一度破れた革袋は繕っても酒が漏れやすいもんだからな」

このまま続ければアルトラは死ぬ。誰の目にも明らかな未来がそこにあった。

それでも現状他に手はない。

「【剣聖】、起動！　新緑の腐敗《ヴェールズ・ロット》で痛みは感じねェ、問題なしだ!!」

アルトラの姿が再び掻《か》き消える。ゴードンは自分の頬を強く叩くと魔物の群れとまっすぐに相対した。

「……エリア、おれたちのスキルでもアルトラと同じことをすれば強くなれると思うか？」

「推測、望み薄。新緑の腐敗《ヴェールズ・ロット》は精度と引き換えに出力を跳ね上げているとみられる。複雑高度の魔術を扱う私や的確なタイミングでの硬化が求められるゴードンとは相性が悪い。何より……」

魔物の大群の中に時折閃《ひらめ》く神銀の煌《きら》めき。刃が月光を反射したその光だけがアルトラの居場所を教えてくれる。それをじっと見つめながらエリアは淡々と言う。

「アルトラの性格を考慮すれば、私たちに新緑の腐敗《ヴェールズ・ロット》を使わせる可能性は低い。奴《やつ》は自分こそが特別で主役でなくては気が済まない」

「あのバカ……。なら、おれたちも自分にできることを考えて、アルトラが大物に集中できるように工夫するんだ。できるか？」

「愚問。今回こそは真に最大限の支援を開始する。キマイラ以外の魔物による防衛線突破を断じて許さないことが肝要」

「まったく、うちのリーダーは危なっかしい……！」

キマイラ以外の魔物も続々と押し寄せてくる。それらがアルトラの妨げとならないよう立ち回り始めたゴードンとエリアに気づいて、アルトラはゲゲゲと凶暴に笑った。

「さァ、楽しい楽しい獣狩りだ！　終わったらこいつらの血肉で一杯やろうじゃねェか!!」

◆◆◆

同時刻。

ナルシェ軍内では、とうにファティエを襲っているはずの魔物が一向に現れないことで動揺が広がり始めていた。魔物の流出は成功して絶望的なまでの数が街に向かったところまでは確かだというのに、街が蹂躙《じゅうりん》される気配がまるでない。

その状況に、昨日まではレモンドと行動をともにしていた老齢の人間も困惑を隠せずにいた。

「……妙よな。マージは死んだ、数少ない森人族《エルフ》の戦士も死んだ。なぜ街が魔物に蹂躙されない？」

アルトラが毒入りの酒を持ち込み、さらにレモンドが乗り込んだことでマージは息絶えて床に転がっていた。

ヴェールファミリーに送り込んだ間者からはそう報告を受けている。無双の力を持つマージという懸念材料がなくなった今、ファティエにいるのは戦わない森人族《エルフ》と金も武器もない裏町の貧民だけ。魔物さえ送り込めば失敗はあり得ないはずだった。

だが現実には何者かがファティエ手前で魔物の大群を押し留《とど》めている。

「何が起きている……？」

その困惑をさらに深めるように伝令が駆け込んできた。

「報告です！　森人族《エルフ》が街から逃走しているとの目撃情報！」

「方位と人数は？」

「そ、それが……。多数の森人族《エルフ》が東西南北、全方位に逃げており特定不能とのこと！　統率された動きのようです！」

「レモンドの仕業じゃろうな。苦し紛れの浅知恵としか思えんが、街が無事なままとなると厄介かもしれん」

魔物で街を襲う計画が失敗することも想定はされていた。その場合は兵士を使って森人族《エルフ》の住む裏町に火を放てばよいだけのこと。

魔物の襲撃が成功したとして、森人族《エルフ》が逃げ出すことも想定されていた。その場合は兵士を使って追えばよいだけのこと。

しかし魔物が押し寄せた上で街が無傷とは想定外。

それだけの魔物を押し留めるような大戦力がファティエにあるのであれば、下手に兵士を送り込んだところで損耗するだけだ。森人族《エルフ》を追う手も足りなくなるのは明白。

かといって森人族《エルフ》を追うことに全兵力を注ぎ込めば街への締め付けが不十分になる。

「軍令部はどうしておる？」

「森人族《エルフ》を追うか街の処理を行うか、どちらかに注力するか議論が紛糾しております！私が出てきた段階では兵を半々に分けようという意見にまとまりそうでしたが」

「愚物どもめ」

着地点を探ったような半端な結論に男は舌を打つ。その判断の背景にある思惑、いや、卑怯《ひきょう》さが氷のように透けて見えている。

「どちらを放置しても後で責任を追及される。だからとにかく両方に手だけはつけようとし、結果どちらも半端になって失敗する。組織にままある愚かな妥協よ」

「まさかこのような事態になるとは……。申し上げにくいですが、今回の部隊は、その」

「数を揃《そろ》えて見てくれこそ立派だが、その中身は遠征した主力の余り物。想定外の事態に寄せ集めの脆《もろ》さが露呈するは必然よな。あるいはそれを予見して誰かが描いた絵図か。森人族《エルフ》にしては知恵が回りすぎているが……」

誰が何かしらの大きな戦力がファティエを守っていることだけは間違いない。その正体は斥候の報告を待たねばならないが、今はその時間が惜しい。

何か手はないかと考えた末、男は伝令の兵士に指示を飛ばす。

「森人族《エルフ》は全て逃げたのだったな？」

「全て、あるいはほぼ全てでしょう」

「ならば簡単だ。森人族《エルフ》がいれば容易に対策されたろうが、逃げ去ったならば今が好機」

「どうなさるので？」

「ごく少数で構わん。動かせる兵を集めてファティエに侵入せよ。任務内容はただひとつ」

そうして取り出したのは青い液体の入った瓶。

そこには毒物を示す警告印が刻まれていた。

「東寄りの井戸に毒を入れよ。どのような戦力がファティエを守っているにせよ、水を飲まぬということはありえぬ。必ず殺せる」

◆◆◆

「……と、師匠なら考えるはずだ」

雪原の中で歩を進めつつ思案する。ダンジョン『看取《みと》りの樹廊』も中下層域に入ったことが風景の変化で分かった。吹雪はますます激しくなり、気温は今も下がり続けている。

もしスキルや魔術による保護がなければ体は無事でも脳へのダメージで激しい頭痛に襲われて昏倒《こんとう》するだろう。

極寒の雪山へと向かった冒険者パーティのうち頭を保護していた者だけが生き残り、それ以外はそうして死んだ事例を聞いたことがある。

そんな環境を進みながら、アルトラが魔物の足止めに成功しレモンドたちも逃走を開始していた場合に敵が取るであろう行動を再予測していた。

「井戸に毒とはまた……。でもそれやったらファティエに誰も住めなくなりません？　責任追及されるやつでは」

「森人族《エルフ》の置き土産だとでも言って罪を被《かぶ》せてしまえば後は政治家と医者の仕事、とでも考えているだろうさ。師匠が動かせる兵士は多くないだろう。だが秘密保持や証拠隠滅のためには少ないほどいい」

「なるほどー」

「特にアルトラたち、向こうから見れば『謎の大戦力』が魔物を食い止めているという状況を利用できる。アルトラたちに殺されたことにすれば兵士の数人程度が消えても怪しまれないし、捕まえた森人族《エルフ》を拷問にかけるなり買収するなりして『井戸に毒を入れた』と言わせれば全ては闇の中だ」

「なるほどー」

「加えて、毒を入れて回るついでに森人族《エルフ》と政府の密約に関する証拠を回収できるかもしれない。こっそりと持っておけば後でいくらでも利用価値が出るだろうから、そういう意味でも裏町が無傷で無人の今この時に師匠なら動くはずだ。俺が師匠ならそうする」

「【技巧貸与《スキル・レンダー》】さん【技巧貸与《スキル・レンダー》】さん」

「なんだ？」

「【技巧貸与《スキル・レンダー》】さんにそういうことを実行しないだけの最低限の良識があって本ッ当によかったと思いました」

「最低限か……」

自分が善人でも良心的でもない自覚はあるから反論もしないが。

もっとも、そんな俺よりも隣のコエさんの方が憮然《ぶぜん》とした顔をしている。

「マスターはマスターの正義に従って行動されておられます」

「コエさん、気遣いありがとう。俺は気にしてないから」

「善悪の基準というのは不明瞭で流動的なものなのです……」

「てか、そもそも【技巧貸与《スキル・レンダー》】さんのマイスターはどうしてそこまでするんです？」

「人生の最後まで豊かに生きたい、世に自分を刻みたいと考えるのは何も不自然なことじゃないさ。アルトラを見れば分かるだろう」

「執念が常軌を逸してる気もしますが、理解はしました」

話を戻す。問題は敵の動きにどう対応するかだ。

「で、そうなるって【技巧貸与《スキル・レンダー》】さんは読んでいたわけですよね。井戸に毒を入れるというのもあくまで可能性のひとつで、実際はどういう方法で殺しに来るか分からないわけですが、どう対処するんです？」

「コエさん、頼んでいたことは？」

「マスターの予測をまとめ、レモンド様とアルトラさんたちに覚書を渡しました。敵の裏をかけるかと」

「さすが【技巧貸与《スキル・レンダー》】さんとコエさんは抜かりないです」

だったら自分たちの仕事はこっちですね、とアンジェリーナは前方に目を向ける。吹雪によって視界が限られる中、危険察知のスキル【斥候の直感】が猛烈な警報を上げ始めた。

やがて現れたのは巨大な石扉。刻まれたレリーフは猛禽《もうきん》、おそらく鷲《わし》だった。

「第二の『将』ですか」

「ヴィタ・タマの『紅奢《ぐしゃ》の黄金郷』を参考にするなら、第一の『将』の数倍は大きく強いことになります」

「さっきみたいにドロッとはいかないと思った方がいいですね」

鷲の魔物は種類が多く、現状からは予測もしづらい。ならば迷うだけ無意味だ。

「開けるぞ」

「合点」

先も言ったように扉を開けた瞬間に何かが襲い来る可能性もある。十分に注意しながら手をかけた石の扉がギ、と重い音を立てて開いた瞬間。

白い影がその間から抜け出した。一拍遅れて猛烈な風が吹き荒れて視界と聴覚を奪う。身構えていた俺とコエさんは不可視の剛腕で、アンジェリーナはゴーレムで自分の身を覆ってはいたが、すぐに気づく。部屋にいた魔物が俺たちを襲うのでなく外を目指して飛び去ろうとしていることに。

――キアアアアア!!

吹雪の向こうから切り裂くように甲高い声。動く物体を感知する【神眼駆動】を失った目では捉えきれない。

「アンジェリーナ」

「です！」

だが目で捉えられないことなど魔物との戦いでは日常茶飯事。捉えられないなりに対処すればよい。

「吹き荒《すさ》べ、『嵐風術《アイオロス》』！」

「【泥土の嬰児《デイドミドリゴ》】、再起動！『縁結のロール・オール』！　パパ、とっ捕まえて叩《たた》き落として！」

空を飛ぶものは気流を無視できない。突風で動きの止まった影へと鎖型のゴーレムが蛇のように伸びて絡めとる。

だがそれも一瞬、まるで霞《かすみ》でも摑《つか》んだようにすり抜けて逃げられた。分かったのはそれが大きく白い翼を持つということ。ちらと見えたのみだがその姿には心当たりがあった。

「極寒の土地に棲《す》み、捕らえられない大鷲の魔物……。カパラチリの神鳥か！」

「ジェリたちに興味がないみたいですが、どういう魔物です？」

「記録で呼んだことがある。あれは囚《とら》われの身でいることをよしとしない。おそらく俺たちよりも外界に目を向けているはずだ」

　ダンジョン内で生まれ、『将』としてこの場で生き続けていたのだろう。そうして待っていたのだ。誰かが部屋の扉を開けるこの時を。

　通常ならば魔海嘯《マカイショウ》でもないのに魔物が外に飛び出すなどあり得ないが……。

「ダンジョンの性質に逆らえるだけの格と強さを持った魔物だ、ってことだ」

「どうします？　無視して進めば早いですが」

　このまま外に出してしまうのはあまりに危険だ。だがこの吹雪の中、高速で空を飛ぶ魔物と空中戦を繰り広げれば時間と体力を大きく消耗しかねない。迷っている時間はない。

判断を下そうとしたところで、俺はそれが必要ないことを知った。

「……いや、大丈夫だ。何もしなくていい」

「どうせエサになるのは変態さんだからです？」

「そうじゃない。奴《やつ》はこのダンジョンから出られはしないってだけだ」

【斥候の直感】が先ほどを遥《はる》かに超える猛烈な警報を上げている。

　頭上を飛ぶ大鷲からではない。方角は後方、俺たちが進んできたのと同じ道を一直線に突き進む強大なマナの塊。

やがて吹雪の向こうに薄《う》っすらと黄金色の閃光《せんこう》が煌《きら》めいた。小さな星のようだと、そう思った次の瞬間にそれは巨大な狼《おおかみ》となって頭上にいた。

「【装纏牙狼《ソウテンガロウ》】」

【マナ活性度：7416808】

カパラチリの神鳥に食らいつく。大鷲にとって想定外の速度と高度から襲い来た攻撃は的確に翼を捉えた。そのまま地面に引きずり下ろしてしまえば鷲が狼に敵《かな》う道理はない。

やがて動かなくなった大鷲を前に、黄金の狼は高く高く吠《ほ》えた。

「シズクちゃん!? どうしてここに……。いえ、魔物を辿《たど》ってきた感じですか」

シズクもファティエと反対側、キヌイ近郊で魔物を食い止めるために戦っていたはずだ。

それがここにいるということは、魔物の群れを止めただけでなく押し返したということ。

それを証明するように【装纏牙狼】はかつてないほどの輝きと密度でシズクの体を覆っていた。

「やっぱりマージたちも来てたんだ。途中の『将』の部屋がすごいことになってたからそうだと思った」

「早かったな、シズク。里とキヌイの様子はどうだ」

「父上とヴィントル殿の対応が早かったから大きな混乱はない。魔物の大波も退けたし、あとは残してきた戦士たちだけで大丈夫だ。ボクは根を断つために魔物の流れを遡ってきた」

「え、一人でです？　いくらなんでもそんなことできるんです？」

「不思議なんだ。このダンジョンに近づくほどに【装纏牙狼】の力が増している。特に中に入ってからの強化は絶対に気のせいなんかじゃない。今までとは比べ物にならないくらいにマナが漲《みなぎ》って弾《はじ》けそうだ」

シズク自身も理解できていない現象だが、俺にはひとつ心当たりがあった。

「レモンドはこのダンジョンについて役立ちそうな情報を書き留めて渡してきたが、その最後にこうある」

『叶《かな》うならば狼人族《ウエアウルフ》を連れて入れ』

「ここが星の子宮だとするなら、ここのマナを受けて生まれた亜人族がいるはずだ。あるいはそれが……」

「ボクら狼人族《ウエアウルフ》ってこと？」

「そう考えれば辻褄《つじつま》は合う。アズラたちもそうだったしな」

鉱人族《ドワーフ》のエンデミックスキル【命使奉鉱《メイシホウコウ》】。鉱石や金属と対話して思いのままに操る強力なスキルだ。『王』との戦いの折にはアンジェリーナが操る超巨大ゴーレム『待ちぼうけの大賢老』にふさわしい大戦槌《せんつい》を生み出して勝利に貢献した。

それはかつて彼らがこの土地で暮らしていた頃から持っていたスキルではあったが、今ほどの力はなかったとも記録に残っている。住処《すみか》を追われて放浪し、やがて惹《ひ》きつけられるように『紅耆の黄金郷』の近くへと移り住んだことで今の強さになったのだ、と。

「エンデミックスキルは対応する星の子宮に近づくと力を増すってことだ。シズクの今の状態がここが狼人族《ウエアウルフ》の根源であることの証左になる」

「ここが、ボクらの……」

感慨深げに周囲を見渡すシズク。その胸にあるのは懐かしさか昂《たかぶ》りか。

だがそれらを押し留《とど》めるようにシズクは「行こう」と前を向いた。

「シズク？」

「それは狼人族《ウエアウルフ》にとっては一大事だし、戦士として力を試したくはある。けれど今は大局を見るべき時だ。あくまで冷静に淡々と情報を共有しよう。マージ、山向こうはどうなってる？」

シズクの成長を感じずにはいられない。後進の育つ速さに驚かされつつ、俺は情報を整理して伝えることに集中する。

「山向こうでも街が魔物に蹂躙《じゅうりん》されないようにアルトラたちが戦っている。レモンドも敵軍を攪乱《かくらん》して時間を稼いでいるはずだ。あちらが持ちこたえている間にこのダンジョンを攻略するため、俺たちもシズクと同じようにここまで来たところだ」

俺の言葉を飲み込み、シズクは冷静な素振りで数度頷《うなず》いた。

「なるほど、アルトラたちが。……アルトラ!? アルトラって、あのアルトラ!? えっ、アルトラが!?」

「そういう反応になりますよね」

「ファティエで色々とあってな」

　さすがに驚いたのか声を上げたシズク。恥じ入るように咳払《せきばら》いしつつもやはり経緯は気になるらしい。

「どんな色々があったらあのアルトラに背中を任せるような事態に……」

「あとでゆっくりと話して聞かせてやる。今は目の前のことに集中だ」

「あ、ああ。そうだね、冷静に淡々といこう。生きていたのか、あいつら……」

　まだ動揺はあるようだが大丈夫だろう。ここから先は人工魔海嘯《マカイショウ》による影響も弱まり、通常通りに魔物が立ちはだかるはずだ。それをいちいち相手取っていては時間がいくらあっても足りない。

　ならば一気に駆け抜ける。

「第二の『将』を倒した今、残るはおそらく『王』だけだ。最速で向かいたいが、シズク、行けるか？」

「ああ。【装纏牙狼】、再起動」

【マナ活性度：7416808】

【マナ活性度：30144107771】

【マナ活性度：1353470435l7】

　伸びていく。大地の地精を受けて強化される【装纏牙狼】の力がどこまでもどこまでも膨らんでいく。

「おおお、想像以上のフサフサ感」

マナの毛並みが、牙が、爪が力強さを増していき、やがて完成したそれは背に乗れというように地に伏せた。真っ先に飛び乗ったアンジェリーナがその柔らかさと暖かさに感動している。

俺たちの体の周囲も金色のマナで覆うと、狼はゆっくりと立ち上がった。

「全員乗ったね？　行くよ」

それは風のように。元より【剣聖】に並ぶ速さを持つ【装纏牙狼】だ。完全なる力を発揮した今、ダンジョンに居並ぶ高位の魔物ですら認識する前に置き去りにする速度となって俺たちを奥へと運ぶ。

それればかりか奥へと向かうほどに力も速さも増していくようにすら感じる。

「はやややややや」

「これが亜人族が持つエンデミックスキル本来の力……恐ろしいな」

その速度を以《もっ》てしても最奥までは今しばらくの時間がかかるらしい。情報整理と体力回復に努めようと考えながら周りに目をやってみて、ふと思う。

「……またこんな風にダンジョン攻略をすることになるとは思わなかったな」

「マスター？」

「俺たちは四人。俺とコエさんを合わせて一人としても三人。これはパーティと呼んでいい人数だ」

ダンジョン攻略はパーティでするのが当たり前だ。駆け出し同士で知恵を絞りながらD級やC級を攻略することに始まり、運と実力に秀でた者はやがてA級、そして激甚災害の根源たるS級へと挑む。そうして時にメンバーの離反や死別を経ながらもパーティとして名を上げていく。それが冒険者の生き方だ。

俺もそうだった。七年目に裏切られ、力を手にし、それからはコエさんと二人きりの攻略を続けてきた。パーティを組むことなどもうないと思っていたが。

「パーティを組んだ冒険者は何倍もの力を発揮する。だから冒険者はパーティを組む。スキルをシナジーで選ぶように、人間にもまたシナジーがあるんだ」

「マスターにとってそれが好ましいのでしたら、私にとってもそれが最善です」

「パーティもシナジー。そういうもんですか」

「そういうものだ」

「ジェリは【技巧貸与《スキル・レンダー》】さんとはシナジーめちゃくちゃありますしね。ザ・仲間ってやつです」

「仲間、か」

「です」

なんとなく湿っぽくなったので、シズクに話を戻す。【装纏牙狼】の力は今も加速度的に増しているようだ。

それより不思議なのが、シズクが一切の迷いやためらいなくダンジョンを突き進んでいくことだ。視界も不十分なまやかしの森でそんなことが可能とは思えない。

「シズク、道順は分かるのか？」

「分かる。どちらに向かえば自分の力が強まるのか、その根源がどこにあるのか。進めば進むほど明瞭に感じる。マージたちには見えていないかもしれないけれど、ボクにとっては目を閉じても見失わないほど強い光だ」

「それほどにか。やはり妙だな……」

「【技巧貸与《スキル・レンダー》】さん、どうかしました？」

「前々から疑問だったことがあってな。スキルについてだ」

俺はスキルというものについて常々疑問を感じていた。

俺が【技巧貸与《スキル・レンダー》】というスキルそのものを扱うユニークスキルの持ち主だから殊更に感じるのかもしれないが、この世界においてスキルというのはどこか異質な存在ではないだろうか。

「異質です？　まあ不思議な力ではありますが」

「例えばだがアンジェリーナ、スキルはなぜ数字で管理されているんだ？」

「スキルポイントのことですか」

「ああ。この世界にはいろいろな力がある。星がものを引き寄せる重力、磁石が生み出す磁力、マナの巡りから生み出される魔力……。人間がそれらを研究する時に数字を後付けすることはあるが、スキルだけは最初からスキルポイントという数字で管理されているだろう」

「まあ、そうですね。だから【技巧貸与《スキル・レンダー》】なんてスキルもあるわけですし」

「人間にとってあまりに分かり易《やす》すぎないか」

品種改良という概念がある。

少しずつ異なる家畜や農作物同士をかけ合わせ、人間にとって便利で都合のよい品種を人為的に作り出す技術のことだ。乳のよく出る乳牛、人に従順な竜種、鮮やかな大輪の花を咲かせる薔薇《ばら》……。そういったものが過去にも生み出されてきた。里で栽培しているイネもともと自然界には存在しなかった種のはずだ。

スキルという存在から漂う異質感はそれに近い。人の手の及ばない原野に華美な薔薇が茂っているような違和感がある。

「もしスキルがこんなに分かり易くなければ人間はダンジョンを攻略できず、繰り返される魔海嘯《マカイショウ》でとうに滅びていたに違いない。極めつけがエンデミックスキルだ。人間の手に負えない超S級ダンジョンがあると亜人族が生まれ、奥に行くほど強くなって攻略の助けとなる。これは果たして自然が生んだ偶然なのか？」

「それは人間原理で説明がつくのでは」

「奇跡はそれを見る人間がいるから起きた、か……」

この世界の成り立ちは未《いま》だすべて解き明かされていない。なぜ生命は生まれたのか、なぜ太陽は光るのか、なぜマナは巡るのか。どれかひとつでも欠けていれば人間は存在し得ない奇跡がこの世には満ちている。

ある聖職者は言う。「そんな奇跡が都合よく重なるなどあり得ない。人間が存在することは偶然ではなく超常的な意思によるものだ。神の時代のさらに前から大いなる知恵が働いているのだ」と。

ある長老は言う。「無限に流れる時の中、世の理《ことわり》は常に変化している。人間が生まれるのに都合のよい理が生じることがあっても不思議ではない。ただそれはほんの一瞬。我々は長大な時の流れに浮かんで消える泡沫《ほうまつ》にすぎないのだ」と。

一方である学者はこう考えた。

「『奇跡としか呼べないそれも、起きたからこそ我々が生まれて奇跡と呼ばれるようになった。人間が奇跡的な世界に生きているのではなく、奇跡が起きた世界に我々が暮らしているにすぎない』。人間原理はだいたいそういう考え方だったな」

「低確率だろーが奇跡だろーが起きちゃったんだから仕方ない理論、ともいいます。すぱぱんぱんと割り切っててジェリは好きです」

「この世の始まりなど学者さんはお好きな印象ですが、ご興味はないのですか？」

「起きたってことは不可能じゃないんで割とどうでもいいです。錬金術は不可能を探す学問です」

「なるほど」

「確かに出来すぎてる感はありますけど、そんなスキルがあったからこそ人間は繁栄してジェリたちはここにいるんです。もしなかったらなんて考えるのは劇作家さんのお仕事です」

ただ、とアンジェリーナは言葉を切った。

「もし【技巧貸与《スキル・レンダー》】さんの言うようにスキルシステムが何者かの意思で作られたものだったとして。亜人族とエンデミックスキルが超S級ダンジョンへの切り札として用意されたのだとしたら」

「したら……？」

「それをつまらない欲で排斥し滅ぼそうとしたジェリたち人間、実にお馬鹿さんですねー」

「……ああ、そうだな」

もしも一部の人間が望んだように亜人族が根絶やしにされていたとしたらどうだ。星の子宮がいざ魔海嘯《マカイショウ》を迎えようとした時、それを阻止できる冒険者は人間の中にいるだろうか。人間の手で危機を退けることはできるだろうか。

「亜人を排除し、人間に己の力を過信させる。実はそれこそが人類を滅ぼそうとする計画だったのですとか言ってみたくもなりますが、それは小説家さんのお仕事です」

何より、人間の手による阻止を本気で志して千年以上にわたって備えたのがエメスメス家だ。それが実は鉱人《ドワーフ》こそが主役で、自分たちは横槍《よこやり》の端役でしかなかったと知った五十代目当主の心中はいかばかりか。

巨大ダンジョンの『王』は例外なく強大だ。強敵との戦いを控えた今、心の乱れや迷いは無視できない要素となる。待機させることも考えるべきかと思いアンジェリーナに目をやれば、小さい手をあっちからこっちへと動かす動作をしていた。

「まあ過ぎたことを気にしても別に面白くないので、それはシズクちゃんの尻尾らへんに置いとくとしてですね」

置いておけるならいいことだ。

「スキルが人為かもって視点に立つと、【技巧貸与《スキル・レンダー》】こそ異質なスキルです」

「どういうことだ？」

「【技巧貸与《スキル・レンダー》】さんはまあまあ慎重に使ってますけど、それって自重なしで使えばエンデミックスキルとか全無視していいレベルで強くなれるじゃないですか。っていうかなってるんですけど。バランスみたいなものを一人だけ無視してます」

アンジェリーナは周囲をぐるりと見渡す。つられて目を上げてみると、吹雪を切り裂き純白の中を突き進むような風景にどこか保護領域のことを思い出した。

今だ最奥に辿《たど》り着かない広大さ。自然の過酷な部分だけを切り出したような理不尽さ。これを人間の手でどうこうしろというのは土台無理があるとアンジェリーナは言う。

「『紅奢《ぐしや》の黄金郷』にしたってこの『看取《みと》りの樹廊』にしたって、【技巧貸与《スキル・レンダー》】さん抜きならエンデミックスキル持ちの亜人族をズラッと揃《そろ》えてやっとどうにかなるかなってレベルです。それかエメスメス家みたいに千年単位で備えるかしないと無理無理のかたつむりですよ」

「なら、それを単独でも可能な俺は……」

「明らかにぶっ壊れてます。もし本当にスキルというものが何者かの意思で作られたのだとしたらですね。【技巧貸与《スキル・レンダー》】ってスキルには何か特別な役割があるのかもしれません。知りませんけど」

そう言ってアンジェリーナはちらとコエさんに視線をやった。

コエさんのような疑似人格が補助として用意されているスキルというのも他に聞かない。何より、保護領域で初めてコエさんと言葉を交わした時に彼女はこう言った。「人格は設定されている」と。

設定されているということは設定した誰かがいるはず。誰なのかは今もって不明なままだが、今のアンジェリーナの話と合わせると更に謎は深まる。

その何者かは俺に何をさせようとしている。

「私もお答えしたいのです。ですが申し訳ございません。思い出そうとするとまるで鍵もかかっているかのように……」

「ですかー」

「話しているところ悪いけど」

会話を遮るように、前方からシズクの声がした。高速の走行に制動がかかり、雪を巻き上げて黄金の狼《おおかみ》が停止する。

止まったその先には巨大な、おそらく人類が今まで作ったどれよりも大きな扉が鎮座していた。刻まれたレリーフは。

「狼、か」

「着いたよ。ここが最奥だ」

シズクは相当な距離をひと駆けに駆け抜けたとは思えないほどに平然としている。無理している様子もない。

それだけ【装纏牙狼《ソウテンガロウ》】が強化されているということか。

「シズク、体の調子はどうだ」

「いいよ。すごくいい。これが狼人族《ウエアウルフ》本来の力。かつて狼王《ろうおう》と呼ばれた父祖が振るった力の、その完成形。そう確信できるだけのマナが、気力が、意志が漲《みなぎ》っている。ただ……」

目に戦意と殺意を宿しながら、シズクは巨大な扉を見上げた。

「それを以《もっ》てしても爪を触れさせることすら叶《かな》わない。そういう存在がこの向こうにいる」

「本来なら【装纏牙狼】に目覚めた狼人族《ウエアウルフ》の戦士が百人、二百人と集まって挑むものなんだろう。無理もない」

一体目の『将』は道を極めた人間になら倒せる。

二体目の『将』は地精に愛された狼人族《ウエアウルフ》なら倒せる。

そして『王』はそんな狼人族《ウエアウルフ》が束になってようやく倒せる。

そういう強さが見て取れる。

「難易度設定おかしいですよね。一体目の『将』が何体いても敵《かな》わないような二体目の

『将』……が、さらに何十体いても敵わないような『王』って。もうちょっと段階というものをですね」

「文句を言っても仕方ないよ。それにボクらには百人力の錬金術士と、何より一騎当千の王がいる。ダンジョンの『王』と渡り合える最強の王だ。ここに来られなかった父祖たちのぶんまで、ボクはマージと共に戦う」

「ま、【技巧貸与《スキル・レンダー》】さんとで駄目だったら誰とでも同じです。ジェリはいつだって【技巧貸与《スキル・レンダー》】さんを選ぶだけです」

この扉を前にしてパーティのメンバーは意気軒昂《いきけんこう》だ。俺の知る限りでも最善、最強といえる面々でここに来ることができた。

いかなる強敵であろうと負ける要素はない。

「皆、行けるな」

「はい、マスター」

「御意のままに」

「右に同じ」

三人に頷《うなず》き返し、【阿修羅《あしゆら》の六腕】を起動。狼のレリーフが刻まれた巨大な扉に手をかける。ズズ、と重苦しい音を上げて扉を動かすと猛烈な力の気配が溢《あふ》れ出した。

「……え？」

あまりにも、あまりにも濃密なマナの奔流。気を抜けば意識すらも押し流されそうなその激流の中で俺たちは声を聞いた。男とも女ともつかない、ただただ涼やかな声だった。

——何者か。

3．宿命

——何者か。

「喋《しゃべ》った!?」

「魔物が言葉を……？」

「そんなことがあるなんて。一体どうやって……」

シズクとコエさんは驚いているが、アンジェリーナは冷静だ。

「【技巧貸与《スキル・レンダー》】さん」

「ああ、今回はロード・エメスメスの時とは違う。本物だ」

「魔物が言葉を操れること自体はそこまで驚くことじゃないです。高い知能を持つ魔物は色々知られていて、単に魔物側に人間と同じ言葉を覚えて意思疎通する意思も意味もなかったというだけです。だから……」

「なぜ喋れるかは気にすることじゃない。何を喋るかに集中しろ、だな」

「です」

敵の問いは「何者か」。ならば答えよう。

「俺はマージ。人間ながらに狼人族《ウェアウルフ》に王と戴《いただ》かれた者だ」

——その力……ふむ、あの折の賢者か。久しいな。

「……俺のことを知っているのか？」

——時は流れ生まれ変わり、力と物言わぬ遺志が残るのみ、か。人の身には長すぎたと見える。

「生まれ変わり？　俺が？」

「……仮にそうだとすればとんでもない話ですよ。代々記憶を継承していくまでもなく、自分が後の時代に復活すればそれでいいだけの天才だったってことですから」

「何か知っているのか？　俺が何者なのか。俺のスキルが何のためのものなのか」

——何も知らぬのならば、それが彼奴《きやつ》の意図なのだろう。この身から述べることはない。すべきはただひとつ。

「ッ、全員俺の周りに!!」

——我が役目を果たすだけのこと。二千と幾百年ぶりに踊ろうぞ、旧友よ。

攻撃が来る、と直感しての行動だった。

斬撃や打撃なら【阿修羅の六腕】と【神刃／三明《サンミョウ》ノ剣《ツルギ》】で対抗する。

魔術ならこちらも魔術で対抗できる。

数で来るのならアンジェリーナのゴーレムが有効なはず。

「か、は……!?」

だが俺たちを襲った攻撃はそのどれでもなかった。否、攻撃と呼べるものなのかも分からない。

息が、できない。

——ここまで辿り着いたからには、屈強なる『将』をも倒したのだろう。もはやいかなる強撃を以てしてもお前たちを倒せはしまい。

——ここまで辿り着いたからには、冷気を我が物としたのだろう。もはやいかなる酷寒を以てしてもお前たちを倒せはしまい。

——だが、知っているか。

「お前、は」

美しい。ただただその言葉だけが頭に浮かぶ姿だった。

純白の狼だ。白蛇、白鷲《しろわし》に続くに相応《ふさわ》しい、新雪のように汚れなき白。だがその体から溢れ出る力はこれまで戦った『王』の中でも頂点を争う。

その目に宿るのは確かな知性。獣としての、本能としての賢さではない。論理的に考え、理知的に判断することで優れた結論を導く力を備えた『知恵の獣』がそこにいた。

——水や人と同じく、大気もまた凍るのだ。

「空気の、沸点……!!」

アンジェリーナが苦しげに声を漏らす。

沸点とは水や酒が沸騰して湯気となり消える温度のことのはず。もしや空気も極々低温では水や氷のように形があるのか。

『冥氷術《コキュートス》』で冷気そのものは防げても、空間の空気を全て固められれば呼吸はできない。

急激に視界が歪《ゆが》み、目を開けていられなくなる。

この場にいては危ない。

「【空間跳躍】、きど……」

座標移動のスキルを試みるが空振りに終わった。呼吸ができなければ思考ができない。人間の体はそうできている。

座標を指定し、その先を走査して飛ぶ【空間跳躍】は起動できない。

何か、何か手はないか。たったひと呼吸を手にする方法は。

そう考える俺の顔に、ひんやりとした手が添えられる感触。目を開けると、コエさんの顔が間近にあった。

「マスター、これ、を……」

口移しに送り込まれたのはほんのひと呼吸分の空気。だがその一息が俺の意識を蘇《よみがえ》らせる。

消えかかった思考が巡り、巡った思考は命を繋《つな》ぐ。

何ができるはずもない束《つか》の間《ま》の延命。だがそうして得た時間がなければ、俺は気づくことなく敗れていただろう。

長らく手元を離れていたひとつのスキルが戻ってこようとしていることに。

◆◆◆

ファティエ近郊。

放たれた水の魔術が河となり、押し寄せる魔物の群れを大きく押し戻す。尚《なお》も抵抗する魔物にもエリアは杖《つえ》を振りかざして譲らない。

「其《そ》は旅路を阻む大河、『撃流蒼水《タイダルウェイブ》』」

「アルトラ、ほんの数拍だがおれたちが敵を止める。息を整えろ」

エリアとゴードンの後ろでは、全身に返り血を浴び傷を作り、もはや誰のかも分からない血に塗《まみ》れたアルトラが荒く息をしている。痛みを感じずとも体にダメージは蓄積し、過剰に飲み続けた新緑の腐敗《ヴェールズ・ロット》の影響か目の下には濃い隈《くま》ができ手も小さく震えている。

「クソ、剣の稽古はサボるもんじゃねェな……」

「アルトラ、もう限界だ！　それ以上は本当に死ぬぞ！」

「はっ、アルトラ様がやらねェで誰がやるってんだ」

口では強がるが既に体が悲鳴を上げているのは痛みを感じずとも分かる。ゴードンもエリアも限界が近い。

「店、守れねェのかよ……！　まだかマージ!!」

アルトラの叫びは虚《むな》しく空へと消えた。

だが、まるでそれに答えるかのごとく揺れたのは地面の方だった。

「なっ、地震!?」

「うお」

終わりの見えない戦いを続けるアルトラたちの、その両脚が踏みしめる地面が大きく揺れた。

「な、なんだ!?」

「注視。山脈方面」

真っ先に異変に気づいたのはエリア。指差す先は東、レオン・エナゴリス山脈の上空。

夜でも分かるほどに黒く分厚い雷雲が峰々を覆い隠していた。時折走る稲妻が山脈を照らしている。

目の下に隈を作ったアルトラは気怠《けだる》げにそれを見上げて、興味なさげに目を伏せた。

「あの雷雲がどうしたって？　山の天気は変わりやすいもんだろうが」

「ただの雷雲ではない。濃密すぎるマナの巡りが生む光の屈折現象と推測。マナというのはこの星を循環する不可視の力だが……。あまりの濃度で雲のように見えている」

「つまり、どういうこった」

「強大な力を持つ何者かが戦っている。位置から察するに『看取《みと》りの樹廊』内部での戦いの余波」

「余波で山を覆う雷雲ができるってのか……!?　戦ってるのはマージか？」

エリアの予想にアルトラも思わずもう一度顔を上げた。地下深い迷宮にいながら巨大な山脈を覆い隠すほどの雷雲を生み出す。それほどの存在があの下にいる。

何より、自分の宿敵がそれと戦っているかもしれないという事実。

「マージとそれに匹敵する、あるいはそれ以上の存在とが戦っていると推測」

「あんな天変地異と戦ってんのか、あいつ……！」

あまりに圧倒的な差というものは時として人から気力を奪う。

体が疲れ切った時、人の心はいとも容易《たやす》く弱さを見せるものだ。それは元S級冒険者とて例外でない。ゴードンはぼそりと呟《つぶや》く。

「……もう、おれたちが戦う意味なんかないんじゃないか？」

「あ？」

「だ、だってそうだろう。あんな桁違いの戦いをしてる足元でおれたちがやってることはなんなんだ？　マージはあんなのに勝てると本気で思ってるのか？　あいつが負ければどうせ終わりじゃないか」

「違うだろうが」

剣を杖に立ち上がる。

もう足も満足に動かないが関係ない。

「奴《やつ》がでけェ戦いをしてるってのに、オレたちはこの程度の戦いで先に剣を置くのか？

もう力で奴に敵《かな》わねェのに、戦意でまで負けるのか？」

「それ、は……」

「そんなもん死んでも認めねェ！　奴が負けて全てが終わるとしても、オレが先に膝をつくことなんざ二度とあっちゃならねェんだよ!!」

「諦念。もはやその馬鹿は死ぬまで直らない。否、蘇生《そせい》術があるから恐らく死んでも直らない。よって方向修正は不可として問うが具体的にどうする」

「気合で戦うにしても限界だぞ」

　ぼやきつつもゴードンは己を恥じるように前を見据える。まだまだ魔物の終わりは見えず、こちらは装備も体力もろくに残っていない。

　それでも戦うしかないのだ。ここにいる限り。そうと分かった上でのエリアの問いに、アルトラは答えを出せずにいた。

「クソが、どうする。何かないか、何か……！」

　何かないか。もう何もない。

　その堂々巡りの思考を断ち切ったのは背後からの声だった。

「アルトラさん！」

　駆け寄ってくる金髪の少女。よほど急いで来たのかあちこちに擦り傷が見える。

「ミーナ!?　お前、店にいろっつったろうが!!」

　思わぬ事態に怒鳴りつけたアルトラに、しかしミーナは臆さず返す。

「でも、それじゃ戦えません！」

「いいから帰れ！　お前がそこに突っ立っててもできるこたねェ！」

「嫌です!!」

言い出すと頑固な少女にアルトラは頭を掻《か》くしかできない。魔物も迫っているというのにどうしてこうも厄介事が増えるのかと文句のひとつも言いたくなるが、そんなことをしても始まらない。

「ミーナ、お前を店に置いたのは戦場で役に立たないからってだけじゃねェ。ナルシェ軍の連中は井戸に毒を入れるくらいはやるって言ったろうが。残ってる裏町の連中をかき集めて目を光らす役目に戻れ」

「かき集めるまでもありませんでした」

店に帰らせるための方便だったが、ミーナの返答は意外なもの。

「裏町の人はほとんど逃げずに残って戦ってたんです。家や店を守るために」

「予想はしてたがバカばっかかよ。軍と魔物の挟み撃ちだってのに」

「けどおかげで人手は十分！　井戸に毒を入れようとした兵士や裏町を物色してた騎士はとっ捕まえて酒蔵に放り込んであります！」

「本当に入れられてねェのか？　確かめたのか？」

「確かめる時間はありませんでしたけど、火をかけられた時に備えて酒樽《さかだる》をまた水樽に入れ替えてますからね！　万一があっても当分は大丈夫です！　備えあれば嬉《うれ》しいな！」

「……憂いなしな。素人が前線に来たおかげでこっちは憂いの塊だけどよ」

ミーナは治癒のスキルを貸与されてはいるが戦いの素人だ。そんなものを守りながらの戦いができるほど状況は甘くない。せめてミーナが自分の身だけでも守れるのなら戦況が変わるのにと、やめたはずのない物ねだりを始めた自分に苦笑したアルトラは、しかしミーナの後ろから駆けてくる人間たちがいるのに気づいた。

一人や二人ではない。十人、二十人、まだ増える。

「酒屋のハインツに樽修理のヴァルターに……。うちの店の常連や、近所の連中も……！」

集まったのは、酒場『ファンシーミーナ』で何度も見た顔ばかりだった。ナルシェ兵から奪ったり物置から引っ張り出したと見える半端な装備を身に着けた男たちは、ミーナの周りを囲んで意気を上げている。

「退役兵に歩荷《ぼっか》人足、大工に坑夫！　体力に覚えのある奴を片っ端から集めてきた！」

「魔物と正面きって戦うのは無理だが、お前らが取りこぼした分くらいはどうにかしてやる！　存分にやれ！」

「魔物が一匹こっちに来るごとにツケひとつ帳消しってことで！」

あまりにも貧弱で頼りない援軍だった。

だがそれが限りなく心強い。つい感謝の言葉を口にしかけて、しかしアルトラは親指を下に向けた。

「最後のは却下だ！　ツケは払え！　ビタ一文まけねェ!!」

「守銭奴が！」「顔しか取り柄のねェクズ男！」「エリアちゃんにも怪我《けが》させてんじゃねえか死ね！」「尻から血噴いて死ね！」「町を守りきってから悶絶《もんぜつ》して死ね!!」

「……応援に来たのか邪魔しに来たのかどっちだよ」

遠慮なく飛んでくる罵倒の嵐にアルトラもさすがに気圧《けお》されたが、これもまた裏町の流儀。改めて魔物と対峙《たいじ》して剣を握りしめる。

エリアが生み出した激流はすでに勢いも衰えて魔物の前進は止まらない。だが不安は消えた。

「アルトラ、ミーナがこの近さにいるなら話は変わるぞ」

「肯定。そも『神銀の剣』の戦闘教義《ドクトリン》はティーナという回復役が前線にいるものとして組まれている。これで漸《ようや》く本来の戦闘力を発揮できる」

「……仕方ねェ、第二ラウンド開始といくか」

戦闘態勢をとるアルトラたちを白い光が包み込む。傷と疲労を癒す天使の力が体を巡り、戦う力を蘇《よみがえ》らせてゆく。

「お姉ちゃん、こういう時くらい役に立ってよね！　治癒のユニークスキル【天使の白翼】、起動！」

魔物は強力。終わりは見えない。いくら粘ろうが勝てる保証はどこにもない。

それでも、とアルトラは髪をかき上げて剣を構えた。

「いいか、もうマージが勝とうが負けようが関係ねェ。オレらが先に折れるのだけは死んでもナシってことだけ覚えとけばそれでいい。行くぞゴードン、エリア、それにミーナと常連ども」

山脈を覆う雷雲はますます勢いを増して渦巻いている。決着の時は近いだろう。

最後に笑っていた方が勝ちだとばかりにアルトラは凶暴に口元を吊《つ》り上げた。

「『神銀の剣』、最後最大の鉄火場だ！」

◆◆◆

山脈の異常、そしてファティエ東部への魔物侵攻の失敗の報はナルシェ軍へももたらされていた。将校への報告を済ませてからやってきた兵士に、全ての糸を引いていたはずの男は冷めた目を向けるのみだった。

「偵察隊より報告！　ファティエ東方面へ向かった兵士及び騎士は全滅とのこと！」

「……」

「また魔物による侵攻もほぼ戦果はなく、ファティエは無傷のままで……」

「黙れ。もうそのような次元の事態ではないことが分からんか」

「も、申し訳ございません！　しかし職務ですのでご報告だけはさせていただきたく！　偵察隊が持ち帰った情報によれば、ファティエを守っているのは元S級冒険者アルトラ＝カーマンシー率いる『神銀の剣』とのこと！　以上です！」

「アルトラ……？」

男は思案する。

アルトラに魔物と戦う力はない。高位の魔物と戦うにはスキルが必須であり、アルトラはマージとの戦いを経て全てのスキルを失っている。新たに習得することすらできない体だ。

それが魔物を食い止めているとすれば、考えられる可能性はひとつ。

「生きて遺恨を越えたか、マージ……」

「マージ＝シウ、ですか？　死んだという報告があったはずでは」

「殺したくらいでは死なん男もいる、ということだ。気づいた時には時間切れよ」

「時間切れ……？」

「山脈を覆う黒雲を見よ。あのような発生の仕方は自然界ではあり得ない。おそらくは濃密なマナから成る死の雲だ。それだけの力を持つ存在があそこで戦っているということを意味している」

「つまり、どういうことでしょう？」

「もはや我らに状況を支配するだけの優位はないということだ。要するに負けじゃ、負け負け」

「そ、そんな……」

「死にも去りもしなかった老兵の最期はこんなもの、か」

負けて冷える頭もあるのだな、と男はひとりごちる。

祖国を失っても立身出世を志して幾年か。病に倒れるも意地汚く生き延び、苦痛に耐えきれず薬に溺れ、かつての弟子すらも売って生きながらえようとした無様な老人には似合いの幕引きだ、と。

「敗者は奪われて然《しか》るべき。借りていたもの、『全て返す』ぞ、マージ」

その言葉を最後に、男は椅子の背もたれに体を預けて目を閉じた。

兵士はわけも分からず男の体を揺する。そして。

「あ、あの？　何をこんな時に昼寝しだして……ひっ!?」

その体がすでに息絶えていると気づき、慌てて飛び退《の》いた。

とはいえ仮にも兵士。人の死はそれなりに見慣れており、すぐに思考は次へと移る。

「……死んでる!?　おいおい勘弁してくれ！　おい起きろ！　あんたのおこぼれに与《あずか》るつもりでずっとヘコヘコしてたのにそんなのないだろ！　起きろよこのコウモリ野郎！　くそっ、ここにいちゃ厄介なことになるか！」

兵士は慌てて天幕から飛び出して走り去る。

それから戦が終わるまで、男を訪ねてくる者は誰もいなかった。

◆◆◆

──ままならぬものよな。かの賢者の生まれ変わりであろうと、人の身である限りはこの星から逃れられぬ。この大気という檻《おり》から逃れられぬ。

「これ、は……！」

返ってくる。

コエさんのおかげで永らえた一瞬の思考。その一瞬と重なるように、長らく俺の手元を離れていたひとつのスキルが六年分以上の利息を伴って返済された。

【返済処理を開始します。スキル名：【森の涼気】　債務者：ネモ】
【森の涼気】は【蛇なき楽園】へ進化しました。
【債務者ネモの全スキルのポイントが下限の【-999,999,999】に到達しました。現時点で回収可能なスキルポイントは以上です】
【債務者の状況から、不足分の自動差し押さえは不可能です】

「……【蛇なき楽園】、起動。師匠、そういうことですか」

呼吸を助けるスキル【森の涼気】。肺を患った師に俺が貸したままだったスキルだ。

それが戻ってきたということは、彼は自らの意思で負けを認め、そして死を選んだことを意味する。

——ほう、立つか。何が起きた？　賢者の生まれ変わりよ。

スキル【蛇なき楽園】。

このスキルは人間が生きていく上で害となる環境……。寒さ、暑さ、毒気、そして湿気や空気の不足といったものを大幅に軽減する領域を作る。古い伝承に語られる、人間が裸で木の実を糧に暮らしていた楽園のように。

暖かい空間に包まれ、仲間たちも呼吸を取り戻した。あとは目の前の狼《おおかみ》を倒すのみ。

「【神刃／三明《サンミヨウ》ノ剣《ツルギ》】、起動。並列思考開始。コエさん、頼む」

【保護領域への意識の移行を完了。脳髄にかかる負荷の大きさを無視。制限解除《リミッター》】

——遅い。そして脆《もろ》い。刹那の時間すらあると思うな。

「だったらボクが速さになる。そのためにここにいる！」

「んじゃ、ジェリが硬さです。パパ、名誉《めいよ》挽回《ばんかい》ですよ！」

黄金の狼が純白の狼に食らいつき、白磁の鎖が四肢を絡め取る。その攻撃は致命傷とはならないが、生みだした時間は値千金だった。

——狼人族《ウエアウルフ》に、そうか、そちらの術式は千余年前の……！

「【森羅万掌】【空間跳躍】、全力起動。俺と来てもらうぞ」

最大の出力で以《もっ》て座標移動のスキルを起動した。

全員を伴ってダンジョンの最奥から一気に上へ。空気すら凍りつく極寒が初夏の夜へと変化する。

跳んだ先はレオン・エナゴリス山脈上空。『看取《みと》りの樹廊』の真上にあたる空。足元には稲光の走るマナの黒雲が広がり、頭上を見上げれば満天の星空が広がる。

そして眼前には白狼。ここが決戦場だ。

──場所を変えようとも何も変わらぬ。無意味な時間稼ぎよ。

「いいや、ここに連れてきたのは『当てるため』だ。全出力を傾けた先を知りたければ空を見るといい」

空にはすでに太陽の姿はなく、月が主役となった夜空に無数の星が瞬く。そこに起きた異変に『王』はすぐに気がついた。

──星の数が、増した……？

天の星が、その数を増した。

悠久の時を経ても変わらぬはずの星空にひとつ、またひとつと新たな光点が現れる。

はじめはぽつぽつと、次第に湧き立つように一斉に。やがて全天を覆うばかりに新たな銀星が煌《きら》めいた。その数はゆうに数百、数千を超えてまだ増え続ける。

「はるか上空にある星の海。そこには無数の物体が浮かんでいる。俺が送り込んだ千年溶けない氷も含めてな。それをここに呼び寄せたらどうなると思う」

凍結させたヴリトラの肉片。保管庫として利用している氷の卵、その後ろに無数の岩塊が続く。

星の海に至った物体はしばらく落ちてこない。それは星の周りを回る遠心力と星そのものの引力が釣り合うからだと言われているが、それらの位置を【空間跳躍】で少しばかり『ずらす』。すると力の均衡は崩れ、猛烈な速度で地上へと落下し始める。

星の力による加速は絶大だ。文字通りに桁の違う運動量を伴い、融《と》けぬ巨大な氷塊が驟《しゅう》雨《う》の如《ごと》く降り注ぐ。その質量攻撃が生み出す破壊力はあらゆる兵器、あらゆるスキル、あらゆる魔術を凌駕《りょうが》し、物体がその形を維持することを決して許さない。

「シズクちゃん！　迎撃させないように攻撃を！」

「間に合え……！」

――侮るな賢者。貴様ら諸共《もろとも》全てを撃ち落とせば……な、体が……!?

迎撃体勢を取ろうとした『王』の体が硬直した。それは瞬《まばた》きひとつにも満たないようなわずかな時間であったが、この戦いにおいては永遠のように長い。

その時間を作り出したのは俺ではない。シズクやアンジェリーナでもない。

月光を浴びてわずかに緑がかった金髪をなびかせる、一人の森人族《エルフ》が地上から天を見上げていた。

「……ナルシェ軍の連中、変に思ったかね。いくら四方八方に逃げるにしたって魔物だらけの束に逃げるバカ森人族《エルフ》がいたことに。何かひとつくらい役に立てないかと思って様子を窺《うかが》っちゃいたが、まさかこんな美味《おい》しいとこを持っていけるなんてねえ」

手を空に掲げ、全力で発動するは森人族《エルフ》のエンデミックスキル。

「【過憂不朽《カユウフキユウ》】。氷の魔物ってことはだ、少なくとも体内に『水』はあるわけだろう？」

人間に限らず全ての生物にとって必須の水ですら、過剰に飲めば水中毒を起こして最悪の場合は命を落とす。生きるものである限り逃れ得ない【過憂不朽《カユウフキユウ》】は、絶大な力を持つ『王』に対しても無効ではない。

「さあ、降り注げ」

もはや迎撃も回避も間に合うまい。

この現象に名をつけるなら。

「『天涙』」

狙いは外れない。落下による圧力は高温を生み、融けぬ氷の表面をもわずかに溶かしたのだろうか。ひとつひとつが彗星《すいせい》の尾を引く超音速の炎球となって『王』へと殺到した。

命中が決定的となったその時、純白の狼が薄く笑ったように見えた。

――……変わらぬな賢者よ。貴様は力では劣るというに、思わぬ手で楽しませてくれる。

――変わらぬ力、変わらぬ友情に免じ、ひとつの鍵を開けよう。

「ッ、く、あ……！」

「コエさん!?」

俺の腕の中にいたコエさんが頭を押さえて苦しみだした。何かの攻撃かと思ったが、どうやらそうではない。

「大丈夫、です。頭に何かが入って……。いえ、これははじめからあったもの……？」

「『王』、これは一体」

──さらばだ。友よ。やがて来る未来、君が臨む戦いにこそ幸あらんことを祈る……。

俺の問いかけに答えが返ってくることはなく。

白き狼の姿は、降り注ぐ星々の中へと消えた。

◆◆◆

ファティエ東端、魔物の侵入を防がんとする防衛線からもその様子は見えていた。

落ちてくる流星の衝撃は不思議と地上には及ばない。術者がどこかしらに逃しているのだろうと、自身があるいは到達していたかもしれない領域を見上げながらエリアは推測した。その後ろでは、ファティエ裏町の住民たちが同じく空を見上げて歓声を上げている。

「分厚い雲のせいでよくは見えなかったが……」

「デカい狼みたいなのがいきなり出てきて、その上に流星が降ってきて、そんで狼が消えた。ってことは」

「勝った……？　勝ったんだな!?　そのなんとかいう借金取りが！」

歓声の中心にいるのは金髪の少女。空を指さした先では、あれほどに厚く空を覆っていた雷雲がたちまちに霧散していた。顕《あらわ》になる星空こそが勝利の証《あかし》だと叫ぶ。

「そうです！　じゃなきゃ見てください、空が晴れるわけがない！」

「そ、そうだ、軍の連中は!?　もう来ないのか!?」

心配性の男が慌てて後ろを振り返るが、こちらは別の住民が笑い飛ばした。

「バーカ。軍から見りゃ、あんだけの魔物を食い止めた上に『王』を殺した戦士がこっちにいるんだぞ。指揮官が行けっつったところで兵士が動きゃせんよ」

「そ、そうか！　言われてみればそうだ！」

「助かった！　助かったんだ！」

二度目、三度目の歓声が上がる。

その度に湧いてくる勝利の実感を噛《か》み締めながら、ミーナもまた笑顔を見せていた。

「戦勝記念で割引やりますんで！　皆さんのご来店お待ちしてます！」

「うおおおお！……あ、タダじゃねえのね？」

「知ってます？　タダより高いものはないんですよ。だからこれはタダより安いんです！」

「ひってえ理屈だ……」

「絶対来てくださいね！　ここにいる面子《メンツ》は覚えましたからね！」

「こええよ、この子……」

騒ぐ住人たちをよそに、アルトラらは再び前線へと目を向ける。『王』を討伐したところで地上に溢《あふ》れ出した魔物は消えず、倒し切るまでは気を緩めるわけにはいかない。

「ったく、終わったわけでもねェのに浮かれやがって」

「だが、これでもう新手は来ないんだ」

「目の前の魔物を倒せば戦闘終了。アルトラに要求、もっと薬を飲んで早く片付けろ」

「死ねっつってんのか」

ダンジョンの要たる『王』を失ったことで魔物側にも乱れが見える。もはやアルトラたちの敵となるような大物もおらず、あとは時間の問題だろう。

誰からともなく三人は空を見上げる。そこで行われたであろう戦いの規模の大きさを、壮絶さを想像すると多くの言葉は出てこない。ましてその勝者はかつて自分たちがお荷物と呼んで追放した男なのだから。

「マージの奴《やつ》、本当に勝ちやがったのかよ」

「……いよいよ別次元の存在になってきたな」

「疑問。アルトラ、まだ負けないと言い張るつもりか」

エリアのごく真っ当な疑問を、アルトラは鼻で笑いながら剣の切っ先を空へと向けた。そこにいるだろう宿敵に突き立てるように。

「当たり前だ。奴と馴《な》れ合うのはこれで最後。今は無理でもいつか必ず奴を超えてやる。必ずだ」

それから約一鐘《一時間》の後、ファティエ周辺の魔物は全て掃討された。ナルシェ軍も撤退を決断し、これを以てファティエでの戦いはその全てが終了した。

第5章

"SKILL LENDER"
Get Back His Pride

Before I started lending,
I told you this loan charges 10%
interest every 10days,
right?

1．【アルトラ側】ようこそ『ファンシーミーナ』へ

ファティエよりはるか西方、ナルシェの首都パルフェアムールには各種省庁が集まっている。その一角にある石造りの庁舎にて、内政関係を取り仕切る長官職の男は提出された報告書を面白くもなさげにめくっていく。

一通り読み終えた男は、瘦せた頰に生えた髯《ひげ》を撫《な》でながら報告書にほとんど記述のなかった人物について疑問を口にした。

「今回の筋書きを書いた年寄りとやらは？　そういう者がいたと聞いているが」

「死んだそうです。どうも肺を患っていたようであっさりと。野営地の隅に転がっている所を兵士が見かけたのを最後に、遺体はそのまま行方知れずとか」

「ふん、とんだ道化師だったな」

ファティエでの一件で多くの首が飛んだ。責任の所在は二転三転しているが、最終的にトップの首をすげ替えることでひとまずの収束を見ることになるだろう、というのが大方の見通しである。

自分の安全を確保できたことに安堵《あんど》しつつ男は今後のことに頭を巡らす。

「まあよい。アビーク公爵家にこそ傷はつけられなかったが隣国が総崩れであることに変わりはない。遠征した軍を侵攻させつつ、交易路を断って自滅を誘う戦術に切り替える。

時間はかかるがこの際仕方あるまい」

　安全な場所で巡らす思索ほど楽しいものもないと男は独りごちる。もっとも、安全を確保したといってもそれは権力闘争での話にすぎないのだが。

「それはよくないね、長官様。物事ってのは速さが命。ズルズルと引き伸ばしても上手《うま》くはいかないもんさ」

「なっ⁉　ど、どこから⁉　誰だ貴様は！」

　後ろから突如聞こえた声に慌てて振り返る。そこにいたのは緑がかった金髪の美女。

「おや、この耳と髪を見ても分からないかい？」

「森人族《エルフ》……報告にあったレモンドか⁉　どうやってここに⁉　警備はどうした⁉」

「どうでもいいことを聞くねえ。どうやってだろうと現実として私はここにいるんだ。あんたが聞くべきは『どうやって』じゃなくて『どうして』だろう？」

　男に歩み寄りつつ、レモンドはクスクスと笑う。

「ま、せっかくだから『どうやって』にも答えてあげるよ。確かにここの警備は厳重だ。けど私ら森人族《エルフ》の秘術に最高位の気配遮断系スキル【潜影無為】。こいつらを組み合わせたら流石《さすが》に感知しきれなかったってことさ。残念だったね」

「ね、狙いはなんだ⁉　復讐《ふくしゅう》として私を暗殺に⁉」

「おいおい、あんたみたいな木っ端を殺したってヴェールファミリーの悪名にちょいと箔《はく》が付く程度じゃないかい。もっと生産的なお話をしようじゃないか。ほら、こっちを見てご覧。【潜影無為】ともうひとつ、面白いスキルを貸してもらったんだ」

男の顔に手を添え、自分と目を合わせる。

発動するのは、互いの姿が見えていることという条件を満たした時にだけ有効となる暗示のスキル。

「【偽薬師の金匙《きんさじ》】、起動」

「う、あ……」

「さあて、ここに来るまでに三日かかっちまったから残りは一週間かい。その間、長官様は森人族《エルフ》の傀儡《かいらい》なわけだが……。どんな政策を打ってやろうか。十日って期間が絶妙だね」

ファティエでマージと取引した際、レモンドはマージから逃げるためのスキルを二つ借り受けた。ただしそれは逃げるため『だけ』のものではない。

気配を消すスキル【潜影無為】。

暗示のスキル【偽薬師の金匙】。

十日の期限付きでこれらを手に入れたレモンドは、ファティエの戦いでマージの勝利を見届けたその足でナルシェの首都へと向かった。

有力者を暗示で傀儡とし、森人族《エルフ》が生きていく上で必要な地盤を作るために。

「森人族《エルフ》の自治区制定までは一週間じゃ無理だね。森林や山脈への人間立ち入りを制限する方向で行くとしよう。魔物が大量発生した危険区域の管理を森人族《エルフ》が押し付けられました、って体にすれば不自然さもないだろう」

一般には公開されない資料をめくりながらレモンドは計画の詳細を詰めていく。

暗示が効くうちならこの国の元首にだってなれるかもしれないが、そんなことをしても簡単に瓦解する。なるべく痕跡を残さず、それでいて効果は大きく長く残るような策を練らねばならない。

「押し付けられた体で一度占拠しちまえば、そこはもう私らの庭、エルフの森だ。後からいくら軍を送ろうが森に飲み込まれるだけさね」

魔物が発生したのは登山口付近。つまり隣国との交易路で外交路だ。

その地域を押さえてしまえば、それは太い血管を握ったようなもの。険しい山脈には他のルートもなく、山脈ごと迂回《うかい》しようとすればかなりの遠回りになるから無視もできまい。

「隣国を狙って遠征中の軍隊は……。まあアビーク公爵に任せておけばいいか。早く戻ってこられても私らには損だしね。こっちが深く昏《くら》い森に住み着くまでゆっくりと睨《にら》み合いでもしていてもらおう」

そのエンデミックスキルと同じく地味に、だが確実に。レモンドは森人族《エルフ》が誰にも邪魔されずに生きていける環境を構築していく。

エルフの森は狼《おおかみ》の隠れ里のように人間に見つからない国ではない。

漆黒のもふもふ町のように人間と共存する国でもない。

食らいついたら離さない毒蛇のように、ナルシェという国を脅かすことで対等以上に渡り合う国だ。互いに干渉せず、しかし断絶もせず。そんな関係が望ましい。

「森人族《エルフ》は戦が嫌いな種族だ。穏便に暴力で解決できるなんて思わないことさね、ふふ……」

ひとしきり構想をまとめ終え、レモンドはギリ、と奥歯を鳴らした。

「鉄錆《てつさび》臭い鉱人族《ケダモノ》どもが自分たちの国を作ったんだ。私ら森人族《エルフ》にできないなんてことがあってたまるか……!! 森人族《エルフ》の知恵が勝るところを見ていろ、鉱人《ドワーフ》ども」

◆◆◆

ファティエでの戦いから十日後。

魔物の大半を食い止めたことで街の機能は損なわれずに済み、ファティエではこれまでと変わらぬ日常が続いていた。とはいえまったくの無傷とはいかなかった街の東側では復興も行われており、晴れ渡った空の下を歩いてみれば今日も金槌《かなづち》の音が耳に入る。

特に裏町の住人にとっては生活も苦しい中での災難だ。決して喜ばしいことではなかったはずだが、家や店の修繕を進める彼らの顔はどこか明るい。

「おい聞いたか。ヴェールファミリーの連中が本格的に森へ移住するらしいぞ」

「らしいな。魔物が溢《あふ》れる山脈の管理をやらされるとか……。同情するぜ」

「へっ、嘘《うそ》つけ。せいせいするってもんだろ」

「当たり前よ。これで緑髪に怯《おび》えずに済むんなら万々歳だ」

そう囁《ささや》く男たちを横目に、アルトラは買い出しの荷物を抱えつつ山脈に目を向けて「上手いことやりやがったもんだ」とそこにいるであろう森人族《エルフ》に毒づく。その口元には呆《あき》れたような歪《ゆが》んだ笑みが浮かんでいた。

「あの緑頭《レモンド》、きっちり取るもんは取ったみてェだな」

ダンジョンについて多少なりとも正しい知識を持つ者であれば、街に流れる噂話《うわさばなし》が荒唐無稽であると分かる。魔物が溢れたのはあくまでダンジョンの影響だ。それが攻略された今ならば危険などそうそうないわけで、森人族《エルフ》にとって森へ送られることは幸運でこそあれ不幸なことなど全くない。

誰ともなく『ヴェールの森』と呼び出したそこは森人族《エルフ》にとって安住の地となるだろう。やがて魔物が出るという誤解は解けるだろうが、その頃には人の立ち入れぬ森人族《エルフ》の要塞と化しているに違いない。

「念願の『エルフの森』だ。二度とそこから出てくるんじゃねェぞ」

宿場町キヌイと友好関係にある『狼の隠れ里』。

大都市ヴィタ・タマと共存共栄の道を進む『漆黒のもふもふ町』。

そしてファティエとは互いに不干渉の『ヴェールの森』。

形は違うが、それぞれに人間と亜人が隣人として生きる形が整いつつあることはアルトラにも理解できた。

「さーて、ヴェールに納める上納金がなくなったはいいが、おかげで競争激化は必至だからな。さっさと帰って店の仕込みすっか」

これまでファティエの街は二つの権力が支配する構造だった。表は国家の任命を受けた町長と役人が統治し、裏は森人族《エルフ》率いるヴェールファミリーが取り仕切っていた。

今回の件で裏のヴェールファミリーがいなくなり、均衡が崩れて裏町に不利益があるのではないか。そんな危機感が持たれたこともあったが、ナルシェの長官直々の命により町長の首がすげ替わり、結果的に元より暮らし向きはよくなった。しかも新町長は親亜人派で『ヴェールの森』にも理解を示しているというのだから不思議なものだ。

「不思議、ってことにしとかねェとな。触らぬ神になんとやら、っと」

この人事の背景にレモンドがいることは察しつつ、それは自分には関わりないこととしてアルトラは軽く流す。今の彼は貴族や政治家の間を立ち回って出世を目指す一流冒険者などではなく、常連相手に酒と愛想を売って日々の糧を得る酒場の給仕役なのだから。そんなことを考える暇があったら鼻唄のひとつも歌いながら新しい客寄せ企画を捻《ひね》り出す方が有意義というものだ。

そうして自らの城である『ファンシーミーナ』のピンク色の看板が見えてきたところで、アルトラの目に店先で蹲《うずくま》る小さな人影が留まった。近づいてみれば小柄な少女が青い顔でぷるぷると震えている。

「……エリア？　何してんだお前」

「絶望。今日が何の日か忘れたか」

「あ？　あー……。集金の日だっけか？」

「否定。否定否定否定否定。【技巧貸与《スキル・レンダー》】の効果により貸与されたスキルが回収される日」

「……分かってんだよ。考えないようにしてたってのに思い出させやがって」

今日であの戦いから十日。

マージの【技巧貸与《スキル・レンダー》】は最短の貸与期間が十日であり、それが今日で切れることになる。

今回の貸与はきっちりと期限が決まっているため時間が来れば自動で取り立てが行われるだろう。【剣聖】をはじめとするスキル群とはおそらく今生の別れになるに違いない。

その事実に、エリアは震えながら冷や汗を流し続けている。

「アルトラやゴードンはいい。どうせ戦闘にしか役立たない無骨で単細胞なユニークスキル。今は場末の酒場に収まったのだからなくても困らないだろう」

「やっぱ知恵がつく代わりに性格歪んでんだろ、お前の【古の叡智《いにしえ　えいち》】はよ」

「私のスキルは知能のレベルに直結する。今日が過ぎればまたスープにパンつけて大発見などと言い出すと思うと震えが止まらない……！　残された時間で最後の論文を書かねばエリア＝Ａ＝アルルマの叡智は永遠に失われてしまう」

頭を抱える小柄な魔法使いの姿に、アルトラは「あー……」とめんどくさそうに唸《うな》る。

自分の知能が失われるなどアルトラにとって未知の体験であり、掛ける言葉などないし考えるのも億劫《おっくう》というのが偽らざる本音だ。それでも何か言わねば話が進まない。

ほんの少しだけ考えて、アルトラは思いついた言葉をそのまま口に出した。

「案外幸せそうだったがな、スキルない時のお前も」

「うるさい黙れ他人事《ひとごと》だからといい加減なことを言うな。即刻絶命しろ」

「あのちんちくりん錬金術士となんか、えらく仲良さそうにしてたじゃねェか」

「錬金術士……。アンジェリーナ＝エメスメスか」

「よかったな、アホになってもお友達はいんぞ」

「……友達」

友達。

反芻《はんすう》したのはエリアにとって普段あまり耳にも口にもしないその言葉。

「そうか……。知恵のスキルを失った私には、友達がいるのか」

「確かにお前の性格だと友達なんざできねェわな」

「不要だからだ。通常の人間なら二人、三人と寄り合うことで総合的な思考能力を向上させる必要があるのだろうが、私は十人分でも百人分でも自前で思考能力を高められる。友を作る理由がない」

「そりゃ便利なこって」

ペラペラと正論を述べつつも、エリアはアルトラと目を合わせるのを避けるように空を見上げた。視線の方角は東。『狼の隠れ里』へと続く青い空。

「だが、いて悪いわけでもない。そうは考える」

「捻《ひね》くれてんなァ……」

「要求。アルトラ、この店のメニューのレシピはどこだ」

「マイモの親父《おやじ》がバックヤードの戸棚にまとめてたっけな。どうした急に」

「アンジェリーナと約束をした。彼女はこの店に食事に来る。その時に出す至高のコースを決定して書き留めておかなくてはならない」

「そうかよ。そいつは世紀の大論文になるな」

　今の会話で何が解決したわけでもないが、気づけばエリアの震えは止まっていた。早足でバックヤードに向かうエリアを見送りつつアルトラは店へと入り、買ってきた食材や消耗品をカウンター横の棚に収めていく。今日もこれから仕込みをして夜には開店。酔っ払いどもを相手取った戦争が待っている。ダンジョンの魔物など話にならない難敵揃《ぞろ》いだ。

「エリアの奴《やつ》、無駄に頭使わせやがって。今日はもう面倒事はいらねェぞ」

「一大事だアルトラ！　裏手に来てくれ!!」

「今度はなんだようるせェな！　叩《たた》ッ斬るぞゴードン!!」

　客は呼んでもなかなか来ないのに面倒事は来るなと言っても寄ってくる。そんな現実の不条理を感じつつ怒鳴りつけたアルトラだったが、ゴードンの声がした方へ行ってみて
「確かにこいつは一大事だな」と小さく呟《つぶや》いた。

「……お久しぶりです、アルトラさん」

「ティーナお前、生きてたのか」

長い金髪に長身、切れ長の目の美女。

ティーナ＝レイリがそこに立っていた。かつての聖女然とした服装では当然なく、ナルシェの平民が普段着として着るような服に身を包み、ソワソワと落ち着かない様子で視線を泳がせている。アルトラには「今日はどうなってんだ」と愚痴りながらため息をつくことしかできなかった。

「どうしてここに、なんて無駄な問答はいらねェな。お前の実家だ。帰りたい時に勝手に帰ってくりゃあいい」

「そう、ですね」

「聞くのはなんで今ここに、だ。今まで梨《なし》の礫《つぶて》だったお前がどういう風の吹き回しだ？」

「色々と、ありまして」

ティーナが口ごもりながらも語ったところによれば。

聖女の象徴たるユニークスキルを差し押さえられ、自暴自棄になったティーナはふらふらと歌いながら聖堂を出奔した。そのまま野垂れ死んでもおかしくなかったがそうはならなかったという。

「歌いながら歩いていたら物乞いの芸人と思われたのか、お金や食べ物を恵んでくださる方がいらして……」

「まあ顔だけはいいからな。だからってお前が受け取るもんかね」

「朦朧《もうろう》としていましたから」

「ふーん。で？」

　そうして時に歩きで、時に荷馬車や商隊に拾われながら旅をしていくうちに西方の街へ辿《たど》り着いた。学徒の町とも呼ばれるそこで親切な調薬師の家に厄介になったという。

「メロさんという女性で……。とてもよくしてくださったのですが、事情があってこちらの方へ引っ越されたんです。その事情というのが、マージさんと関係のある用事だったらしく」

「マージ!?　あいつ、まだ出てきやがるのか……！」

「メロさんとマージさんが話しているうちに私のことも知られてしまいまして。ここに行けと言われて、こうしてご挨拶に……」

「ったく、世間が狭すぎんだろ。どうなってんだ一体よ」

　毒づきつつアルトラはティーナを観察する。

　人に助けられながら旅したせいか毒気が抜けたようにも見えるが、何かを反省したとか改心したとかいうわけでもないらしい。やはり人間はそう簡単に変わらないなと半ば自虐的に笑うアルトラに、ゴードンは相変わらず困ったような顔をしている。

「どうするアルトラ？　おれたちはティーナを探してはいたが、いざ見つけたらどうするかは決めてないぞ」

「どうもこうも別にねェよ」

そう答えつつ、アルトラはズイと店の中を指さした。

「店の見てくれは変わったがてめェの家だ。入りたいなら勝手に入れ。レイリ家の事情なんざオレの知ったこっちゃねェ」

「でも……」

何か思う所あってか尻込みするティーナ。と、その後ろからえらく大きい声がした。

「お姉ちゃん!?」

「あ、み、ミーナ？」

「どこ行ってたの？　まあいいや、ちょっと待ってて」

面食らうティーナを置き去りにしてミーナは店に入っていくと、すぐに何か書面のようなものを手に出てきた。

アルトラが覗《のぞ》き込むとそこには大きく『借用書』の文字。

「お姉ちゃんが作った借金、まだこんだけあるんだけど」

「あ、その、それは」

「というわけで今日から従業員として働いてね。寝床とまかないは用意するけど給料はナシ。もちろん休日もナシ。いいね」

「で、でも」

「いいね？」

「……はい」

「鬼かお前。まあいい、メイドがエリアとミーナだとどうにもガキ臭くてな。客層が偏っちまって困ってたとこだ。ティーナが入ればバランスもとれんだろ」

「なんか失礼なこと言われてます？」

「気のせいだ気のせい。……あ？」

　スル、と。

　アルトラの体から何かが抜け出ていく感覚があった。痛みはないが大きな喪失感。それがスキルの取り立てが行われたためだと理解するのに時間はかからなかった。

「アルトラさん、どうかしました？」

「……いや、大したことじゃねェよ。エリア！　おい、エリア！」

　表にいるはずのエリアを大声で呼ぶと、少し遅れて小柄な元魔法使いがやってきた。口がもぐもぐと動いているのは気の所為《せい》ではあるまい。

「お前、スキル回収されて最初にすることがつまみ食いかよ……」

「栄養補給は生きるために不可欠。特に果物は少しでも早く食べるのが鮮度の面でも重要で……ティーナ？　なぜティーナがここに？」

「里帰りだ里帰り。今日からこいつも働くから、お前が教育係な。メイドのなんたるかを教えてやれ」

「質問。教育係手当は出るのか」

「そのつまみ食いを見逃してやる」

「引き受けよう。よろしく新人。仕事は厳しいぞ覚悟しろ」

急に先輩風を吹かしだしたエリアの右手には、スキルが回収されるまでに書き留めたコースのメニューが握られていた。それは人類最高の叡智が最後に生み出した渾身《こんしん》の作。きっとアンジェリーナも気に入るに違いあるまいとアルトラは思う。

「一般客向けに転用すりゃ儲《もう》けになるな……。女向けのコースがあるってのはデカいぞ」

頭の中で算盤《そろばん》を弾《はじ》いてほくそ笑むアルトラ。そんな元リーダーを見ていたティーナが不意に「そうだ」と何かを思い出したように手を合わせた。

「その、お土産として預かってきたものがありまして」

「土産？　酒かなんかか？」

「アルトラさんが毒されているお薬を抜く方法を教わってまいりました」

「……なんだと？」

「メロさんは調薬師です。隣国での治療にも参加されていて、見事にその治療法を見出《みいだ》したとかで……。アルトラさんにも必要だろうと持たせてくださいました」

アルトラが継続的に服用している鎮痛剤『新緑の腐敗《ヴェールズ・ロット》』は森人族《エルフ》が作ったものであり、隣国の政府を薬漬けにしたのと全く同じものだ。その治療法が開発されたなら当然アルトラにも適用できる。

「おい、その土産ってのは誰からだ」

「メロさん伝手《づて》に、マージさんから。伝言も言付かっています」

「嫌な予感しかしねェが言ってみろ」

「『貸しにしておく』だそうです」

「あの野郎……！」

「どうします？　いらないならなかったことにしますが……」

「……いや、教えろ。受け取ってやる」

「いいのかアルトラ？　また借りを作ることになるぞ」

ゴードンの懸念を、しかしアルトラはゲゲゲと笑い飛ばした。

「借りなら熨斗《のし》付けて返しゃいいだけのことだ。オレを復活させたこと、必ず後悔させてやるから待ってろよ、お荷物マージ」

アルトラにつられるように、かつて『神銀の剣』と呼ばれた面々が東の空を見上げる。

澄み渡る青空の下、国境をまたぐレオン・エナゴリス山脈は連なる銀嶺《ぎんれい》を今日も白く輝かせていた。

2. 亜人の王　マージ

「よし、こんなところだろう」

狼《おおかみ》の隠れ里からほど近い山の一角、里からは見えない奥まった場所に小さな墓を建て終えて俺は腰を上げた。手伝うと言ってついてきたアンジェリーナと共に冥福を祈る。

その墓標には名前も生没年も刻まれていない。

「お墓、ここでよかったんです？　縁もゆかりもない土地なのに」

「生まれた国も町も戦で焼けたと言っていたからな。こだわりもないだろうさ」

「死んだ人になんですが、埋葬してもらえるだけありがたく思ってほしいとこですしね」

「違いない」

縁者のない師匠の遺体には引き取り手もいない。本名も知らず、素性も知らず、最後には対立もした相手であろうとも、こうして今の俺があるのはあの人のおかげには変わりない。その恩にはきちんと報いるべきだ。

そう思い、手を回して遺体を引き取ったのはファティエでの事件のすぐ後のこと。戦後処理や農作業に追われて墓標を作る時間も取れずにいたが、これでようやくファティエでの戦いに区切りがついたと言えそうだ。

「シズク？　待っていたのか」

「もう終わったの？」

「ああ。里の近くに師匠の墓を作ることを皆に認めさせてくれて助かった。師匠もゆっくりと眠れるだろう」

「散り際がどうあれ王の恩人だからね。狼人族《ウエアウルフ》が墓にこだわらない種族だからっていうのもあるだろうけど」

「え、狼人族《ウエアウルフ》ってお墓建てないんです？　言われてみればあんまり見たことないような」

「狼人族《ウエアウルフ》は戦場で死ぬものだ。戦場に立てた旗が墓標でいい。里に隠れ住んでからも最後は戦いの中でと考えて『蒼《あお》のさいはて』で最期を迎える者が多かった」

「やっぱ修羅ってますね狼人族《ウエアウルフ》……」

シズクが待っていたのはベルマンが戻ったという報《しら》せを伝えるためだった。薬漬けになった中央政府を治療する目処《めど》が立ち、経過報告を兼ねて一度戻ってきたという。

王の屋敷に戻るとベルマン隊の面々に加えてコエさん、アサギと主だった面子《メンツ》が揃《そろ》っていた。ベルマンが持参した報告書には王都の状況がつぶさに書かれており、大筋として問題はなしということらしい。

「ベルマン、順調そうだな」

「無論ですとも！　マージ殿は山向こうで八面六臂《はちめんろっぴ》の大活躍をしたとのことですが、内政面では吾輩《わがはい》たちも負けてはおりませんぞ！　でしょうアサギ殿！」

「すぐ調子に乗りおって……。全てマージ殿あっての成果であろうに」

アサギは呆《あき》れているが、彼らの働きには目を見張るものがあるのは確かだ。国の立て直しと改革は速やかに進んでいくことだろう。

「ああ、頼りにしている。王都での活動に何か不足はないか？」

「いえいえ。今の王都にはアビーク公爵の旗が翻っておりますゆえな。簡単な仕事ではありませぬが不足も不安もあろうはずがない。騎士団も今や脅威ではなくなりましたしな」

「騎士団……。結局、奴《やつ》らはどうなりそうだ？」

「権力と求心力を失って堕《お》ちていくのみでしょう。わずかに残る亜人撲滅派の不満を受け止める、ただそのためだけの飼い殺し組織になるといったところでしょうな」

「そうか。亜人狩りが収まるのならそれが最善だ」

「なにせアビーク公爵が国軍の実権を握っておりますからな。騎士団にできることなどありませぬよ、ははは！」

ある識者は言った。いかなる時代、いかなる国においても軍事力を掌握した者こそが真に権力を持つと。今のアビーク公爵の立場がまさにそれだった。

この国の貴族は広く薬物に汚染され、騎士団に至っては暴走した亜人狩りを名目に他国の領土すら侵す始末。そこに舞い込むナルシェ軍襲来の報。王都は混乱に陥り、戦うまでもなく敗れるところだった。

国境警備の兵士は正常だったが統率する貴族が機能しなくては力を発揮できない。あわや防衛線を破られるというところで、精強なアビーク公爵軍が国境に到着して緒戦を制することができたという。国の端から端への強行軍だったというから驚くべきことだ。

それから約一ヶ月。たびたび小競り合いはあるものの戦況を動かすような戦いのないまま睨《にら》み合いが続いている。その筋によれば、ナルシェ軍は母国政府の内部分裂で方針が定まらずに現状維持を余儀なくされているらしい。だが大軍というのは維持するだけで国の金を際限なく食いつぶす。ナルシェ軍も今はまだ粘っているが、この調子ならろくに戦うこともなく財布が空になって引き上げるだろう。

これらの発端は長官職にいる男がそれまでの方針を急転換したことだというが、その原因は不明だ。噂《うわさ》では森人《エルフ》族が後ろにいるとかいないとか。

「ナルシェがそうして手をこまねいている間にアビーク公が辣腕をふるい、政府と軍の機能は着実に回復しておりますぞ。既得権益に胡座《あぐら》をかいていた王家は慌てて自分たちの権威を取り戻そうと躍起になっておりますが……」

ベルマンはフフフと不敵に笑う。

「時すでに遅し！　今や王都の支配者はアビーク公！　中毒症状からの回復治療も握った今、逆らえる者などおりませぬとも！」

「そうだな。その働きは本当に大きい」

軍事面と並行して進めなくてはならないのが薬漬けになった政府の回復だった。森人《エルフ》族が作った薬は強力で、西のレモンドたちとアンジェリーナの知恵を以《もっ》てしても治療には時間がかかると思われた。

だが、それを覆す救いの手はさらに西からやってきた。

「治療についてはこれからも任せていいな、調薬師メロ＝ブランデ」

「もちろん。必ずやり遂げてみせます」

「……見違えたな。里を出ていった時とはまるで印象が違う」

「へっへへー！　ちょっとは賢そうに見えるようになったかな？」

元ベルマン隊所属、メロ＝ブランデ。俺の持つ【潜影無為】の元となった【隠密行動《おんみつ》】スキルの持ち主だった斥候《スカウト》だ。

彼女は自分たちの過ちで命を落とした赤子を蘇生《そせい》するため、またダンジョン攻略中に死亡したベルマンたちを救うために自らの寿命を削り、西へと旅立った。

そんな彼女が里を去る時、俺は餞《はなむけ》として不死龍ヴリトラの毒牙を贈った。

『西にある学徒の町へ向かい、この毒を薬に加工すれば失った寿命を取り戻せるかもしれない』

そう伝えはしたものの望みは薄いと思っていた。残りの寿命がどれほどかも分からず、学徒の町へと辿《たど》り着けるかがまず賭けだ。到達したとして本当にそんな薬を作れる調薬師がいる保証もない。それでもメロは俺の言葉を愚直に信じて西へと向かい、そして帰ってきた。自らも一端《いっぱし》の調薬師となって。

「元々メロは薬の知識には長《た》けておりましたからな。森人族《エルフ》たちがダンジョンから魔物を追い立てる芸当をしたそうですが、それに近いことを先にやっていたほどです。……いえ、それで狼の隠れ里を滅ぼそうとしたので自慢にもならぬのですが」

「その償いと、マージさんへの恩返しに帰ってきました。調薬師としてはまだまだ未熟ですが全身全霊を以《もっ》てあたります」

知識というものは繋《つな》がることで何倍にも力を発揮する。点と点が繋がって線に、そして面になるように大きくなっていく。

レモンドたち森人《エルフ》族の知識。アンジェリーナの錬金術師の知識。そしてメロが遠く学徒の町から持ち帰った知識。その三つが繋がることで治療体制は飛躍的に進歩した。

立役者のひとりとなったメロは、俺の隣にいるコエさんに嬉《うれ》しさ半分恥ずかしさ半分といった表情で笑いかけている。

「コエさん、しぶとく約束を果たしに来たよ」

「はい、お待ちしておりました」

「ぶっちゃけもう死んでると思ってたでしょ。完全に今生の別れって感じだったし」

「いいえ。『また会うことがあればお礼は必ずする』。そう仰《おっしゃ》ったのですから、きっとまたお会いできると思い待っていました」

「そ、そうきたかー。もう死ぬと思って悟ったようなこと言っちゃったからなぁ……。思い出すと恥ずかしい……」

「王都でのことが落ち着きましたら、ぜひ西方でのお話もお聞かせください」

「お、いいよいいよ全然話すよ。大変だったんだよね、なんかフラッと流れてきた変なお姉さんと同居する羽目になったりしてさ。記憶喪失っぽいし無駄に顔がいいから寄ってくる男を追い払わないといけないしで」

「なんと、また波乱な」

「適当に生きてたツケかなー」

たははと苦笑いするメロだが、王都における彼女の働きは本当に大きい。これで俺たちが進めてきた本命の狙いが実現に大きく近づいたのだから。

「これならベルマン、いよいよか」

「いよいよですとも。どこぞの馬の骨ならいざ知らず、アビーク公は第二王子の直系ですからな。誰にも文句は言わせませぬ」

「ああ。皆、時は来た」

その場にいる全員の視線が俺に集まる。

「イーシャバヌ＝アビーク公爵はまもなくイーシャバヌ王になる。これでこの国は変わる。亜人が獣としてでも人としてでもなく、亜人として生きられる国に」

亜人と人間は近くて遠い生き物だ。いがみ合う必要はなく、また同じ土地で身を寄せ合って暮らすことを強いる必要もない。

「この国の東側はアビーク公が治める人の国。そして山脈を超えてファティエまでの西側は……」

「マージが治める亜人の国。人間の引いた国境に縛られない、亜人の生きられる地だ」

人は人の王を、亜人は亜人の王を戴《いただ》く。そうして時に手を取り合い、時に諍《あらが》いながらも故郷を同じくする隣人として認め合い、危機とあらば共に立ち向かう。

これが新しい国の形。俺とアビーク公の目指す国の姿だ。

「いいですね。亜人の王、マージ＝シウ。今度こそ借り物じゃない本当の王位です」

「お祝い申し上げます、マージ殿」

「ああ、アンジェリーナとアサギにも引き続き協力してほしい。頼りにしている。そして、シズク」

「はい、王よ」

「亜人の王を務めるからには、俺はもう狼人《ウエアウルフ》族だけの王ではいられない。何よりその必要はなくなった」

国が変われば狼人《ウエアウルフ》族の住むこの里も隠れ里でいることはなくなり、狼の里、狼の森となる。かつてこの地にあった狼人《ウエアウルフ》族の故郷が黄金色に蘇《よみがえ》る。

「俺が借りている王位をシズクに返す時が来た。お前が狼人《ウエアウルフ》族の王になるんだ」

「……分かった。できるかなとは言わない。ボクはマージに劣らぬ王になる。必ずだ」

俺をまっすぐに見つめる目に迷いはない。

俺と出会った時のシズクは弱々しく小さな少女でしかなかった。だが幾度の戦いを、何度もの決断を経て彼女は大きく成長した。今や狼人《ウエアウルフ》族を引っ張っていけるだけの力を、威厳を、人望を、何より心の強さを備えている。滅びゆく運命にあった狼人《ウエアウルフ》族の未来を変えていけるだけの光が琥珀色《こはくいろ》の瞳に満ちている。この里の未来はきっと明るい。

「そうだ、未来は変わった。皆のおかげだ」

「変わったんじゃない。変えたんだ。他の誰でもないボクらの王、亜人の王マージが」

「そんな大層なことはしていないさ。まだまだ変えていかないといけないこともある」

「変えていかないといけないこと？」

国を変えることは亜人族たちのためでもあるが、もうひとつ目的がある。

今後の戦いに備えるためだ。主だった者たちが集まれる機会もだんだん減ってきている
し、ここで全て話すべきだろう。

「皆、聞いてくれ。これからのことを話したい」

「おお、吾輩たちで作る新たな国の詳しい構想ですかな？」

「そのもっと先のことだ。コエさん、頼めるかい」

前に立ったコエさんは小さく一礼する。語るはファティエでの戦いの最後、『王』を
破った際に知ったことについて。

「『看取《みと》りの樹廊』の『王』を破った際、私に封じられていた記憶がひとつ開かれました。

その内容についてここにいる皆様には共有しておきたく」

「ほう、記憶が開かれるとはまた奇っ怪な」

「私はスキルの補助機能。何者かに人格を設定され、【技巧貸与《スキル・レンダー》】というスキルの発現者
を助けるために作られた存在だということは皆様にもお話ししたかと存じます。今回開か

れたのは【技巧貸与《スキル・レンダー》】を、そして私を作った人物の記憶です。……いえ、この言い方は正確ではありません」

一度言葉を切って首を横に振り、コエさんははっきりと言う。

「『スキル』という概念を作り出した人物について、私はほんの少しだけ知っております」

「……んん!?」

「スキルを、作った!?」

ベルマン、シズクが大げさに反応する中、コエさんは淡々と話し続ける。

「マスターは以前から疑問を持たれていました。スキルというものは人にとってあまりに使い易《やす》すぎる。まるでこの危険な世界で人類が生き延びるために作られたようだ、と」

「まあ、言われてみればそうかもしれませぬな。骨がない魚、種のない果物のようだとでも申しましょうか」

「今より二千年以上も前のこと。人類はかつてない激甚災害に見舞われていました。凶暴かつ異質な力を持つ生物が一斉に溢《あふ》れ出し、その版図を急激に広げていたのです」

「それ、魔海嘯《マカイショウ》です？」

「はい。歴史上初めての魔海嘯《マカイショウ》です」

それまでに魔海嘯《マカイショウ》はなかったのか、記録に残っていないだけなのか。それはコエさんの記憶からは分からない。分かるのは二千年以上前の人類にとって、それは滅亡の危機となるほどの大災害だったということだ。

「その頃、まだ世界にスキルというものはありませんでした。マナを用いて魔術が使えることは一部で知られていたようですが、補助するスキルがないのですから今に比べると貧弱なものだったでしょう」

「ちょい待ちです。一般的な歴史観だと、スキルは最初から世界にあって誰ともなく使いだしたことになってたはずですが」

「そのようですが、私の記憶ではこうなっております」

「それが真実だとしたら、その条件で魔海嘯《マカイショウ》はキツいですね……」

「実際に甚大な被害が出たようです。しかしとある賢者が多くの犠牲を払った末に『王』を討ち取り、ついに初めての魔海嘯《マカイショウ》は収束しました」

「おお、いつの時代にも英雄はいるものですな！」

「けれど、賢者の戦いは終わりませんでした」

ダンジョンと魔海嘯《マカイショウ》の関係について解き明かした賢者は、魔海嘯《マカイショウ》がこれからも起こり続けること、想像を絶するまでに強い魔物を擁するダンジョンがあることを知ってしまった。

「賢者は絶望します。このままでは人類に明日はなく、いつか魔に飲み込まれて滅ぶと。だから彼は世界と交渉をしました」

「世界と交渉、です？」

「世界の仕組みに干渉したと言った方がいいかもしれません。彼が世の理《ことわり》を変えたことで、人は世界を巡るマナを別の力に変換する術《すべ》を得ました」

「それが、スキル……。人が作ったのだから人に使いやすいのは当然ってわけですね」

「はい。彼が作ったスキルは様々に変化、派生しながら発展し、滅ぶ運命にあった人類を二千年以上にわたって永らえました」

しかし、とコエさんは言葉を切った。

ここまでは前置き、歴史の新説でしかない。ここからが本題だ。

「スキルを生み出して人類に希望をもたらした彼が、なぜ【技巧貸与《スキル・レンダー》】というスキルを作ったのか。そしてそれを未来へと託したのか」

その理由はひとつ。

「戦いの時が近づいています。敵が何者かは分かりません。時期がいつなのかも定かではありません。ただ遠くない未来、必ず大きな災害がこの世界を襲うでしょう。【技巧貸与《スキル・レンダー》】はそのために用意された刃なのです」

「聞いてもらった通りだ。俺たちはそれに備えないといけない」

あまりに突拍子もない話だったからか、場がしんと静まり返った。

もしこれが何かの間違いで実際は何も起こらないのであれば別にいい。取り越し苦労だったと笑われれば済む話だ。本当に何かが起きるかもしれない以上、無視はできない。

時に、と最初に口を開いたのはベルマンだった。

「マージ殿やコエ殿がそんな冗談を言う方でないのは存じておりますし、疑いは致しませぬが……。来たる危機というのが何なのか分からないのでは備えようもないのではありませぬか？　やはり魔海嘯《マカイショウ》なのか、それとも地震などの天災なのか、よもや天から月や太陽でも落ちてくるのか……」

彼の疑問にアンジェリーナも続く。

「現段階だと分からないことが多すぎるので考えるだけ無意味です。そもそも二千年ちょい前くらいなら普通に歴史に残っててておかしくないのに、その賢者さんのことがほとんど語り継がれていないのも不自然です。そこから調べてみる必要がありますね」

「ひとつ言えるとすれば、鍵を開いた『王』とやらはひどい吝嗇《りんしょくか》家だということですな」

「ほんとそれです。もっといっぱい開けてくれれば悩むこともなかったです。けーちけーち」

星の雨に消えた『王』に苦情をぶつけるアンジェリーナ。彼女らの言う通り不明点は多いが、賢者が想定した筋書きはおおよそ察しがつく。

【技巧貸与《スキル・レンダー》】を発現した人間はスキルの貸与と回収を繰り返し、世界中に広がったスキルを根こそぎ奪って強くなる。そうして得た力で来たる危機を乗り越え、人類を救う。

【技巧貸与《スキル・レンダー》】を戦う力としてのみ運用するならこれが一番強いのは間違いないのだから。

アンジェリーナも納得したように腕を組んで頷《うなず》いている。

「なるなるほどほど。単純にスキルポイントを吸うんじゃなくて、貸して利息として取るって性質にしてるのがミソですね」

「どういうこと？」

「もし単に吸い取るだけの存在だと周りには迷惑でしかありません。世界全てを敵に回す可能性が高すぎます。けど貸し出す形であればいっちょ利用してやろうって人間がいるでしょうからね。徴税人と金貸しは違うって言えば分かりやすいです？」

もしも俺のユニークスキルが【技巧貸与《スキル・レンダー》】でなく【技巧奪取《スキル・スナッチャー》】だとしたらどうなっていただろうか。スキルポイントをただ吸い取るだけのスキルで、アルトラたちから同じだけの量を奪うにはやはり何年もかかるとしたら。

「……吸い終わる前に殺されていたに違いないな。だから複利の融資式か」

「です。ジェリが思うに、その賢者さん頭いいけどけっこう性格悪いですね」

「賢者の人格はともかくとして、彼がそうまでして危険視した災害に備えたい。だが叶《かな》うなら俺が全てを吸い上げるのでなく別の方法を探したいと思っている。世界中の人間が努力して得たスキルを根こそぎ奪って危機を脱しても、きっと残るのは全てを失い傷ついた世界だけだろうから」

俺の意図を理解してくれたようでシズクやアンジェリーナたちが小さく頷いた。

だから国を強くする。多くの亜人族を集め、様々なスキルの持ち主と繋《つな》がり、【技巧貸与《スキル・レンダー》】だけに頼らずあらゆる危機に対応できるよう力を蓄える。

「亜人の国を作るのは第一歩だ。皆にはそのためにこれからも協力してほしい」

シズクは背筋を伸ばしたまま、はっきりと答えた。

「してほしい、じゃない。しろと命令してくれれば命をかけて尽くす。マージはボクらの王なんだから」

アンジェリーナは両手の指を絡めながら興味深げに言う。

「ジェリは普通に乗りますよ。その災害から人類が生き延びることは果たして不可能なのか。是非とも【技巧貸与《スキル・レンダー》】さんと答えを出したいです」

そして、コエさんはいつもの通りに。笑顔を浮かべながらも揺らがぬ声で。

「私は、もちろんどこまでもマスターと共に」

アサギにベルマンも少し困ったような顔をしつつ頷く。

「また忙しくなりますな」

「やりがいがあるというものです」

狼《おおかみ》の隠れ里に住む者たちだけではない。

アズラにレモンド、アビーク公。

リノノにゲランたちキヌイの皆、そしてまだ見ぬ亜人族たち。ことによっては地底で孵《かえ》ったばかりの小さな蛇龍もその戦列に加えることになるだろう。

出会った全てとの繫がりを力に変え、皆と共に戦えばきっと乗り越えられる。そう思えるだけの強さが世界には満ちている。

「皆で戦おう。この世界で生きていくために」

了

あとがき

二巻の発売から少々間が空いてしまったにもかかわらず三巻もお手にとってくださったこと、心より御礼申し上げます。作者の黄波戸井《きわどい》ショウリです。

『スキルレンダー』シリーズも累計二十五万部を超えて広がり続けており、おかげで白いご飯を食べられています。本当にありがたいことですし、いつも応援してくださる皆様には感謝の気持ちでいっぱいです。

とはいえ人生はいつ何が起きるか分からないもの。私自身、予期せぬ大事件により研究員から作家へ転身した身なので食い詰めないために油断はできません。で、昨年からお仕事の幅を広げようと漫画原作やウェブトゥーン原作に手を出しました。

幸いにお仕事がいくつか決まりまして、こうやって手を広げていけばどれかがダメになっても他の仕事で食いつなげるやろ勝ったなヘッヘッへとか思っていたわけです。完全に死亡フラグですね。

問題になったのは『締切のスパン』でした。小説のお仕事であれば数ヶ月ごとに一冊ぶんの締切がきます。ウェブトゥーンはもう少しスパンが短く、漫画原作は毎週か隔週といったところ。すると漫画原作のお仕事をやっているうちにウェブトゥーンの締切が迫り、ウェブトゥーンに手を付けたらいつの間にか小説の締切が目前、しかも目の前には次の漫画原作の締切が……という隙間のないスケジュールになるわけです。工数計算上は少し余裕があるはずなのに大小の締切が間断なくやってくるとその計算が通用しなくなる不思議。最終的には編集さんに泣きつくようにしてギリッギリで全ての締切を倒したものの、関係の皆様には本当にお手間をかけてしまい面目次第もございません。

教訓として、スパンの違うことを並行して進める時は慎重になるべきです。大小の石が交ざり合った石垣のように隙間がなくなっていき、大変なことになります。これを読んでくださっている方への反面教師となれるよう恥をしのんでここに書き記しておきます。

お前に計画性が無いだけだろって言われたら声上げて泣きます。ぴえん。

と、作者の話が長くなりましたが作品の話も少し。

ファンタジー界で最も人気と知名度を持つ亜人族といえば満場一致で『エルフ』でしょう。今巻の看板でもあるエルフですが、実はなかなか難解な面のある種族です。

例えば肉を食べないのに弓の名手という点。侵入者と戦うためにしても、遮蔽物の多い森は飛び道具にそもそも不利な環境です。遠距離攻撃なら魔法だってありますし、エルフは秘薬の作り手という顔も持っていますから毒罠《どくわな》だって使えるはず。

そんな疑問に出した私なりの答えが『毒』とエンデミックスキル【過憂不朽《カユウフキュウ》】でした。あとがきを先に読む人のネタバレにならないように詳細は伏せますが、ひとつの解釈としては面白いんじゃないかなとけっこう気に入っています。

そうして生まれたレモンドというエルフの長と、因縁の宿敵アルトラとの再会。この二つが今巻の主軸でしたが楽しんでいただけたでしょうか？　そこに加えて二巻と同様、困ったら自分の性癖を信じるというスタイルで書き進めて完成した一冊になります。

因縁の対決、そして共闘。

神秘の残る壮麗な山々。

コンプレックスつよつよお姉さん（※人間からすれば長身だけどエルフとしては小柄）。

どろっと濁った目の少女暗殺者。

そして大気圏外からの超大質量攻撃《メテオインパクト》。

もしも「俺も好きだ！」と思ってもらえるものがひとつでもあったなら嬉《うれ》しいです。

最後になりましたが、私の作品をいくつも網羅したファンレターをくださった山梨県のM様に御礼申し上げます。また遅くなりましたが『月五十万のお姉さん』への熱い応援を綴《つづ》った年賀状をくださった茨城県のO様にも深く御礼申し上げます。

またお目にかかれる日が来ることを願って筆を擱《お》きます。

ご感想もお待ちしております。できればお手紙で次々ページの宛先まで！

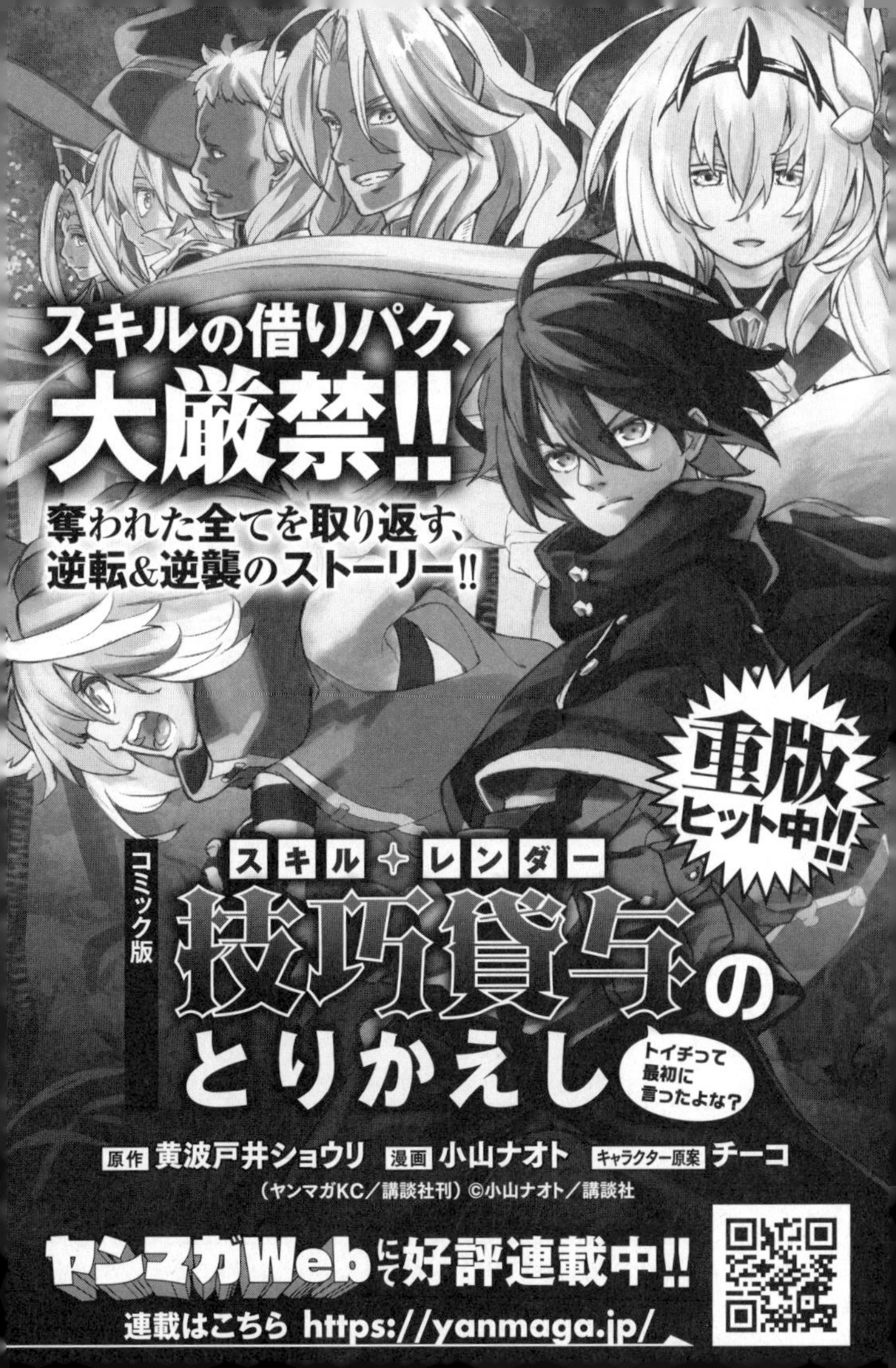

スキルの借りパク、
大厳禁!!
奪われた全てを取り返す、
逆転&逆襲のストーリー!!
重版ヒット中!!
コミック版
技巧貸与《スキル✦レンダー》のとりかえし
トイチって最初に言ったよな？
原作 黄波戸井ショウリ 漫画 小山ナオト キャラクター原案 チーコ
（ヤンマガKC／講談社刊）©小山ナオト／講談社
ヤンマガWebにて好評連載中!!
連載はこちら https://yanmaga.jp/

作品のご感想、ファンレターをお待ちしています

あて先
〒141-0031
東京都品川区西五反田 8-1-5 五反田光和ビル4階
ライトノベル編集部
「黄波戸井ショウリ」先生係／「チーコ」先生係

OVERLAP

技巧貸与《スキル・レンダー》のとりかえし 3
～トイチって最初に言ったよな？～

発　　行　2023 年 7 月 25 日　初版第一刷発行

著　　者　黄波戸井ショウリ
発 行 者　永田勝治
発 行 所　株式会社オーバーラップ
〒141-0031　東京都品川区西五反田 8-1-5
校正・DTP　株式会社鷗来堂
印刷・製本　大日本印刷株式会社

Printed in Japan　ISBN 978-4-8240-0555-7 C0193

オーバーラップ　カスタマーサポート
電話：03-6219-0850 ／受付時間 10:00～18:00（土日祝日をのぞく）

第11回 オーバーラップ文庫大賞
原稿募集中!
イラスト：じゃいあん
【締め切り】
第1ターン 2023年6月末日
第2ターン 2023年12月末日
各ターンの締め切り後4ヶ月以内に佳作を発表。通期で佳作に選出された作品の中から、「大賞」、「金賞」、「銀賞」を選出します。
その物語は、
きっと誰かが
好きな物語。
【賞金】
大賞…300万円
(3巻刊行確約+コミカライズ確約)
金賞……100万円
(3巻刊行確約)
銀賞……30万円
(2巻刊行確約)
佳作……10万円
投稿はオンラインで! 結果も評価シートもサイトをチェック!
https://over-lap.co.jp/bunko/award/
〈オーバーラップ文庫大賞オンライン〉
※最新情報および応募詳細については上記サイトをご覧ください。
※紙での応募受付は行っておりません。